그
작가,

그
공간

그 작가, 그 공간

창작의
비밀을 간직한
장소 28

최재봉 지음

한겨레출판

작가의 말

20년 넘게 문학기자로 일하면서 나는 자칫 까다롭고 부담스러울 수도 있는 문학작품과 일반 독자의 거리를 좁히고자 나름 노력해왔다. 작품과 작가를 다루는 평소의 기사에서도 그러했지만, 몇 차례의 크고 작은 장기 연재는 특히 그런 지향에 충실하고자 한 결과였다. 동학농민전쟁에서 1990년대 소비문화까지 우리 근현대사 100년을 문학작품과 그 무대를 통해 들여다보려 한 주간 전면 연재 '문학으로 만나는 역사'(연재 뒤 《역사와 만나는 문학기행》으로 출간)를 비롯해, 여러 문학작품 속에 등장하는 다양한 공간들을 비교 검토한 연재물 '문학 속의 공간'(《간이역에서 사이버스페이스까지—한국문학의 공간 탐사》로 출간), 문학작품에 그려진 사랑의 양상들을 살펴본 연재 칼럼 '사랑의 풍경'(《언젠가 그대가 머물 시간들》로 출간) 등이 두루 그러했다. 역사와 공간이라는 작품의 무대 그리고 사랑이라는 소재와 주제를 통해 독자가 문학작품에 좀 더 수월하게 접근할 수 있도록 안내하려 한 셈이다.

〈한겨레〉 토요판에 연재한 '최재봉의 공간'(2011년 9월 연재를 시작했을 때의 제목은 '그 작가 그 공간'이었다)도 비슷한 취지를 담고 있다. 작가에게 각별한 의미가 있는 공간을 매개로 독자들이 해당 작가와 작품을 더 친근하고 풍부하게 이해하도록 돕자는 게 기획 의도였다. 그런 의도가 실제로 얼마나 제대로 살았는지는 모르겠지만, 적어도 문학기자기 전에 한 사람의 독자기도 한 나에게는 많은 공부와 도움이 되었던 것만큼은 틀림이 없다.

가난한 시인 함민복이 늦장가를 간 뒤 부인과 함께 꾸려가고 있는 강화도 인삼 가게에서는 생활과 문학을 일치시키려 노력하는 시인의 착한 심성을 만날 수 있었다. 교수 작가 김태용이 너른 연구실을 두고 관 속 같은 고시원 방에 틀어박혀 글을 쓰는 장면은 성자와 죄수의 두 얼굴을 한 작가의 본질을 새삼 생각하게 했다. 멀쩡한 종이를 놔두고 굳이 광고 전단지 등의 이면지에 손으로 원고를 쓰는 고은 시인, 책상도 없이 방바닥에 놓인 원고지에 붓글씨를 쓰듯 세로로 글을 쓰는《만다라》의 작가 김성동 그리고 남산 아래 해방촌 골목을 순례하며 하루 두 차례씩 길고양이들의 먹이를 챙겨주는 황인숙 시인의 모습에는 절로 고개가 숙여졌다.

김선우 시인과 복사꽃을 보러 간 주문진 복사꽃마을에는 사나흘 정도 먼저 도착했어야 했다. 가지마다 상처처럼 남아 있는 꽃 진 자리가 야속했다. 요염한 꽃그늘 아래에서 술잔을 기울이자던 오래된 약속을 지키지 못하게 되어 안타까웠다. 해마다 동무들과 어울려 봄꽃을 보러 가는 하동 박남준 시인 동네에서는 우리 걸음보다 꽃이 느렸다. 그렇지만 활짝 핀 꽃만 꽃이 아니라 덜 여문 꽃봉오리 역시 나름의 아름다움을 지니고 있다는 사실을 확인한 것은 가외의 소득이었다.

두 사례에서 보다시피 공간은 시간과 별개로 존재하는 것이 아니라 시간의 영향을 받고 심지어 그에 종속되는 것이기도 하다. 똑 같은 공간이라도 시간과 여건에 따라 전혀 다른 얼굴을 내보이기도 하는 것이다. 내가 문학작품에 대한 통시적 접근('문학으로 만나는 역사' 연재)과 공시적 접근('문학 속의 공간' 및 '최재봉의 공간' 연재)으로 접근법을 나눈 것은 역시 편의적 구분일 뿐, 그 둘은 사실 긴밀하게 연결돼 있는 것이다.

2011년 9월부터 이듬해 9월까지 〈한겨레〉에 연재한 '최재봉의 공간'('그 작가 그 공간') 원고들을 수습해 책으로 내놓는다. 부부 시인 함성호·김소연의 공간 '소소재'를 다룬 꼭지는 문화 면의 다른 연재물로 실린 것인데, 이 책의 성격에 어울린다 싶어 포함시켰다. 연재가 끝나고도 책으로 묶기까지 뜸을 들이는 시간이 길었다. 그러다 보니 연재 당시의 상황과 책으로 내는 2013년 여름 현재 상황 사이에 크고 작은 변화들이 있었다. 친절을 베푼답시고 사실과 정보를 업데이트했지만, 두 시점이 혼재되면서 오히려 읽는 이를 혼란스럽게 만든 게 아닌가 싶어 걱정도 든다. 독자 여러분의 너른 이해를 바란다.

이번에도 한겨레출판의 신세를 졌다. 김윤정 팀장과 한겨레출판 식구들의 후의에 감사드린다. 연재 당시 도움과 조언을 아끼지 않은 문화부 동료들, 고생스러운 출장길에 동행해준 사진기자들에게도 감사의 마음을 전한다. 작가들의 공간을 근사한 영상(QR코드)에 담아준 조소영 PD에게는 각별한 사의를 표하고 싶다. 책으로 내느라 원고를 다시 읽자니 지난 여정이 주마등처럼 스쳐 지난다. 자신만의 내밀하고 소중한 공간을 기꺼이 공개해준 작가들에게 큰절을 올린다.

2013년 6월
최재봉

|차례|

3부 그 작가 길

1부

그 작가

작업실

그
작가
작업실

이 방에는 창이 없다, 구름도 없다

소설가
김태용의
고시원

그 작가의 공간은 고시원 3층에 있다. 1층 감자탕집과 2층 당구장을 지나 계단을 오르자 3층과 4층이 고시원이었다. 입구 층계참에서 일행을 맞은 작가는 박카스 병부터 권했다. 어쩐지 고시원이라는 공간에 어울리는 음료다 싶었다.

신발을 벗고 들어가게 되어 있는 고시원 3층에는 모두 서른한 개의 방이 있다. 4층에는 서른셋. 3층에 있는 상담실 자리에도 방이 들어선 탓이었다. 그닥 넓어 보이지 않는, 보통 크기의 건물 한 층에 무려 서른 개가 넘는 방이 들어갈 수 있다는 게 놀라웠다. 미로처럼 뚫려 있는 복도는 두 사람이 지나가기 어려울 정도로 좁았고, 바닥은 차가웠다. 입구 오른쪽 공용 샤워장에는 '10분 이상 샤워 금지', '밤 10시 30분 이후 샤워 금지' 같은 안내문이 붙어 있다.

작가의 방은 3층 입구 근처, 상담실과 화장실 옆이었다. '방문은 살짝 닫으세요'라는 안내문이 붙어 있는 방문을 살짝, 열자 좁은 실내가 한눈에 들어왔다. 가로 1.5미터, 세로 2미터 정도나 될까. 정면으로 책상과 의자가 놓였고, 오른쪽 벽에 옷걸이가 걸렸으며, 문 왼쪽 벽으로는 문학잡지들이 쌓여 있다. 잡지 위쪽 허공에 공사장 같은 데 걸려 있을 법한 '위험, 출입 금지' 페넌트가 매달려 있는 게 인상적이었다. 그 작은 깃발은 마치 "문학의 세계로 들어오는 일은 매우 위태로운 결정이므로 금지한다"고 경고하는 듯했다.

그 금지를 위반하고 이 방에, 그러니까 문학의 세계에 들어온 이는 누구였을까? 2012년 두 번째 소설집 《포주 이야기》를 낸 소설가 김태용이 이 작은 방의 주인이다. 그가 고시원을 집필실로 쓰기 시작한 것은 첫아이가 태어나던 2005년 겨울부터다. 다섯 번째 고시원인 이곳 생활은 만 5년에 이른다. 가장 싼 방을 찾던 그에게 주인이 권한 게 보증금 없이 월 16만 원인 이 방이었다. 이 고시원에도 더 넓거나 창문이 있는 방은 좀 더 비쌌지만, 그에게는 책상 하나와 의자 하나면 충분했다. 고시원 방들에는 침대와 냉장고가 붙박이로 비치되어 있는데, 그는 그 둘을 내보내고 대신 책상과 선풍기를 받았다. 그에게는 고시원이 생활 공간이 아니라 작업 공간이기 때문이다.

폐쇄된 고시원,
글만 쓸 수 있는 공간

김태용은 고시원에서 걸어서 10분 정도 거리에 있는 아파트에 산다. 집에는 동화 작가인 아내(서진희)와 두 아이가 있다. 그는 일주일이면 평균 사흘 정도 이곳 고시원에 온다. 대체로 밤 아홉 시쯤 왔다가 새벽 서너 시쯤 귀가한다. 마감이 있을 때는 거의 매일 출근하다시피 한다. 아침부터 와서 하루종일 고시원에서 생활할 때도 있다. 의자에 앉아 꼼짝 않고 열두 시간까지 있은 적도 있다고.

그에게 아파트와 고시원 말고 다른 공간이 없는 것은 아니다. 그는 2011년 봄 서울예술대학교 문예창작과 교수로 부임했다. 경기도 안산에 있는 학교에는 버젓한 그의 연구실이 있다. 새로 지은 건물이라서 기존 교수 연구실의 두 배 크기에 산 쪽으로 창이 나 있어 전망도 훌륭하다. 학생들이 수업 듣느라 오가는 공간과도 떨어져 있어 조용하기까지 하다. 그곳에 가본 어느 동료 작가는 "이렇게 좋은 델 놔두고 왜 칙칙한 고시원에서 쓰느냐?"고 묻기도 했단다.

"제가 공간에 적응하는 데 시간이 많이 걸리는 편입니다. 사실 이곳 고시원에 적응하는 데도 서너 달은 걸렸어요. 처음엔 공간이 낯선 데다 꽉 막혀 있다 보니까 폐소공포증 같은 것도 오고, 아무것도 못 하겠더라고요. 지금은 폐쇄된 고시원이 좋습니다. 딱 글만 쓸 수 있는 공간이다 싶어요. 제가 좀 게으른 편이라 넓고 편한 공간에 가면 늘어지는 경향이 있어요. 힘들게 적응했으니까 고시원이 없어지지 않는 한 평생 여기서 쓰고 싶습니다."

물론 연구실이 있는 학교가 안산이라서 쉽사리 오가기 어렵다는 현실적인 여건도 작용했지만, 그는 고시원이라는 닫힌 공간에 매우 만족해하는 것처럼 보였다. 그것은 어쩌면 닫히고 고립된 공간을 주된 배경으로 삼는 그의 소설적 특징과 고시원이라는 공간이 어울리기 때문인지도 몰랐다.

"의도적으로 닫힌 공간을 소설 배경으로 삼는 경우도 있긴 하지만, 반드시 그런 작정 없이 시작한 소설이라도 쓰다 보면 어느새 공간이 닫혀 있는 걸 깨닫게 되곤 합니다. 아마도 글을 쓰는 공간이 저도 모르게 심리적으로 작용하는 게 아닌가 싶어요."

그의 소설에 고시원이 등장한 작품은 없지만, 고시원을 연상시키는 폐쇄된 공간은 종종 만날 수 있다. "《포주 이야기》의 표제작부터가 주된 배경인 창녀촌의 분위기를 그리는 데 고시원의 눅눅한 냄새가 참고가 되었다"고 작가는 말했다. 같은 책에 실린 단편 〈머리〉의 공간은 고시원의 모습을 더 닮았다. "냉장고가 없"고 "의자가 하나밖에 없"으며 냉기가 가득한 소설 속 방은 그 소설이 쓰인 고시원 방을 닮았다. 물론 이 방에는 소설 속 주인공이 거주하는 방의 "오른쪽 벽면에 붙어 있"는 창문이 없긴 하지만 말이다.

방에는 창이 없다.
구름도 없다.
앞으로도 그럴 것이다.
저기는 없다.

《포주 이야기》 말미에 붙은 '작가의 말'은 고시원에서 쓰였음이 분명하다. 그가 쓰는 모든 글은 바로 이 고시원에서 쓴 것이니까. 그는 소설은 물론 짧은 산문 하나도 고시원을 벗어나서는 쓸 수가 없노라고 했다. 집에서는 퇴고나 할 뿐, 초고를 작성하는 일은 결코 없단다. 학교 연구실 역시 잠깐 책을 읽는 공간으로나 쓸 뿐이고, 요즘 작가들이 애용한다는 카페 역시 그의 체질은 아니다. '닥치고 고시원!' 작가 김태용의 모토는 아마도 이런 정도가 되지 않을까.

일단 고시원에 들어오면 노트북 컴퓨터를 켜고 글만 쓴다지만, 이따금씩은 길지 않은 '낮잠'을 자기도 한다. 침대가 없는 좁은 방에서 잠을 이룰 때, 그는 책상 아래에 머리를 두고 대각선 방향으로 발을 뻗는다. 베개 대용으로는 두툼한 국어사전을 쓰는데, 그의 꿈속으로 찾아오는 것은 낱말들이 아니라 끔찍한 이미지들이다.

"원래가 꿈을 많이 꾸는 편인데, 여기서는 특히 기괴한 꿈을 많이 꾸게 됩니다. 뚜렷한 스토리가 있다기보다는 이미지들이 지배적인 꿈인데요. 건물이 붕괴돼서 그 잔해와 먼지가 내게로 몰려온다든가 아주 거대한 새가 나오는 꿈, 또는 사람과 건물이 온통 물에 잠

김태용이 작업실로 쓰고 있는
서울 은평구 갈현동의 고시원.
책상 위에 붙어 있는
청탁서와 포스트잇.
'출입 금지' 페넌트 아래 보이는 방.

©최재봉

©신소영

©신소영

기는 꿈 같은 것이죠. 《포주 이야기》에 실린 단편 〈물의 무덤〉에서 주인공이 머물던 여관이 물에 잠기는 장면 같은 게 아마도 그 꿈의 영향이 아니었을까요? 쓰고 나서 생각해보니, 그 꿈의 잔상이 남아 있었던 것 같아요."

김태용의 소설은 뚜렷한 이야기나 주제를 부각시키는 대신, 소설 쓰기의 가능성과 불가능성을 탐문하고 언어 자체를 문제 삼는 '메타 소설'적 특성을 보인다. 2012년 그는 《포주 이야기》에도 실린 단편 〈머리 없이 허리 없이〉로 제2회 웹진문지문학상을 받았는데, 심사위원들이 그 작품을 가리켜 쓴 "고도로 계산된 횡설수설"이라는 표현은 김태용의 소설 세계 전체에 해당하는 말이라 보아도 틀림이 없다. "김태용의 횡설수설은 해체하면서 동시에 뭔가 엉뚱한 이야기의 구조물을 지어내고 그 엉뚱함을 통해서 엉뚱하지 않은 번듯한 이야기들을 간접적으로 비판한다. 놀라울 정도의 단순성으로 개념과 상식이 칭송되는 시대에, 문학에 고유한 전복성과 비판 정신을 실천하는 김태용의 해체적 구성 작업은 대단히 소중한 가치를 지닌다고 우리는 판단하였다."(웹진문지문학상 심사 경위)

"기존 '리얼리즘' 소설이 현실을 반영해 거리를 두고 인공적인 하나의 세계를 구축한다면 저는, 특히 《포주 이야기》를 쓰면서는, 내가 보았던 현실, 쓰고 있는 나, 읽게 될 독자, 그러니까 이야기 이전의 공간과 이야기가 탄생하는 공간, 그리고 이야기 이후의 공간 모두를 고려해서 쓰고자 했습니다. 삶은 시작과 끝이 있어도 이야기는 시작만 있고 끝이, 그러니까 죽음이 없는 것 아닌가 하는 생각을 많이 했습니다."

나는 벌거숭이여야지,
술주정뱅이는 아니어야 한다!

그의 소설이 언어에 특히 민감한 촉수를 내밀고 그가 종종 '시적(詩的)'이라 할 법한 문장을 구사하는 데에는 시 읽기와 쓰기가 그의 최초의 문학 수업이었다는 사실이 크게 작용했을 터였다.

"고등학생 때부터 시를 읽었어요. 다들 좋아하는 이성복, 황지우, 최승자, 황인숙 같은 '문지'(문학과지성사) 시인들의 시집을 모으는 데 재미를 붙였죠. 한 100권 남짓 모았나? 읽으면서 그이들을 흉내 내서 쓰기도 많이 썼습니다. 최인훈 선생과 오규원 선생을 좋아해서 그분들이 있는 서울예대로 갈까 했는데, '나 같은 사람이 어떻게 글을 쓰나' 싶은 자격지심에 포기했죠. 고등학교 땐 이과였기 때문에 대학도 이과 쪽으로 진학했습니다."

그러나 문학을 포기하고서 들어간 대학 생활에 그는 적응하지 못했다. 수업에는 거의 들어가지 않고 도서관에 있는 책들을 다 독파하겠노라는 각오로 도서관에서 살다시피 했다. 그나마 마음을 붙인 게 대학 방송국이었고, 부인도 거기서 만났다. 1.2의 단출한 학점을 손에 쥔 채 1학년을 마치고 입대했다. 군에서는 위생병으로 근무했는데, 제대할 무렵에는 시험을 봐서 문학이든 영화든 대학을 다시 들어가야겠다는 각오를 굳힌 상태였다. 그런데 안타깝게도 마지막 휴가를 앞두고 폭발물 사고를 당해 온몸에 화상을 입게 되었다. 10차례의 수술을 받는 동안 제대는 늦춰졌고, 그는 오랜 병상 생활 동안 더 많은 책을 읽고 글을 쓰면서 점차 영화가 아닌 문학 쪽으로 방향을 잡게 되었다. 결국 뒤늦게 숭실대학교 문예창작학과에 다시 들어갔을 때에도 그의 생각은 시에 가 있었다. 그러나 당시 숭실대에는 시를 가르치는 선생님이 없었고, 그는 어쩔 수 없이 시와 소설을 병행하게 되었다.

"소설로 등단하기 전에 시로 더 많이 응모해봤는데, 별 반응이 없더라고요. 2005년 《세계의 문학》으로 등단할 때도 시와 소설 원고를 같이 보냈는데, 시에 대해서는 언급이 없었어요. 소설을 쓰라는 운명이었던가 봐요. 허허."

등단 뒤 그는 첫 소설집 《풀밭 위의 돼지》(2008)와 장편 《숨김없이 남김없이》(2010)를 냈다. 2008년에 제41회 한국일보문학상을 수상하고, 2012년 웹진문지문학상을 받는 등 문단의 평가도 고무적이었다. 그렇지만 시에 대한 꿈을 아주 접을 수는 없었다. 지금도 소설보다는 시를 더 많이 읽는 편이라는 그는 소설을 쓰는 틈틈이 "휴식 삼아" 시를 써보았고, 그 결과물을 시집으로 낼 예정이다. 그런데 《뿔바지》라는 제목의 시집 지은이는 '자끄 드뉘망'이라는 프랑스인으로 되어 있다. 일종의 트릭이란다. 그 시들은 대체로 이러하다.

어려운 말은 하지 않겠다
다리 아래를 쳐다보지 않겠다
목의 치수를 재지 않겠다
혀를 굴리지 않겠다
너는 떠났고
너 때문이 아니라
a로 시작하는 모든 단어가 사라졌다
–〈죽음〉 전문

그것은 차갑고 단단하지
납처럼 달고
구름처럼 깊지

오후 속으로 사라지는 얼룩말의 빛깔

아,라고 말하면

오,라고 들리지

아니 그건 모두가 아는 진실과 무관한

여름 청어의 맛

돋아나고 물러서는

다리를 셀 수 없는 건반

그것은 축축하고 흘러내리지

보리처럼 흔들리고

보리처럼 보리처럼

-〈얼굴〉 전문

그렇잖아도 그의 고시원 방 책상 오른쪽 벽에 붙어 있던, '자끄 드뉘망' 앞으로 온 시집 청탁서의 정체가 궁금하던 터였다. 책상 정면으로는 이미 시효가 지난 청탁서들 또한 장식물처럼 붙어 있는데, 그 아래에 술김에인 듯 흘려 쓴 낙서가 눈을 잡는다. "함부로 술 먹지 말자! 나는 벌거숭이여야지 술주정뱅이는 아니어야 한다! 공부하자. 공부, 공부, 공부, 공부!" 그는 박성원, 박형서, 최제훈 같은 동료 소설가 또는 그가 속한 텍스트 실험 집단 '루' 동인(소설가 한유주, 김종호, 정용준, 시인 이준규, 최하연, 이제니 등)들과 주로 술을 마신다.

글을 맺기 전에 고백하자. 김태용과의 인터뷰는 그의 공간인 고시원이 아닌 근처 카페에서 진행했다. 사진기자는 악전고투를 벌여가며 그 빈약한 공간을 렌즈에 담아보았지만, 두 사람이 마주 앉기에도 불편한 그 방 안에서 긴 이야기를 나누기는 불가능했다. 다행히도 그와 나에게는 도망갈 공간이 있었다.

"고시원에 사는 분들과 별 교류는 없어요. 지나치면서 듣는 대화나 전화 통화에서 그분들이 하는 일을 짐작할 뿐이지요. 중국 동포와 일용직 노동자가 많은 편이에요. 가끔은 젊은 여성들도 보이더군요. 대체로 표정들이 좋지 않습니다. 그도 그럴 것이 이 공간에서 생활하다 보면 놀랄 만큼 몸이 망가집니다. 저로서는 작업을 위해 가끔씩만 쓰는 처지라서, 그분들에게 미안한 마음이 듭니다. 소음이 있긴 하지만 글 쓰는 데 방해될 정도는 아니고, 오히려 제가 잘 알지 못하는 세상과 인간에 대해 생각할 거리를 주기도 합니다."

그
작가
작업실

백발에 돋보기 쓴 '할머니 편집자'로 남는 꿈

시인
김민정의
편집
사무실

일산 신도시에서 임진각 방향으로 자유로를 달리다 보면 오른쪽으로 '파주출판도시' 입구를 알리는 표지판이 나온다. 출판사와 인쇄소 등 출판 관련 업체가 몰려 있는 한국 출판의 메카다. 굴지의 문학 전문 출판사인 문학동네도 이곳에 둥지를 틀고 있다. 4층짜리 문학동네 건물 2층에 시인 김민정의 편집 사무실이 있다. 김민정은 문학동네 출판사의 국내3팀 팀장이자 임프린트 '난다'의 대표를 겸하고 있다. 임프린트란 대형 출판사가 중견 편집자를 스카우트해 별도의 브랜드를 내주고 기획·편집·제작·홍보 등 운영을 모두 맡기는 방식을 말한다. 2012년 4월 현재 3명의 편집자가 김민정과 함께 문학동네 국내3팀과 난다 임프린트의 책을 만들고 있다.

김민정은 중앙대학교 문예창작학과에 재학하고 있던 1998년, 지금은 없어진 《베스트셀러》라는 잡지의 유일한 기자로 직장 생활을 시작했다. 당시 《베스트셀러》의 편집장은 대학 선배이던 소설가 박민규. 그때는 아직 등단하기 전이었다. 우편물을 보낼 때 궁서체로 받는 이의 이름과 주소를 적던 박민규한테서 김민정은 '사람에 대한 예의'를 배웠다. 취직 이듬해인 1999년에는 〈검은 나나의 꿈〉을 비롯한 시로 《문예중앙》 신인문학상을 받으며 시인의 이름을 얻었다. 그런데 김민정이 처음부터 시인이 되고 싶어 대학에 간 것은 아니었다.

"저는 고등학생 때 이문구, 오정희 같은 선생님들의 소설을 읽다가 그분들이 졸업했다는 '서라벌예대'에 가고 싶었어요. 그 학교가 중앙대로 바뀐 걸 몰랐던 거죠. 소설을 쓰고 싶었는데, 제 성격상 소설은 맞지 않는 것 같더라고요. 소설을 쓰자면 논리와 계획과 서사가 있어야 하고 생각을 오래 굴려야 하는데, 저는 과제를 제출하기 전날 밤에 단편소설 하나를 벼락치기로 쓰곤 했거든요."

그가 시집을 처음 사서 읽은 게 대학교 1학년 때였다. 처음에는 자신과 같은 인천 출신인 김영승, 박형준, 장석남 같은 시인의 시집을 골랐다. '점심값 아껴서 시집 사기' 놀이에 재미를 붙이면서 스스로도 몇 편 시의 꼴을 갖춘 글을 쓸 수 있게 되었다. 지금의 김민정 시와는 달리 산도 나오고 나무도 노래하는 시였고 주위의 반응도 괜찮았는데, 정작 자신은 어느 순간 그런 시들에 흥미를 잃었다. 2학년 겨울방학에 책을 집중적으로 읽고 나서 3학년 1학기 강의 시간에 나중에 등단작이 되는 작품을 제출했다. 시인 이승하 교수가 칭찬은 하면서도 너무 거칠다는 지적을 했지만, 김민정은 끝까지 밀고 나가기로 결심했다.

> 나는 유체 이탈하여 천장에 붙어 있다 이럴 때마다
> 내 몸에서 얇은 막 하나 하나가 양파 표피세포처럼
> 핀셋으로 집혀 나가고 건조한 살비듬만이 남아
> 내 발가락을 지탱한다 가렵다 가려워 긁을수록
> 노래하고 싶어진다 목이 마르다

주위에 아무도 없나 새벽 세 시지만 가끔
미친 척하고 달려주는 열차가 있다
−〈검은 나나의 꿈〉 첫 연

낮엔 편집자,
밤엔 시인

대학원 입학을 위해 직장을 그만두었지만, 휴학과 복학을 거듭하면서 공부가 적성에 맞지 않는다는 걸 알고 작파했다. 대학원에 다니면서 안양예술고등학교에서 학생들을 가르치기도 했다. 함민복, 이윤학 같은 시인들이 동료 강사였다. 아이들에게 시와 인생을 가르치는 일은 즐거웠지만, 그가 더 재미있어 하는 일은 따로 있었다. 출판편집 일이었다.

몇 군데 패션 잡지사를 거쳐 2003년부터 출판사 랜덤하우스중앙에서 프리랜서로 일하던 그는 이듬해 정직원으로 취직해 전통 문학지《문예중앙》을 만드는 한편 '문예중앙 시선'이라는 이름으로 새로운 시집 시리즈를 출범시킨다. 최하림 시인의《때로는 네가 보이지 않는다》를 무녀리 삼아 나온 이 시리즈는 머지않아 '미래파'라는 이름 아래 한데 묶이게 될 황병승, 유형진 같은 난해하고 도발적인 젊은 시인들의 온상 구실을 했다. 김민정 자신은 2005년 5월 열림원 출판사에서《날으는 고슴도치 아가씨》라는 제목으로 첫 시집을 냈으며, 역시 자신이 편집해 낸 시집의 주인들과 함께 미래파로 불리게 된다.

이곳에 2008년 8월까지 있으면서 그는 베스트셀러 여행서인 이

병률 시인의 《끌림》을 비롯해 시집 44권과 소설, 산문, 평론 그리고 인문서와 실용서까지 150권 가까운 책을 낸다. 영업 성과를 중시하는 풍토였기 때문에 책 한 권을 몇십 만 부까지 팔아보기도 했고, 그러자니 스트레스도 만만치 않았다. 그의 지병인 갑상샘저하증이 발병한 게 그 시절이었다.

랜덤하우스중앙을 그만둔 뒤 반년 정도 일을 쉬며 진로를 모색하던 그는 2009년 1월 문학동네에 입사했으며, 2011년 7월 '난다' 임프린트를 출범시켰다. 문학동네에 와서도 그는 '문학동네 시인선'을 새롭게 시작해 2012년 4월 현재 모두 16종을 냈고, 소설과 산문집 그리고 통권 9권을 끝으로 접은 청소년 문학지 《풋》을 포함해 모두 50여 권의 책을 만들었다. 그 사이에 두 번째 시집 《그녀가 처음, 느끼기 시작했다》(2009)가 나왔다.

약술한 이력에서 보듯 김민정의 삶은 시인과 편집자로 양분되어 있다. 그 두 개의 삶은 얼핏 긴밀하게 깍지 끼고 있는 듯 보이지만, 사정이 반드시 그렇지만은 않다. 가령 선이 굵고 시원하게 생긴 외모로 필자들과 씩씩하게 책 이야기를 나누는 편집자 김민정과 그의 시집에 흘러 넘치는 음울하고 그로테스크한 이미지 사이에는 자금성의 해자(垓字)보다 더 난해한 간극이 놓여 있는 것 같다.

> 지하에 계신 淫父(음부)와 淫母(음모)가 침봉으로 내 얼굴에 난 털을 빗긴다 나는야 털북숭이 라푼젤, 짜다 푼 목도리의 털실같이 꼬불꼬불한 털을 발끝까지 내려뜨린 채 울고 있다 울음을 짜보지만 눈물은 흐르자마자 냄새나게 덩어리지는 冷(냉)일 뿐, 에이 더러운 년 킁킁거리며 내 얼굴을 냄새 맡던 淫父가 빨간 포대기같이 늘어진 혀로 내 털 한 가닥 한 가닥을 싸매 핥는다 조스바를 빨던

입처럼 淫父의 혀 끝에서 검은 색소가 뚝뚝 떨어진다 이제부터 이게 네 머리칼이야, 알았어? 淫母가 스트레이트용 파마약을 이제부터 내 머리칼인 털 한 가닥 한 가닥에 찍어 바르더니 참빗으로 쭉쭉 펴 내린다 물미역같이 홑보들해진 머리칼을 부르카처럼 드리운 채 나는 淫父와 淫母의 손을 잡고 시장으로 끌려간다

-〈날으는 고슴도치 아가씨〉 부분

이 시를 표제로 삼은 첫 시집이 나왔을 때 문단 안팎의 반응은 극과 극이었다. 젊은 시인들의 독창적인 상상력과 과감한 실험을 옹호하는 쪽에서는 박수갈채가 쏟아졌지만, 이 시들에서 시인의 어두운 가족사와 성장기의 육체적·심리적 상흔을 찾으려는 '엉뚱한' 독자도 적지 않았다.

"친구들한테서 들은 나쁜 경험에 상상력을 더해 쓴 시가 많아요. 그걸 제 이야기인 것처럼 썼죠. 가까운 사람의 이야기일 때 더 효과가 크기 때문이죠. 그러다 보니 저와 부모님 사이에 무슨 나쁜 일이라도 있는 것처럼 오해가 있었던 것 같아요. 호호. 저는 엄마 아빠와 아주 가깝고 허물없는 사이예요. 부모님이 그런 걸 이해해주니까, 만만하니까 부모를 뜯어먹는 게 아닌가 싶어요."

딸의 등단과 시집 출간을 제 일처럼 기뻐하던 부모님도 정작 시집을 읽은 주변 사람의 반응에는 힘들어하지 않을 수 없었다. 첫 시집에 대한 지인들의 반응을 놓고 아버지와 나눈 대화를 일기 형식에 담은 아래 글에서 그런 정황을 짐작할 수 있다.

2005년 5월 25일의 詩(시), 나는야 날으는 고슴도치 아가씨

왜 우리 딸이 날으는 고슴도치 아가씨야? 꼼꼼히 한번 읽어봐. 말 잘 듣는 아빠는 밑줄을 쫙쫙 그어가며 내 시집 읽기에 몰입했다. 뭔 소린지는 모르겠는데 무진 웃겨, 근데 이거 시 맞아? 재밌으면 그걸로 말씀 끝이야. 하지만 지인들에게 시집 돌리기 재미에 푹 빠졌던 아빠는 얼마 안 가 밤낮으로 심드렁한 표정이었다. 걔네들이 뭐라 막 그래. 날더러 집에서 애들은 왜 그리 개 패듯 패냐, 민정이 정신적으로 문제 있는 거 아니냐, 남자 경험도 많은 것 같은데 얼른 시집이나 보내지 그러냐, 근데 이거 다 사실이냐…. 그래서 뭐랬는데? 개새끼들, 시도 좆도 모르는 것들이. 히히 잘 했는데 담부터는 이렇게 말해, 그만 씨불대고 너나 잘 하세요!

–〈詩, 雜(잡)이라는 이름의 폴더〉 부분

자신의 시집을 두고 아버지와 나눈 대화를 짐짓 쾌활하게 옮겨놓긴 했지만, 그렇다고 해서 김민정의 시가 근거 없고 자유로운 상상력의 소산인 것만은 아니다. 낮의 편집자 김민정과 달리 밤의 시인 김민정에게는 어둠과 상처의 세계가 엄연한 현실이다.

"해가 있거나 사람들과 어울릴 때는 밝고 긍정적인데, 밤에 혼자 누워 있으면 예민지수가 강해지고 어두운 상태가 바닥까지 내려가는 걸 느껴요. 혈액형이 A형인 데다 네 자매의 장녀라서인지 제 안의 스트레스를 밖으로 풀지 못하는 편이에요. '정신적 땀구멍'이 없는 셈이죠. 그런 걸 표출할 수 있는 통로가 저에게는 시예요."

그렇다면 김민정의 그로테스크한 시는 일종의 자기 치유의 방편이라 할 수도 있겠다. 그럼에도 '편집자 김민정'의 면모를 보여주는 시가 아주 없는 것은 아니다.

나는 말을 가지고 놀지 쪽, 하면 아기 똥꼬는 한입 더 쫀쫀해지고 파, 하면 할머니 똥꼬는 한 주름 더 축 늘어져 버리지

–〈쪽파〉 부분

더는 끝과 끊을 헷갈리지 않게 되자 끗을 만난다
끝이 끊어지는 것이듯 잘린 머리카락일 때
끗은 끈이듯 비명을 이어 붙인 동아줄이라
시방 겨오르고 있는 나 말고의 호랑이들로
울리는 모든 종소리는 그렇게도 붙이다

–〈끝이라는 이름의 끗〉 부분

인용한 시들은 두 번째 시집 《그녀가 처음, 느끼기 시작했다》에 실린 작품들이다. 〈쪽파〉가 편집자보다는 시인의 일에 가까운 말놀이를 소재로 삼았다면, 〈끝이라는 이름의 끗〉 역시 말놀이를 동원하고는 있지만 시 창작보다는 헷갈리는 표기 때문에 골머리를 앓는 편집자의 작업에 더 가깝게 읽힌다.

첫 시집이 준 강렬한 인상 때문에 두 번째 시집 제목은 오르가슴을 가리키는 것으로 오해를 받기도 했으나, 실제로 읽어보면 오르가슴과는 아무런 관련이 없는 이야기다. 화자는 천안역에서 연착된 막차를 기다리고 있다가 플랫폼 위에서 발톱을 깎고 있는 노숙자를 발견한다. "해진 군용 점퍼 그 아래로는 팬티 바람"인 노숙자는 화자에게 커피 한 잔 마실 돈을 요구하고 화자는 600원짜리 캔 커피 하나를 뽑아다 주는데, 노숙자가 원하는 것은 종이컵에 담겨 나오는 달달한 밀크 커피. 다시 300원짜리 자판기 커피 한 잔을 뽑아다 그 앞에 놓아두는 순간 화자의 눈에 전광판을 흘러가는 안내 문구

가 들어온다. '천안두리인력파출소 안내 시스템 여성부 대표 전화 041-566-1989'. 다급하게 펜을 찾아 코트 주머니를 뒤적거리는 화자의 손에 따뜻한 커피 캔이 만져지고, 시는 이렇게 끝난다. "기다리지 않아도 봄이 온다던 그 시였던가 / 여성부를 이성부로 읽던 밤이었다". 오탈자와의 싸움을 숙명으로 삼는 편집자의 삶을 엿볼 수 있는 삽화라 하겠는데, 시의 핵심은 정작 따로 있다.

자신과 아무런 관련이 없는 노숙자의 헐벗은 추위에 마음을 빼앗기고 그 마음을 행동으로 옮기는 삶의 구체성과 타자와의 연대의식이 바로 그 핵심이다. 이 시집에서는 이렇게 타인의 삶을 향해 열린 작품을 여럿 볼 수 있다.

"첫 시집이 저 자신을 향한 질문이었다면, 두 번째 시집에서는 '너는 누구니?'라고 타인을 향해 묻게 된 셈이죠. 날던 시에서 걷는 시로, 꿈꾸기와 환상에서 대화와 섞임으로 바뀌었달까요. 사실 첫 시집의 시들은 마감에 쫓겨 억지로 '만든' 시도 없지 않았어요. 그러자니 밤이 필요했던 거죠. 첫 시집을 낸 뒤 다른 시인들의 시집을 편집하면서 새삼스럽게 '시가 과연 무얼까' 하는 질문을 제 자신에게 던졌고, 그에 대한 답을 찾은 결과가 두 번째 시집이었어요."

세 번째 시집 제목은 '영신사'

그러니까 편집자로서 동료 시인들의 시집을 만드는 일이 그의 시 쓰기에 긍정적인 작용을 미쳤다고 하겠다. 그러나 시에 관한 생각의 변화 때문이든 아니면 편집자로서 눈코 뜰 사이 없이 바쁜 일상 때

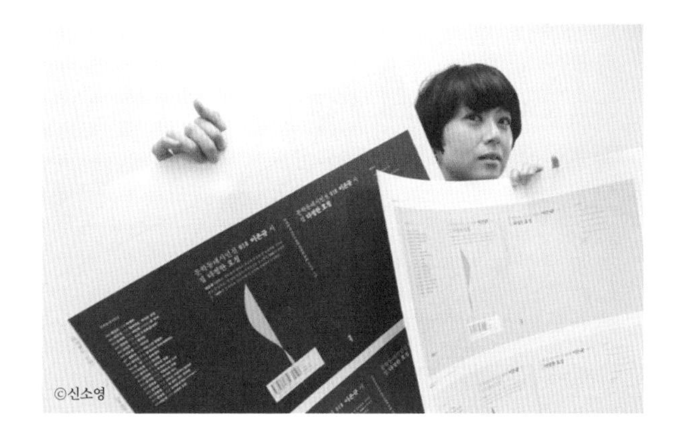

임프린트 '난다' 출판사.
출간될 시집의 표지 교정지를 들고 있는 시인 김민정.

문이든 그의 시작(詩作)은 지금 주춤한 상태다. 2010년 1월에 마지막으로 시 한 편을 쓰고 나서 아직까지 단 한 편의 시도 발표하지 않은 것. 그럼에도 그다지 초조해하지는 않는다. 일종의 숨 고르기라고 생각하기 때문이다. 시를 쓰지 못하는 대신 그는 신문과 잡지에 꾸준히 산문을 쓰는 것으로 글쓰기에 대한 갈증을 풀고 있다. 머잖아 동시집도 낼 예정이다. "김민정이 동시를?"이라고 의아해할 이들을 위해 한 편만 소개하자면 이런 식이다.

우리 서로 어깨와 어깨를 기대요
딱딱은 안 돼요, 톡톡만 괜찮아요

우리 서로 심장과 심장을 맞대요
쾅쾅은 안 돼요, 콩콩만 괜찮아요

우리 서로 볼과 볼을 비벼요
싹싹은 안 돼요, 살살만 괜찮아요
그러니까 왜 이리 조심이냐고요?

깨지니까!

–〈달걀도 사랑해〉 전문

김민정은 출판도시에서 멀지 않은 일산에서 자취하면서 택시로 출퇴근한다. 자동차는 물론 운전면허도 없다. 필자나 거래처 사람들을 만나러 외출할 때에도 택시를 이용하기 때문에 한 달에 택시비만 100만 원이 넘게 나온다. 그는 일산 콜택시의 VIP 고객이다.

출근하면 커피 타임을 겸한 팀 회의를 이끌고, 전자우편을 주고 받으며, 수시로 전화를 건다. 그의 방은 팀원들과 복도 하나를 사이에 두고 떨어져 있다. 업무의 3분의 1이 전화 통화일 정도로 그는 전화기에 매달린다. 실제 교정 업무는 팀원들이 주로 보지만, 그 역시 교정지를 들여다보는 시간이 많다. 제목을 짓고 부를 나누며 표지 콘셉트를 잡기 위해서다. 표지 디자인에 쓸 그림이나 사진을 고르기 위해 화가나 사진가와도 많은 이야기를 나눈다. 글을 쓰는 사람임에도 보도자료를 쓰는 일을 가장 어려워한다(그렇게 해서 완성한 그의 보도자료는 누가 봐도 '김민정 표'라는 걸 알 수 있을 정도로 개성 있다).

홍보는 워낙 마케팅 부서 소관이지만, 김민정은 마케터와 의논해 홍보 이벤트의 프로그램을 짜고 배우나 가수 등 초대 손님에게는 직접 연락을 취한다. 상수동 '이리 카페'나 홍대 앞 주차장 거리 카페 '꼼마'에서 여는 신간 시집 낭독회 '문학동네 시랑사랑', 또는 2010년 4월 연희문학창작촌에서 마련한 박범신 소설 《은교》 입체 낭독회 같은 행사가 모두 김민정의 머리와 손끝에서 나왔다.

"원고를 읽으면서 연필을 들고 제목을 궁리할 때, 표지가 원하는 대로 나왔을 때, 막 인쇄돼 뜨거운 상태의 책을 손에 들었을 때 정말 행복해요. 제 시집이 잘되는 것보다 내가 만든 남들의 책이 잘돼서 뒤에서 박수 치는 게 더 좋으니 '천생 편집자' 아닌가요? 호호. 백발에 돋보기 안경을 쓴 '할머니 편집자'로 남는 게 꿈이에요."

두 번째 시집 이후 시를 거의 쓰지 못했지만, 세 번째 시집 제목은 벌써 정해두었다. '영신사'다. 영신사는 파주출판도시에 있는 인쇄소로 그가 자주 출입하는 곳이다.

"인쇄소에 가면 온갖 작업이 진행되죠. 입고된 종이를 지게차로 나르고, 그 종이를 세고, 잉크를 섞고, 기계를 닦고, 필름을 출력하고, 종이가 마르면 접고, 책을 제본하고, 마지막으로 끈으로 묶어서 출판사에 입고하는 일까지. 그 사이사이에 간식으로 빵을 먹는 이도 있고요. 인쇄소에는 땀 흘리는 삶이 있어서 좋아요."

편집자 김민정과 시인 김민정이 만나는 교차로에 인쇄소 영신사가 있다.

두 개의 책상을 오가며 쓰는 두 편의 소설

소설가
박민규의
연희동
작업실

알려준 주소를 '내비'에 찍고 기계가 안내하는 대로 도착해서 전화를 했다. 주변에 보이는 상호며 건물을 주워섬겼건만, 도무지 감을 잡지 못하는 눈치다. 무슨무슨 쇼핑센터 이름을 일러주며 거기서 다시 전화를 하란다. 내비에 쇼핑센터를 찍으니 바로 길 건너, 눈에 빤히 보이는 곳이다. 차를 돌려 쇼핑센터 앞으로 가서 다시 전화를 했다. 채 5분도 안 걸려서 나타난 그가 일행을 안내한 곳은 다시 길 건너. 처음 전화한 곳이다. 전화로 읊은 건물과 가게를 가리켜 보이자 '이런 게 여기 있었나?' 하는 표정이다. 소설가 박민규의 연희동 작업실 방문 이야기다.

연희동으로 오기 전, 그는 아무런 연고도 없는 춘천에서 5년 정도를 지냈다. 서울에 있으면 이런저런 일로 '호출'당하는 것이 싫어 춘천으로 '피신'한 터였다. 춘천이래 봐야 용인 집에서 차로 한 시간 남짓이면 닿는 거리지만, 강원도가 주는 느낌 때문에 핑계를 대도 다들 이해해주었다. "그래서 아주 좋았다"는 춘천 작업실을 정리한 데에는 남모를 사연이 있었다. 부인이 뒤늦게 대학원 공부를 하고 싶대서 2011년 가을, 학교 가까운 이곳 오피스텔에 방을 얻었다.

박민규 자신은 춘천 작업실을 정리하고 용인 집에 들어가 초등학생인 아들을 챙겼다. 그러다가 부인이 한 학기 만에 공부를 중단했고, 2년 전세 계약인 오피스텔을 놀릴 수 없어 그가 대신 들어오게 된 것.

연희로 큰길가 오피스텔 5층 구석방에 도착한 것은 오후 네 시가 조금 지난 시각. 햇빛이 들이치는 서향 창에는 블라인드가 쳐져 있고, 방 안에는 잔잔한 피아노 음악이 흘렀다. 평소 오후 대여섯 시는 돼야 기상한다는 그는 선잠을 깨서인지 조금 뚱한 표정이었다. 그렇지만 샤워를 하고 난 듯 말끔한 외양에 은은한 화장수 냄새를 풍겼다. 혼자 쓰기에 크지도 작지도 않다 싶은 그의 방 역시 생각 이상으로 깔끔했다. 출입문 옆 화장실과 그에 잇닿은 싱크대와 냉장고, 소형 세탁기, 벽걸이 에어컨과 빈 옷걸이 외의 다른 살림은 한눈에 들어올 정도로 단출했다. 접이식 간이침대와 빨래 건조대가 한쪽 벽에 세워져 있고, 전자 기타와 악보 거치대, 역기와 아령, 선풍기, 각각 노트북이 올려져 있는 책상과 의자가 둘씩 그리고 벽에 걸린 거울 하나가 살림의 전부였다.

입구 쪽 책상 위에는 작은 가족사진과 호텔 프런트에서 쓰는 것 같은 종, 빈티지 전구가 있고, 여남은 권의 책이 책상 아래에 꽂혀 있었다. 전구는 그의 소설 《카스테라》(2005)를 읽은 독자가 소설에 나오는 '에디슨의 전구' 대신이라며 선물한 것. "작업할 때 켜놓으면 기분이 좋다"고 박민규는 말했다. 그렇다면 종은? "예를 들면 통화하고 난 뒤 다시 글쓰기 모드로 돌아가기까지 시간이 많이 걸리는데, 그럴 때 종을 울리면 그 시간이 단축되는 효과가 있어요. 잡생각에 빠졌다가 되돌아 나올 때도 도움이 되죠."

워밍업 삼아 이런 소소한 이야기를 나누다가 본격적으로 인터뷰와 촬영이 시작되자 그는 시력검사용 안경을 꺼내 썼다. 그가 평소 고글이 아니면 선글라스를 쓰고서야 대중(매체) 앞에 나선다는 사실을 알고는 있었지만, 시력검사용 안경이라니! 처음부터 허를 찔린 느낌이었다. 아니, 고글과 함께 그가 애용하는 가면을 쓰지 않은 것을 다행으로 여겨야 했을까. "가면은 여러 개 있었는데, 《더블》(2010)을 내고 나서 가까운 친구와 독자들에게 책과 함께 선물하다 보니 지금은 하나도 남아 있지 않네요." 두 권짜리 소설집 《더블》의 표지가 가면 사진이다.

다른 모든 살림이 최소 지향이다 싶을 정도로 간소한 반면, 책상만은 거리를 두고 두 개가 나란히 놓여 있는 까닭이 우선 궁금했다.

5차원 작가, 파격과 도발이 트레이드마크

"얼마 전부터 두 편의 소설을 동시에 쓰는 실험을 하고 있어요. 지금은 창비 문학 블로그에 연재를 시작한 '피터, 폴 & 메리'와 《문학동네》에 연재하다 중단한 '매스게임 제너레이션'을 나란히 진행하고 있죠. 한쪽 책상에서 '피터, 폴 & 메리'를 쓰고 다른 책상에서 '매스게임 제너레이션'을 쓰는 식이에요. 소설 하나를 너무 오래 쓰면 지루해지고 능률도 안 오르죠. 한동안 쉬었다가 다시 써야 하는데, 다른 글을 써보니까 그건 또 전혀 다른 성격의 일이라서 글 쓰는 데 인터벌이 많이 필요하지 않더라고요. 다른 작품을 쓰는 게 바로 기분 전환이 되고 쉬는 효과도 얻을 수 있는 거죠."

'피터, 폴 & 메리'는 1970년대 미국 포르노그래피 배우들을 등장시킨 소설이고, '매스게임 제너레이션'은 1980년대 대한민국의 고등학생들 이야기다. 그러니까 불과 1미터 남짓한 두 책상 사이에 10여 년의 시간과 태평양이라는 공간이 가로놓여 있는 셈이다. 고은 시인이 안성 자택의 2층을 작업실로 쓰던 시절, 몇 개의 책상에서 서로 다른 작업을 동시에 진행했다는 이야기가 유명하지만, 박민규는 고은 시인의 그 일화를 듣지 못했노라고 했다. 그저 혼자서 생각해낸 방법이라고.

파격과 도발이 박민규 소설의 트레이드마크라고는 해도 미국 포르노 스타를 주인공으로 삼은 소설은 확실히 보통의 상상을 뛰어넘는 바가 있다.

"소설 배경이 미국이고 주인공들도 미국 사람이라고 해서 특별할 건 없어요. 제가 한때 인생에서 아주 좋아했던 게 포르노기 때문에 언젠가 포르노에 관한 이야기를 꼭 써보고 싶었을 뿐이에요. 한국에는 없던 직업이라서 미국이 등장하는 거죠. 저는 미국에는 관심 없어요. 이제 세월도 많이 지났으니까 그 무렵 배우들의 삶에 대한 애잔함도 있고, 산업으로서의 포르노에 대해 제대로 써보고 싶은 마음이에요."

'피터, 폴 & 메리'는 1960, 70년대를 풍미한 미국의 혼성 포크 그룹 이름. 박민규는 자신의 소설 주인공인 포르노 배우들에게 이 이름을 붙여주었다. 독자가 인터넷에서 '피터, 폴 & 메리'를 읽으려면 성인 인증을 해야 한다. 소재가 소재니만큼 미성년자의 접속을 막기 위한 것이다. 그렇지만 한편으로는 '미성년자 관람 불가'가 오히려 어른 독자의 속된 호기심을 자극할 수도 있지 않을까.

"읽어보면 알겠지만, '후끈한' 장면은 거의 없을 거예요. 오히려 길고 지루한 소설이 될 겁니다. 포르노 산업 이면의 돈과 인간, 돈을 벌어야 먹고살 수 있는 이 세계에 관해 쓰려는 거예요. 세상과 인간에 대해, 마지막까지 감추고 있는 걸 벗기는 장르가 포르노 아닐까요? 그렇다고 해서 성에 관한 사회의 금기를 깨겠다는 생각도 없습니다. 포르노 역시 당사자들에게는 삶의 한 형태일 뿐, 다른 이들의 직장 생활과 차이가 없는 거거든요."

2003년 장편《지구영웅전설》과《삼미슈퍼스타즈의 마지막 팬클럽》으로 문학동네작가상과 한겨레문학상을 연이어 받으면서 등장한 박민규. 작가 생활 10년째인 그는 스스로 '문학2기'라는 표현을 써가며 10년 차 전업 작가의 각오를 새삼 다졌다.

"어느 날 갑자기 소설이 쓰고 싶었고, 문학에 관해 잘 알지 못하는 상태로 작가가 되었어요. 처음 몇 년은 뭐가 뭔지 모르고 달려왔는데, 지금까지 해오면서 차차 생활도 조율되고 인간 관계에서 불필요한 에너지를 줄이는 방법도 찾게 되었어요. 이제는 소설을 쓰는데 좀 더 집중하고 몰입하고 싶어요."

그가 춘천에서 서울로 공간을 옮긴 뒤에도 문단 안팎의 모임에 좀처럼 얼굴을 내밀지 않는 까닭이 여기에 있었다. 서른여섯이라는 비교적 늦은 나이에 등단한 그는 "시간이 없다"는 말을 버릇처럼 입에 올리곤 한다. 써야 할 글감에 비해 글을 쓸 수 있는 물리적 시간이 부족하다는 것이다.

"어떤 소설 하나를 쓰고 있으면 어느새 다른 이야기가 떠오르곤 해요. 먼저 착수한 작품을 빨리 끝내야 다음 작품에 돌입할 수 있잖아요? 너무 지체되면 이래저래 못 쓰는 경우가 생기거든요. 그래서 시간이 없는 거예요."

예술가들이 겪는 창작의 고통 중 가장 큰 부분이 아이디어 고갈인데, 박민규에게는 해당하지 않는 이야기인 듯했다. 그는 쓰는 속도보다 머릿속에 새로운 글감이 떠오르는 속도가 더 빠른 '행복한' 글쟁이로 보였다.

"내가 어떤 걸 글로 쓰고 싶다거나 구상을 한다기보다는, 이야기라는 게 세상에 떠돌고 있는데 내가 우연히 그 근처에 오게 돼서 이야기와 만나는 것 같아요. 그렇게 만난 이야기를 되도록 많이 활자와 책으로 바꾸고 싶어요. 더 늦기 전에요."

은둔과 금욕의 작가 마루야마 겐지 같은 예외도 있지만, 대부분 작가는 동료 문인과 어울려 술도 마시고 여행도 하며 이야기도 섞게 마련이다. 글쓰기의 긴장과 고통을 해소하고 비슷한 처지끼리 위안과 격려를 주고받을 수 있기 때문일 것이다. 때로 요긴한 정보를 챙길 수 있을 뿐 아니라, 더 나아가 술과 여행과 대화가 예술적 영감을 자극한다는 견해도 있다. 그러나 이 역시 박민규에게는 해당하지 않는 말이다. 그에게는 혼자만의 골방에서 글을 쓰고 책을 읽는 것 이외의 대외 활동은 모두가 부질없는 시간 낭비처럼 여겨지는 듯했다.

"문단 모임 같은 데에 나가서 의미 있는 시간을 보내거나 유익한 대화를 나눈 기억이 없어요. 여러 사람이 모이다 보니까 그저 술만 마시고, 결국은 서로 취해서…. 저도 술을 좋아하고 과거엔 꽤 많이 마시기도 했지만, 술 때문에 망가지는 사람을 여럿 봐서인지 이제는 술을 조심하게 돼요. 나이가 들면서 혼자 술 마시는 취미를 들였다는 이도 있던데, 저는 혼자서는 술을 안 마십니다."

모든 길은 소설로 통한다

서울에 와 있다 보니 춘천 시절에 비해 확실히 연락과 간섭이 많아졌는데, 그는 웬만하면 거절하는 편이다. 요즘은 한 달에 한두 번 정

연희동 작업실에서
노트북 작업을 연출한 소설가 박민규.
전구 램프와 탁상시계가 있는 책상.
시력 측정용 안경을 쓴 작가.

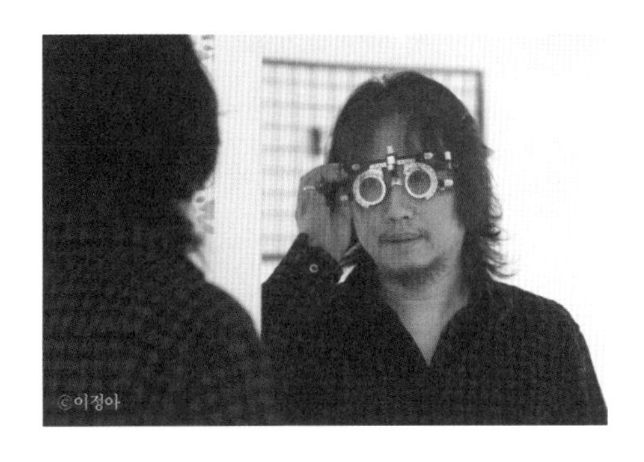

도 술자리에 나갈 뿐 나머지 시간은 작업실에 틀어박혀 있다. 주 5일 연재하는 창비 블로그 소설 원고를 금요일 아침에 보내놓고는 용인 집으로 가서 가족과 함께 주말을 지내고 일요일에 작업실로 돌아온다. 해외 문학 교류가 활발해지면서 문인들의 외국 걸음이 잦다지만, 여행을 좋아하지 않는 그가 작가로서 다녀온 여행은 몇 해 전 한국문학번역원 주선으로 멕시코 과달라하라 도서전에 참가한 것이 유일했다.

"멕시코는 꼭 한번 가보고 싶었어요. 그밖에는 여행이라는 것 자체를 좋아하지 않아요. 굳이 여행 갈 필요 있나요? 사진 보고 상상하면 되지. 문학작품을 외국어로 번역해서 알리고 하는 것도 너무 이상적인 일 같아요. 서로 침략이나 안 하고 살면 되지 그 무슨 문학 교류씩이나… 그런 생각이에요. 남들이 보기에는 처박혀 있는 것 같겠지만, 저에게는 소설 쓰는 게 늘 여행하는 기분이에요."

말을 듣다 보니 박민규에게는 모든 길이 소설로 통하는 듯했다. 그런 박민규가 소설이란 것을 쓰기는커녕 제대로 읽기 시작한 것도 서른이 넘어서라는 것은 정말이지 믿기 힘든 사실이다.

그는 대학 문창과 출신이긴 하지만, 학창 시절에는 시를 썼고 독서도 시집으로 제한되었다. 지금도 혼자서 몰래 시를 쓰고 있다는 그는 이렇게 말한다. "시는 의지를 가지고 쓰는 게 아니라, 어떤 '채널'의 문제인 것 같아요. 시가 와야 시를 쓰는 거죠. 내가 인간으로서 조금이라도 좋아져야 진짜 시가 나오겠죠. 제 시를 책으로 내는 건 한참 뒤가 될 거예요." 졸업 뒤 해운회사 영업직 사원을 시작으로 광고회사를 거쳐 출판 관련 잡지 《베스트셀러》까지 8년 정도 직장 생활을 하다가 문득 소설이 쓰고 싶어졌고 결국 회사를 그만두었다("산문이란 걸 처음 쓴 게 《베스트셀러》 편집장 시절 펑크 난 원고를 메꾸느라 가명으로 대중음악 평론 성격의 글을 쓴 것이었다"고 그는 말했다.

울산에서 보낸 고교 시절 밴드 활동도 했다는 그는 정작 "내게 예술적 재능이 있다면 그건 미술 쪽일 것"이라고도 했다). "멀쩡한 직장을 그만두고 갑자기 소설을 쓴다니, 웬 삼천포?"라는 주변의 반응에 오기가 생겨 정말 삼천포(경남 사천)로 향했다. 거기서 처음으로 쓴 몇 편의 소설 중에 《지구영웅전설》과 《삼미슈퍼스타즈의 마지막 팬클럽》이 있었다.

"처음엔 소설은 무조건 장편만 있는 줄 알았어요. 단편이란 게 있다는 사실은 등단한 뒤 소설 전공하는 선배와 대화하다가 비로소 알게 되었죠. 무언가 망친 기분이 들더군요. 결국 뒤늦게 혼자서 단편을 잔뜩 써놓고서야 조금 안심이 되었어요. 시와 달리 산문은 행갈이를 하지 않고 붙여 쓴다는 것, 다 쓰고 나면 퇴고 과정을 거친다는 사실도 몰랐을 정도로 소설에는 문외한이었어요."

박민규의 이런 고백은 거의 믿기 힘들 정도여서 가히 신화적 아우라까지를 풍긴다. 소설이라면 장편만 있는 줄 알았고 장편으로 등단한 뒤 비로소 단편을 습작하기 시작했다는 이야기는 작고한 박완서의 경우를 떠오르게도 하지만, 박민규는 선배 작가의 그 일화 역시 듣지 못했노라고 했다. 그랬던 박민규에게, 지금은 소설이 거의 종교에 육박하는 지위를 지니는 듯했다. 가족 이외의 다른 모든 관계와 활동이 무의미해 보일 정도로 소설이 매력적인 것은 왜일까.

"소설을 쓰다 보면 저 자신을 돌아보게 되고, 그 결과 삶이 조금씩 나아지는 것 같아요."

그에게 소설 쓰기가 그런 것이라면 그것은 확실히 종교적 체험에 가까운 어떤 것일 수 있겠다는 생각이 들었다.

여직 공복인 그와 자리를 옮겨서 커피를 한잔 마시며 마저 이야기를 나누고, 인터뷰 뒤에는 연희동에 많고 많은 중국 음식점 중 한 곳을 골라서 간단히 저녁을 먹고 헤어졌다. 친하게 지내는 동료 작가 천명관이 동석했다. 그러나 객들이 제 흥에 겨워서 홀짝이는 고량주도 그는 입술을 적시기나 할 뿐이었다.

"평론가들의 평가, 독자와의 만남, 동료들과의 대화… 다 귀찮아요. 사실은 글만 쓰는 게 제일 좋습니다."

원고를 마감하러 다시 작업실로 향하는 그와 헤어져 돌아오는 길, 독자들의 궁금증을 핑계로 그가 싫어하는 '부질없는 대외 활동'에 그를 억지로 끌어낸 듯해 마음이 못내 불편했다. 다음 날 출근해 보니 그에게서 메일이 와 있었다. "동영상은 올리지 말아주셨으면 합니다."

©김봉규

그
작가
작업실

목소리로 글의 리듬감을 전하는 것

©김봉규

시인
김경주의
'이리 카페'

"몽정이 육체의 정열이 될 수 없는 것은 자신이 그 육체를 사용한 기억이 없기 때문이다. 몽정은 자신의 몸을 종이에 싸서 물에 띄우듯, 먼 곳으로 보내보는 연습이다. 몸 위에 목선(木船)을 띄우듯, 몽정은 다른 몸을 건너온다. 몸에서 노를 놓아버리듯, 몽정을 하며 몸은 몸속에서 사그라든다. (…)"

2012년 2월 마지막 주 화요일 저녁, 서울시 마포구 상수동의 '이리카페' 홀 안에 시인 김경주의 낮은 목소리가 울려퍼진다. 그의 산문집 《밀어》 낭독회다. 인간 신체 마흔여섯 부위에 관한 시적 몽상을 펼친 이 책에서 그가 읽은 것은 '몽정'을 다룬 대목이다.

비록 백주 대낮은 아니라 해도 가릴 것 하나 없이 탁 트인 공간에서 몽정에 관한 시인의 고백을 듣고 있는 이들은 대부분이 20, 30대 여성인 60명가량의 청중이다. 그 표정들이 사뭇 진지하다. 종 다양성을 위해서라는 듯 드문드문 남성 독자가 섞여 있는데, 그들 역시 태연한 얼굴이다. 몽정이라는 은밀한 생리 현상은 어디까지나 시인의 일이지 자신들과는 무관하다는 듯.

낭독이 끝난 뒤 사회자로 나선 북디자이너 김바바가 시인에게 묻는다. 왜 하필 '몸'인가?

"저는 몸을 다 쓰고 휘발시켰을 때 집중력이 생기는 쪽입니다. 그래서 내 몸에 대해 집중해보고 싶었어요. 또 생각해보니 그동안 제가 낸 책들에 몸에 관한 단어가 많이 등장하더라고요. 쇄골, 무릎, 머리카락 같은 것이죠. 그렇듯 자기도 모르게 반복되는 단어나 상징들을 이 기회에 한번 정리해보자는 생각도 있었죠."

《밀어》의 배경을 설명한 아래 글은 몸과 언어와 글쓰기의 관계를 '김경주스럽게'(그러니까 다소 모호하게) 알려준다.

> 몸에 관한 글을 써내려가면서, 몸을 관통하지 못하는 언어는 어디로든 데려갈 수 없다는 사실을 다시금 느낀다. 몸에게 닿으려는 언어는 비밀을 더 많이 가져야 한다는 사실을, 시가 단어 하나 속에서 숨이 차오르는 숨쉬기이듯이, 시는 육체를 밀월하는 어떤 부위를 나 아닌 누군가의 몽정이라고 부르려는 호명에 가까운 것이다. 밀어(密語)란 보이지 않는 언어로 떠나보는 여행이다. 네 몸의 어떤 부분으로 떠나는 밀월이다.

2003년 신춘문예로 등단한 그는 시상식 바로 다음 날 인도로 떠났다. 긴급한 볼일이 있어서는 아니었다. 등단 이후 엄습한 공허함과 두려움으로부터 도망쳤던 것. 1년을 계획하고 갔다가 말라리아에 걸린 채 3개월 만에 귀국해야 했는데, 당시 인도 여행의 경험을 담아 쓴 시 〈내 워크맨 속 갠지스〉가 등단 후 첫 발표작이었다.

외로운 날엔 살을 만진다

내 몸의 내륙을 다 돌아다녀본 음악이 피부 속에 아직 살고 있는지 궁금한 것이다

(…)

외로움이라는 인간의 표정 하나를 배우기 위해 산양은 그토록 많은 별자리를 기억하고 있는지 모른다 바바게스트하우스 창턱에 걸터앉은 젊은 붓다가 비린 손가락을 물고 검은 물 안을 내려다보는 밤, 내 몸의 이역(異域)들은 울음들이었다고 쓰고 싶어지는 생이 있다 눈물은 눈 속에서 가늘게 떨고 있는 한 점 열이었다

-〈내 워크맨 속 갠지스〉 첫 두 연과 마지막 연

신춘문예 당선작은 시집에 묶지 않았다. "등단에 필요한 기술을 익혀서 쓴 것일 뿐 진정한 시작이 아니라고 생각"했기 때문이다. 그렇게 본다면 사실상 그의 첫 작품이라 할 이 시에서부터 '살'과 '몸'에 대한 관심은 두드러지는 셈이다.

《밀어》의 산문들, 그리고 김경주가 낸 시집 세 권을 몸으로 글쓰기라 한다면, 이날 낭독회는 말 그대로 몸으로 책 읽기라 할 법했다. 김경주는 이날 낭독회에서도 낭독의 중요성과 낭독 문화의 부활 필요성에 대해 힘주어 말했다.

"저는 문학이 살기 위해서는 소리가 살아야 한다고 생각합니다. 작가들이 대형 서점 같은 데서 사인회를 하기보다는 적더라도 독자가 있는 곳을 찾아가서 자신의 목소리로 글의 리듬감을 전하는 게

문학을 살리는 길이에요."

낭독,
몸으로 책 읽기

그런 신념 아래 김경주는 2000년대 초부터 이리 카페를 중심으로 다양한 낭독 운동을 펼쳤다. 소극장 산울림 근처에 처음 문을 연 이리 카페는 인디 음악가와 연극배우, 문인 등 다양한 장르의 예술가에게 아지트 구실을 했다. 아직 '북카페'가 생겨나기 전이었고 카페에서 낭독회를 한다는 개념 자체가 거의 없을 때였다. 김경주와 친구들은 즉흥시나 인디 밴드의 노랫말을 낭독하고 노래 공연과 마임 같은 퍼포먼스를 결합하는 등 자유롭고 실험적인 낭독으로 새로운 바람을 일으켰다. 그러나 서점과 카페, 방송 등에서 낭독이 눈에 띄게 활성화한 최근 2년여 동안 그는 오히려 낭독에서 멀어졌다.

"저는 평소 시를 쓰려는 젊은 친구들에게 '시는 끊임없는 중얼거림 속에 있다'는 말을 자주 하는 편입니다. 저부터가 시를 쓸 때 단어의 뜻 못지않게 그 소리와 질감을 중시하는 편이에요. 요즘은 낭독회가 성황을 이루고 있지만, 제가 보기에는 너무 이벤트화해서 낭독 본래의 취지가 퇴색한 것 같아요. 그 때문에 한동안 낭독 활동을 쉬었는데, 오늘을 기점으로 다시 낭독 문화 부활을 위한 운동에 나설 계획입니다."

김경주의 낭독과 사회자와의 질의응답 뒤로는 그와 가까운 선후배들의 낭독이 이어졌다. 낭독회 내내 '추리닝' 차림으로 무대를 '장식'하고 서 있던 시인 지망생, 그리고 이리 카페 주인장이자 '몸

서울 마포구 상수동 '이리 카페'에서
김경주 시인과 함께
진행된 산문집《밀어》의 낭독회.

과마음' 밴드의 드러머이며 그 자신 미등단 시인이기도 한 김상우가 차례로 《밀어》의 한 대목씩을 읽었다. 또다시 사회자와의 질의응답에 이은 김경주의 〈눈망울〉 낭독과 연극배우 장수진의 〈귓불〉 낭독, 독자 네 사람의 낭독과 질의응답, 마지막으로 가수 양양의 〈복사뼈〉 낭독과 노래 공연으로 두 시간여에 걸친 이날 낭독회는 마무리되었다. 독자 사인회까지 끝나자 낭독회 모드였던 카페 내부를 정리한 다음 그 자리에서 뒤풀이가 이어졌다. 일정 때문에 낭독회에는 참여하지 못한 가수 하림이 뒤풀이 자리에 나타났다.

동갑내기 친구 사이인 하림과 김경주는 마주 앉자마자 '도하 프로젝트'에 관한 얘기에 빠져들었다. 도하 프로젝트란 금천구청 인근 옛 육군 도하부대 터를 독립 예술가들의 작업 공간으로 탈바꿈시킨다는 계획이다. 육군과 금천구청 등 관계 당국과는 협의가 끝났고, 태양광 발전 시설도 관련 기업의 협찬을 얻어낸 상태. 두 사람은 2010년부터 해마다 6월 24일에 맞추어 이리 카페 등에서 해온 '6·24 예술독립선언' 낭독을 올해는 이곳에서 한다는 계획이다.

"홍대가 인디 예술가들의 둥지라고들 하지만, 지금 주차장 골목을 중심으로 한 이른바 '홍대 앞'은 음식점과 카페 아니면 술 마시고 춤추는 클럽 같은 상업 공간으로 바뀌었습니다. 창조적인 작업을 하는 독립 예술가들은 다 상수동이나 망원동으로 쫓겨났어요. 이리 카페가 2010년 봄 상수동으로 옮겨온 것도 치솟는 월세를 감당하기 어려워서였거든요. 저희는 더 이상 갈 데가 없어요. 여기서도 밀려나면 한강에 빠지는 수밖에 없습니다."

김경주는 홍대 앞이 '문화 생태계'로서 보호받아야 한다고 힘주어 말했다. "홍대 예술가들은 단순히 잉여가 아니라 항생제 문화로서 그 존재를 인정받아야 한다"는 것. 그런 김경주가 10년 가까이 드나들고 있는 이리 카페는 홍대 문화의 온상이자 버팀목으로서 그에게는 무엇보다 소중한 공간이다. 김경주뿐 아니라 하림과 양양, 기타리스트 방승철 등이 이리 카페를 단골로 삼고 있다. 김경주는 매일 출석하다시피 이곳으로 온다. 이리 카페 홀에는 열서너 개의 탁자가 있고 카운터 바에도 열 개 가까운 의자가 있는데, 김경주는 출입문을 등진 채 바의 왼쪽 끄트머리에 앉아 노트북에 '밥벌이용' 글들을 쓴다. 카페 실내 오른쪽 금연실에도 창가 쪽 바를 포함해 열댓 개의 의자가 있고, 바깥 테라스에도 세 개의 작은 탁자가 있다. 무엇보다 수십 대의 자전거를 세울 수 있는 자전거 보관대가 인상적이다.

이리 카페에서는 낭독회를 비롯한 각종 행사가 일주일에도 서너 건씩 이어진다. 이곳에 모여드는 단골 예술가와 주인장들이 커피나 맥주를 마시며 이런저런 얘기를 하다가는 문득 행사 하나를 기획해 내는 식이다. 최근의 행사 중 기억에 남는 것은 2월 1일에 있었던 '에이블아트'라는 장애인 대상 예술 체험 행사였다고. 김경주를 비롯한 이리의 단골 예술가들이 각자의 장르에 재능이 있는 장애인들과 일대일로 협동 작업을 해서 발표하는 형식이었다. 김경주는 시각장애인과 파트너가 되었다. 조명을 모두 끈 상태에서 두 사람이 전화로 상대방에게 자신의 시를 읽어주는 형식이었다. "전율이 일 정도로 놀라운 경험이었다"고 김경주는 회고했다.

그는 4월부터는 매달 마지막 주 일요일에 '이리 백일장'을 열 계획이라고 밝혔다. 누구든 시를 쓰고자 하는 이들에게 원고지를 나눠주고 시제를 주어서 세 시간 동안 시를 쓰게 한 다음 자신이 심사해서 심사평을 들려주고 상품도 준다는 것. 이리 카페에서는 이 밖에도 매주 토요일 무료 서예 강습회도 열고 있으며, 카페 안쪽 벽은 상시 갤러리로 쓰이고 있다. 여기서 열리는 다양한 행사, 그리고 이리 카페와 이곳 예술가들이 지향하는 세계는 무가지로 발행하는 《월간 이리》를 통해 세상과 만난다.

생계형
유령 작가

김경주에게 이리 카페는 새로운 문화 운동의 온상인 동시에 생계용 글쓰기를 위한 공간이기도 하다. 그는 등단 전부터 방송 작가와 자유기고가로서 글품을 팔았으며 시나리오 각색, 카피 라이팅, 대필 등 온갖 종류의 '매문'으로 밥을 벌었다. '돈 후안'을 연상시키는 '김주앙'이라는 필명으로 무려 원고지 3만 장 분량의 '야설'을 쓰기도 했다. "지금도 '유령 작가'로서의 실존적 정체성을 계속 지니고 있다"고 그는 말했다.

"시인으로서 이름이 났다고는 해도 생계 문제는 전혀 바뀐 게 없어요. 통장 잔고가 몇백만 원을 넘어본 적이 없습니다. 그래서 아직도 돈 때문에 쓰는 글이 있지요. 이리 카페에서 그런 작업을 주로 합니다. 제가 다음에 낼 책이 '고스트 라이팅 작가 되기'라는 책이에요. 저는 생계 때문에 유령 작가 일을 시작했지만, 젊은 친구들에게는 그것이 하나의 실존적 지향이 될 수도 있다고 생각합니다. 지금은 학연, 지연, 혈연에 관계 없이 자신만의 문체로 살아남을 수 있는 시대니까요. '유령'이라는 정체성이 새로운 글쓰기의 동력이 될 수 있는 것이죠."

1만 부 넘게 팔리면서 그를 일약 스타로 만든 첫 시집 《나는 이 세상에 없는 계절이다》에는 유령 작가로서 그의 실존적 정체성이 진하게 배어 있다. 아래 인용한 시들에서도 유령의 존재감은 뚜렷하다.

바람은 살아 있는 화석이다 살아 있는 모든 것들이
사라진 뒤에도 스스로 살아남아서 떠돈다 사람들은 자신

의 세계 속에서 운다 그러나 살아 있는 모든 것들은 바람
의 세계 속에서 울다 간다
–〈바람의 연대기는 누가 다 기록하나〉 부분

불을 끄고 방 안에 누워 있었다
누군가 창문을 잠시 두드리고 가는 것이었다
이 밤에 불빛이 없는 창문을
두드리게 한 마음은 어떤 것이었을까
이곳에 살았던 사람은 아직 떠난 것이 아닌가
문을 열고 들어오면 문득
내가 아닌 누군가 방에 오래 누워 있다가 간 느낌

(…)

이 방 창문에서 날린
풍선 하나가 아직도 하늘을 날아다니고 있을 겁니다
어떤 방(房)을 떠나기 전, 언젠가 벽에 써놓고 떠난
자욱한 문장 하나 내 눈의 지하에
붉은 열을 내려 보내는 밤,
나도 유령처럼 오래전 나를 서성거리고 있을지도
–〈누군가 창문을 조용히 두드리다 간 밤〉 첫 연과 마지막 연

그에게 유령이란 사이의 존재로서 경계 너머의 언어에 관여한다. 그의 시가 매혹적이면서도 난해하다는 느낌을 주는 것은 그가 유령과 사이의 언어를 추구하기 때문일 것이다. 그런 그에게 세상 사람

들이 쉽사리 입에 올리곤 하는 '소통'이라는 말은 적잖은 스트레스를 주는 듯하다.

"제가 소통을 생각하지 않고 글을 쓴다는 말은 저에게 상처가 됩니다. 제 생각에 소통이란 양의 문제가 아니라 질의 문제예요. 작가는 이미 있는 독자를 찾아가는 것이 아니라 잠재적인 독자를 발굴해야 합니다. 시인들이 시집 한 권을 묶는 데 보통 3년 정도 걸립니다. 그런 시집을 세 시간 안에 읽어치우고는 '소통이 안 된다'고들 합니다. 시가 어렵다고 느껴진다면 소리 내서 읽어보세요. 그러면 한결 이해가 쉬워집니다. 아무리 난해하고 복잡한 시라도 읽는 순간 독자는 잠시나마 어디론가 건너갔다 오는 것이죠. 그게 바로 제가 생각하는 소통입니다."

역시 문제는 '낭독'이다. 시 이전에 연극을 먼저 시작한 그는 시와 연극의 결합에도 관심이 많다. 그는 2012년 현재 동덕여자대학교 문예창작과와 한국예술종합학교에서 시 창작과 서사 창작 강의를 하는 한편, 한국예술종합학교 음악극창작학과 협동과정의 전문사(석사) 과정 강의를 듣는 학생이기도 하다. 그의 남다른 포부 중 하나가 국내에서는 그 이름도 생소한 시극 부흥 운동이다.

"소설과 시나리오, 드라마가 주류적 지배권을 지니고 있다면, 시와 무용, 음악, 마임은 그 반대편에서 항생제 구실을 하는 장르입니다. 저는 올해 '시인의 피'라는 이름으로 시극 실험 집단을 출범시킬 계획입니다. 10년 넘게 준비해온 거예요. 100여 개가 넘는 극단 중에 시극만 전문으로 하는 극단도 하나쯤 있어야 하지 않겠어요?"

ⓒ이정우

그
작가
작업실

누군가에게 말하듯,
속삭이듯 글을 쓴다

ⓒ최재봉

라디오 PD
정혜윤의
스튜디오

라디오 PD이자 저술가인 정혜윤의 '공간'으로는 그의 침대를 찾아가 보고 싶었다. 그가 낸 첫 책이 《침대와 책》(2007)이었던 데다, 〈한겨레〉에 연재하고 있는 서평 꼭지 제목 '새벽 세 시 책 읽기'도 딱딱한 업무 공간보다는 부드럽고 안락한 침대를 떠올리게 하기 때문이다. '침대에서 꼼짝 않고 누워 책 읽기의 달인'을 자처하는 그에게 침대만큼 맞춤한 공간이 따로 없을 것 같았다. 머리 쪽을 제외한 삼면 프레임에 책이 무질서하게 쌓여 있다는 그의 다다미 침대가 궁금했다.

그러나 모든 궁금증이 그 해소를 위한 노력을 정당화하는 것은 아니다. 어떤 궁금증은 풀리지 않은 채로 남겨둘 줄도 알아야 하는 법. 정혜윤의 침대에 대한 호기심은 《침대와 책》을 읽는 것으로 달래고, 현실적으로 접근 가능한 공간을 찾기로 했다. 바로 그의 일터인 '기독교방송(CBS)' 스튜디오다.

그는 지금(2012년 2월 현재) 매주 일요일 저녁 일곱 시부터 여덟 시까지 방송되는 〈우리가 사는 세상〉이라는 프로그램을 만들고 있다. '꿈꾸는 세상, 함께하는 세상'을 모토로 삼은 초대석 형태의 프로그램이다. 2012년 1월 29일 저녁에 찾은 서울시 양천구 목동의 기독교방송 사옥 3층 생방송 스튜디오에서 그는 제작 준비에 한창이었다. 이날의 초대 손님은 모두 세 사람. 감정 노동 없는 식당을 표방한 음식점 '베누' 대표 정규삼 씨, 사회적 기업 '두꺼비하우징'의 정상길 팀장, 그리고 2011년 《사라진 직업의 역사》라는 책을 낸 이승원 인천대 교수가 그들이었다. 이 중 정 대표는 전화로 연결하고, 다른 두 연사는 스튜디오에 직접 나오기로 했다고.

정 팀장이 방송 시작 전에 일찌감치 도착했다. 정혜윤이 그에게 주문한다. "두꺼비하우징이라는 개념 자체가 생소하니까 가능한 한 구체적으로 사례를 들어 설명해주세요." 뉴스가 끝나고 드디어 방송이 시작되었다. 오프닝 멘트와 도로 교통 정보에 이어 전화로 연결된 정규삼 대표와 진행자의 질의응답이 오간다. 정혜윤은 '식당 직원을 트위터로 뽑는다는데, 어떻게 판단하는가?' 같은 질문을 컴퓨터에 입력해 진행자에게 건넨다. 한창 이야기가 이어지던 중 갑자기 전화가 끊기는 사고가 생긴다. 비상이다! 진행자가 다른 아이템으로 돌리려는 걸 작가가 급하게 전화를 다시 연결한다. 끊겼던 질의응답이 속개된다. 휴~! 방송을 만드는 이들은 큰 한숨을 몰아쉬어야 했지만, 지켜보는 쪽에서는 생방송의 묘미를 느낄 수 있는 순간이었다.

연사가 스튜디오에 와서 하는 나머지 두 꼭지는 별 차질 없이 마무리되었다. 철거와 재개발이 아닌 원주민들의 일자리 순환까지 염두에 둔 도시 재생을 꿈꾸는 두꺼비하우징, 그리고 인력거꾼과 기생, 변사, 차장처럼 지금은 없어진 직업군부터 오늘날의 비정규직 문제까지 직업의 변천사를 다룬 이 교수의 책 이야기 역시 '꿈꾸는 세상, 함께하는 세상'이라는 프로그램 모토에 어울려 보였다.

방송을 마친 정혜윤이 아래층 편성국에 있는 자신의 책상으로 가서 짐을 꾸린다. 그의 자리는 한눈에도 책벌레 정혜윤의 공간임을 알 수 있을 정도로 온통 책투성이다. 책상 위와 아래, 의자 옆까지 무질서하게 쌓인 책들은 옆자리까지 침범했다. 컴퓨터 바탕화면에는 2011년 칠레 여행 중 그곳 서점에서 찍은 사진이 깔려 있다.

"2011년 연말에 '라디오 PD가 말하는 라디오'라는 6부작 다큐멘터리를 제작했어요. 사람들에게 라디오는 어떤 의미일까, 뉴미디어와 영상의 시대에 라디오가 과연 무엇을 할 수 있을까 하는 걸 알아보고자 했던 거죠. 갱에 갇혔다가 풀려난 칠레 광부들에게 육체적 안전만이 아니라 정신적 안전도 매우 중요했는데, 그 과정에서 '라디오 프로젝트'라는 걸 했더라고요. 라디오는 누구나 참여할 수 있다는 점에서 매우 인간적인 미디어예요."

사라짐을
어떻게 감당해야 하는가

정혜윤이 처음부터 라디오 PD를 꿈꾼 것은 아니었다. 그가 구체적으로 꾼 첫 꿈은 기자였다. 그 이야기를 그는 자신의 두 번째 책《그들은 한 권의 책에서 시작되었다》(2008) 서문에 썼는데, 책 읽기에 빠져들었던 고등학교 무렵 대학생 오빠가 서울에서 가져온《전태일 평전》을 읽고서 기자가 되기로 결심했다는 것이다.

"당시 아침에 일어나서 마당에 놓여 있는 신문을 집어 오는 게 제가 하는 일이었어요. 나름대로 신문도 열심히 읽었죠. 그런데도 전태일 같은 사람들이 있다는 사실을 모르고 살았던 거예요. 아마도 제대로 눈에 띄게 기사화가 되지 않았기 때문이겠지만, 저한테는 전태일과의 만남이 충격이었어요. 저처럼 무지한 사람들에게 전태일의 존재를 알릴 수 있는 직업이 기자라고 생각한 거죠."

이른바 언론고시를 준비하면서 몇 군데 언론사 시험을 치다가 기독교방송 PD에 합격했다. 대학 졸업반이던 1992년이었고, 정식 발령은 1993년이었다. 그러니까 햇수로 20년째 PD 일을 하고 있는 것. "라디오 PD는 크게 보아 음악 PD와 시사 PD로 나뉘는데, 나는 균형이 맞지 않을 정도로 오랫동안 시사 PD를 하고 있다"고 그는 말했다. 그동안 그는 〈김어준의 저공비행〉, 〈공지영의 아주 특별한 인터뷰〉, 〈행복한 책읽기〉, 〈시사자키〉 같은 프로그램을 만들면서 청취자 사이에 PD로서 자기 색깔을 확고히 새겼다. 한창 잘나갔던 〈나는 꼼수다〉(이하 나꼼수)의 김어준과 김용민, 소설가 공지영이 그의 프로그램 진행자였고, 역시 〈나꼼수〉의 정봉주와 주진우, 소셜테이너 김여진, 정신과 의사 정혜신 등도 출연진에 속해 있었다.

그렇지만 아직 20대이던 무렵의 정혜윤 PD는 '라디오의 비애'에 사로잡히기도 했다.

"당시만 해도 아날로그 시대였잖아요. 아무리 열심히 준비한 방송도 그 순간뿐이었죠. 그런 점에서 신문기자를 부러워했어요. 글에 대한 동경, 텍스트에 대한 욕심을 버릴 수 없었죠. 다른 한편으로는 무엇이 남고 무엇이 사라지는가, 그리고 그 사라짐을 어떻게 감당해야 하는가 하는 존재론적 고민을 하게 되었어요. 사라짐은 라디오만이 아니라 인간의 근본 조건이잖아요."

아날로그 시절의 방송은 모두 릴테이프에 녹음되었다. 당시 정혜윤에게는 비밀 릴테이프가 있었다. 그가 2011년 7월에 낸 다섯 번째 책 《여행, 혹은 여행처럼》에는 그 릴테이프에 관한 인상적인 삽화가 나온다.

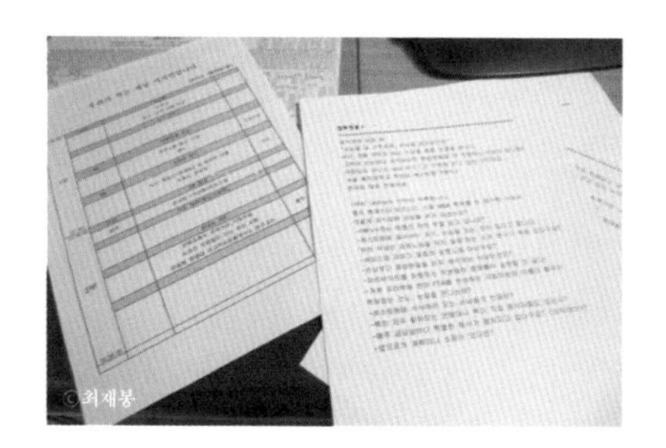

정혜윤 PD가 스튜디오에서
신행자들과 이야기를 나누고 있다.
방송 큐시트와 질문 리스트.
온통 책투성이인
방송국 정혜윤의 책상.

녹음 당시의 헛기침, 코 훌쩍거리는 소리, 이상한 발음은 녹음 후에 모두 편집된다. 이상하거나 불필요한 소리들은 모두 방송용 가위로 잘라내는데 미장원 바닥에 떨어지는 머리카락을 생각하면 된다. 어느 날 나는 그 잘려지고 쓰레기통에 들어갈 머리카락 같은 릴테이프 조각들을 모아 붙이기 시작했다. 코 훌쩍거리는 소리와 헛기침과 침 삼키는 소리, 이상한 발음과 말더듬만으로 이뤄진 릴테이프의 길이는 점점 늘어나 그 길이가 60분가량이 되었다. 그 후 우울한 날이면 편집실에 들어가 문을 닫고 누덕누덕 붙인 릴테이프를 듣곤 했다.

바지런한 독서가라면 이 비슷한 이야기를 어디선가 읽었다는 느낌을 받을 것이다. 딩동댕! 정답이다. 김연수의 중편 〈달로 간 코미디언〉에 거의 흡사한 장면이 있다. 화자의 연인인 라디오 PD가 화자에게 하는 말이다.

나는 아무도 없는 편집실에 앉아서 그런 사람들의 이야기를 몇 번이고 되풀이해서 들어. 처음에는 이야기를 따라가지만, 나중에는 감정의 흐름을 지켜봐. 그럴 때면 그들의 인생이란 이야기에 있는 게 아니라 그 이야기 사이의 공백에 있는 게 아닐까 하는 생각마저 들어. 그런데 편집은 목소리 사이의 공백을 없애는 일이잖아. 목소리와 목소리 사이에서 기침이나 한숨 소리, 침 삼키는 소리 같은 걸 찾아내서 없애는 거야. 그러면 이상하게 되게 외로워져. 그런 소리에 귀를 기울이고 있다가 릴테이프를 잘라내면 외로워진단 말인데….

정혜윤은 자세한 이야기를 꺼렸지만, 그가 김연수와 매우 가까운 사이라는 사실을 감안하면 김연수의 소설 속 이야기는 정혜윤이 들려준 이야기에서 온 것일 가능성이 커 보인다. 그는 또 다른 비슷한 이야기를 들려주었다.

"언젠가 추운 겨울날 시골에 갔다가 소가 음메~ 하고 울 때 입김이 하늘로 올라가는 것을 보았어요. 그게 어찌나 좋던지 소의 입김 '소리'를 녹음하고 싶었죠. 물론 입김이 녹음기에 잡히지는 않았어요. 그래도 음메~ 뒤의 묵음을 청취자들은 소의 입김으로 받아들이더라고요. 그게 바로 영상이 없는 라디오 청취자의 힘이죠."

정혜윤은 공감 능력이 뛰어난 사람이다. 감탄은 그의 재능이다. '인생이 학교'라고 생각하는 그는 사람들의 이야기에 귀를 기울이고 그로부터 무언가 배울 점을 찾아내는 데 열심이다. "방송을 위해서든 따로 책을 쓰기 위해서든 사람들을 만나서 이야기를 나누다 보면 늘 감탄하게 됩니다. 이렇게 좋은 걸 이제야 알다니, 이렇게 좋은 사람을 이제야 만나다니 하고 말이죠. 그런 점에서 제가 가장 경계하는 게 바로 냉소주의예요."

삶의 화두는 순간을 영원처럼

정혜윤은 라디오와 책 사이에 많은 공통점이 있노라고 힘주어 말했다.

"라디오는 듣는 사람의 적극적인 상상력과 공감하는 마음이 없으면 그저 소리가 나오는 기계일 뿐이에요. 책 역시 읽는 사람의 공감하는 마음이 없으면 어떤 한 사람이 지어낸 이야기에 불과하죠. 책의 운명은 어떤 독자를 만나느냐에 따라 순간에 정해진다고 생각해요. 사람도 마찬가지죠. 제가 한 권의 책이라면, 누가 나를 집어 드느냐가 제 운명을 결정하는 셈이죠."

기자를 꿈꾸던 소녀 정혜윤이 기자가 되기 위해 글쓰기를 따로 연습하지는 않았노라고 그는 말했다. 자신은 문학소녀도 아니었고 질풍노도의 사춘기도 없었노라고. 그가 지금처럼 여러 권의 책을 낸 저술가가 된 것은 순전히 우연 때문이었다고 했다.

"어느 날 한 인터넷 서점 대표와 점심을 먹으면서 《마담 보바리》를 읽은 이야기를 신이 나서 했더니 저더러 독서 칼럼을 써보지 않겠느냐고 제안하더라고요. 그때까지 저한테는 책을 쓰는 사람들에 대한 숭배가 있었지 제가 독서 칼럼을 쓰고 책까지 내게 될 줄은 몰랐어요. 워낙에 책을 좋아했기 때문에, 칼럼을 쓰면 보고 싶은 책을 보내주느냐고 물었더니 그러겠다는 거예요. 제 글쓰기는 그렇게 시작되었어요. 그때 제가 고른 책이 배달돼 왔을 때 포장 테이프를 뜯는 소리는 정말 에로틱했지요. 그 소리에 중독되어서 책을 읽고 글을 쓴 셈이에요."

그렇게 해서 세상에 나온 《침대와 책》과 《그들은 한 권의 책에서 시작되었다》, 그리고 고전소설 15편에 대한 서평 모음 《세계가 두 번 진행되길 원한다면》(2010)은 물론, 여행서를 표방한 《언젠가 떠날 너에게 런던을 속삭여줄게》(2009)에서도 핵심이 되는 것은 어디까지나 책이다. 최근 저서인 《여행, 혹은 여행처럼》(2011) 역시 사람과 책을 중요한 '여행' 대상으로 삼고 있으며, 《삶을 바꾸는 책 읽기》(2012)에서도 책과 인생의 관계에 대한 그의 천착은 이어진다(2013년 사람들의 이야기 《사생활의 천재들》을 출간했다). 그에게는 라디오와 책과 사람이 공히 설렘의 대상이다. 그는 2012년 현재 '새벽 세 시

책 읽기' 말고도 인터넷 서점 알라딘과 시사 주간지 《시사IN》에 책과 삶에 관한 글을 연재하고 있다. 그러니까 정혜윤은 방송을 만드는 사람이자 책을 읽고 책에 관한 글과 책을 쓰는 사람이기도 하다.

"저는 제 자신을 독자라고 생각하지 작가로서 정체성은 없어요. 제 바람은 최고의 독자가 되고 싶은 거예요. 제가 쓰는 글과 책도 어디까지나 제가 읽은 책에 대해 누군가에게 알려주고 싶은 마음에서 빚어진 것들이에요. 저는 원래 제가 읽은 책에 대해 말하는 걸 아주 좋아했어요. 특히 상대방에게 매력적으로 보이고 싶을 때 주로 책 얘기를 하죠. 제 글은 옆에 있는 누군가에게 말해주듯, 속삭여주듯 쓰는 글이에요."

라디오 PD 정혜윤에게 글이란 '인쇄된 말'이라 할 수 있을 법하다. 그의 글은 매우 감각적이고 심지어 관능적이라는 평가를 받는데, 그것은 자세히 말하고자 하는 데에서 오는 감각이요 대상에 대한 주체 못할 애정에서 표출된 관능이라고 해야 옳을 터다. 《여행, 혹은 여행처럼》에는 정혜윤 문장에서 만져지는 관능성의 기원과 본질을 짐작하게 하는 대목이 있다. 어릴 적 집에서 포도주를 담그느라 커다란 고무 대야에 담긴 포도 알갱이를 맨발로 밟던 일을 회고한 부분이다.

> 내게 포도 밟기는 내가 미리 배운 사랑의 접근법과도 같았다. 포도알들은 젊고 여린, 깨지기 쉬운 부드러운 육체들이었고 이 육체들을 밟는 나는 내가 알지 못했던 감각의 어떤 곳이 열리는 느낌을 받았던 것이다. 모든 새로운 진리는 '공백'과 '사이'에서 태어나게 되리라는 것을, 나는 포도알과 소주에 젖은 발바닥을 통해 감각적으로 받아들였다. 그때 내가 밟았던 포도알의 촉감들은 오랫동안 단

순하고 군세게 내 발바닥에 새겨질 것 같은 느낌이었다.

정혜윤에게 책은 곧 사랑의 표현이다. 삶에 대한, 사람들에 대한, 그리고 지금의 자신과 책을 통해 바뀔 미래의 자신에 대한 다함없는 사랑이 그로 하여금 책을 읽고 글을 쓰게 한다.

"제 삶의 화두는 '순간을 영원처럼'이라고 요약할 수 있어요. 제가 책을 읽는 이유도 순간을 영원처럼, 충만하게 살고 싶어서예요. 한 권의 책을 읽고 나면 저는 제 자신에게 묻습니다. 자, 책을 읽었으니 이제 어떻게 다르게 살지? 저에게 책 읽기란 실제의 나와 내가 읽은 것 사이의 균형을 맞추는 일종의 시소 타기 같은 거예요."

©김태형

그
작가
작업실

내 고집대로 시를 쓰는 독자적 시인으로

©김태형

시인
안도현의
시골집

나무 속에

보일러가 들어 있다 뜨거운 물이

겨울에도 나무의 몸 속을 그르렁그르렁 돌아다닌다

내 몸의 급수 탱크에도 물이 가득 차면

詩, 그것이 바람난 살구꽃처럼 터지려나

보일러 공장 아저씨는

살구나무에 귀를 갖다대고

몸을 비벼본다

–〈시인〉 전문

자신의 일곱 번째 시집《아무것도 아닌 것에 대하여》(2001)의 서시격인 작품〈시인〉에서 안도현은 살구나무를 덥혀서 꽃을 피우는 보일러를 상상하고, 내처 시인으로서 자신의 몸 안에도 살구나무처럼 양질의 보일러가 가동하기를 기대한다. 같은 시집에 실린〈살구나무 발전소〉라는 시에서는 보일러의 상상력이 발전소로 한 단계 업그레

이드된다. "그래, / 살구나무 어디인가에는 틀림없이 / 살구꽃에다 불을 밝히는 발전소가 있을 거야"(《살구나무 발전소》 부분). 이 시들뿐 아니라 같은 시집에 실린 〈살구나무가 주는 것들〉과 〈관계〉에도 역시 살구나무가 등장한다. 〈관계〉에서 시인은 "화들화들 꽃 피기 시작하는 저 살구나무와 / 나 사이에 / 무슨 일이 일어나기는 일어나고 있는 것인가요"라는 질문을 던지는데, 아닌 게 아니라 그와 살구나무 사이에는 틀림없이 무슨 일인가가 벌어지고 있다(그렇지 않다면 시인이 이토록 뻔질나게 살구나무를 노래할 턱이 없지 않겠는가!). 피가 뜨거운 시인은 사태를 설명하느라 '연애'니 '화간'이니 하는 말을 불러오는데, 여기서는 일단 아름다움의 전염 또는 동맹 정도로 상황을 정리해보자.

아름다움을 낳는다는 점에서 살구나무는 시인에게 일종의 역할 모델이자 스승으로 다가온다. 시인은 살구나무와 같은 미학적 생산의 보일러 또는 발전소를 꿈꾼다. 살구꽃은 물론 시인의 질투를 유발할 만큼 예쁜 꽃이다. 그러나 비슷하게 생겨서 사람들이 혼동하기도 하는 벚꽃이나 늦봄의 춘정을 자극하는 복사꽃도 아름답기로는 살구꽃에 결코 뒤지고 싶지 않을 것이다. 아니, 세상의 꽃 치고 아름답지 않은 꽃이 어디 있으랴. 오죽하면 꽃이라는 말이 아름다움의 가장 손쉬운 은유로 동원되겠는가. 그럼에도 시인이 살구나무와 그 꽃을 특정해서 모델이자 스승으로 삼고자 하는 까닭은 무엇일까. 다소 허무하지만, 살구나무가 '거기' 있기 때문이라는 것이 그 질문에 대한 답이다.

'거기'란 어디인가. 시인이 작업실로 쓰는 전주 인근 시골집이 바로 그곳이다. 행정구역으로는 전북 완주군 구이면 광곡리. 전주에서 남동쪽으로 30분 정도 차를 달려서 만나는 아담한 마을의 이 시골집 마당 한편에 살구나무 선생님은 서 계시다. 구이면에 있대서 동무들이 '九耳九山(구이구산)'이라는 편액을 선물해준 이 집에 시인이 들어온 것은 1998년 가을. 전교조 해직 교사 시절을 거쳐 어렵게 복직한 전북 장수 산서고등학교 교사직을 그만둔 이듬해였다.

쑥부쟁이와 구절초를
구별하지 못하는 너하고
이 들길 여태 걸어왔다니

나여, 나는 지금부터 너하고 절교다!
-〈무식한 놈〉 전문

삼겹살에 소주 한잔 없다면
아, 이것마저 없다면
-〈퇴근길〉 전문

'전업 작가'로 살아가기 위한 집

아내와 아이들을 전주에 남겨두고 홀로 자취방 신세를 져야 했던 산골 학교 시절 그는 쑥부쟁이며 구절초며 애기똥풀, 여치며 잠자리며 기러기 같은 자연의 물물을 새롭게 발견했지만, 동시에 삼겹살에 소주 한잔이 아니면 버티기 힘든 일상에 지쳐 있기도 했다. 1996년에 발표한 '어른을 위한 동화' 《연어》의 성공은 그에게 글만 써서 먹고살 수 있겠다는 자신감을 주었다. 4년 반에 걸친 복직 투쟁 끝에 돌아간 학교를 3년 만에 그만둔 그가 '전업 작가'로 살아가기 위해 밑천 삼아 마련한 것이 바로 이 집이었다. 전주에서 출퇴근하기에 적당한 거리이면서 버스가 들어오지 않아 조용한 데다, 근처에 축사가 없어서 냄새가 나지 않고 파리도 끓지 않으며, 마을 뒤에 산이 있고 앞으로는 저수지가 있는 배산임수 지형에 집 옆으로는 개울이 흐르는 것도 마음에 들었다.

"이른바 전업 작가가 되고서 집에 있자니까 시도 때도 없이 걸려오는 전화 때문에 견디질 못하겠더라고요. 도무지 일에 집중할 수가 없었어요. 전화가 나를 불러내지 못하는 곳으로 피신해야겠다 싶어 찾은 곳이 여기죠."

10년째 비어 있던 집이라 손볼 곳이 많았다. 무너진 돌담을 다시 쌓고, 해진 문풍지를 새롭게 발랐으며, 뒤안에 팽개쳐 있던 툇마루를 원래 자리로 가져와 아귀를 맞추었다. 베니어합판 천장을 뜯어내고 서까래와 애자를 드러낸 채 황토로 벽을 마감했으며, 키 높이로 자란 마당의 잡풀을 없애고 가지런히 잔디를 깔았다. 담을 따라서는 화살나무, 산딸나무, 소나무, 이팝나무 같은 나무도 10여 그루 심었다. 새로 심은 나무 말고 감나무 두 주와 배롱나무, 가죽나무와 함께 '원주민'에 해당하는 나무 중에 살구나무가 있었다. 시인에게 가르침과 함께 여러 편의 시를 준 바로 그 살구나무다.

처음에는 당연히 꽃을 보여주지요
쌀 안치는 소리를 내면서 피는 꽃들 말이지요

그 꽃들 지고 나면
잎을 보여주고요,
그러면 잎은 그늘을 주지요

그 다음에는 풋살구를 주지요

풋살구를 주고 나서는 아픈 배를 주지요

–〈살구나무가 주는 것들〉 앞부분

오전 아홉 시면 이 집으로 출근해 저녁 대여섯 시에 퇴근하는 생활이 이어졌다. 점심은 도시락을 싸 오거나 여기 부엌에서 간단하게 해 먹었다. 책 몇 권과 노트북컴퓨터가 유일한 작업 도구였다. 텔레비전은 물론 라디오도 없었다. 뒹굴면서 책을 읽거나 글을 쓰다가 지치면 마당의 풀을 뽑거나 담 밑에 심은 채소를 들여다보았다. 전화가 오지 않으니 살 것 같았다. 누구도 간섭하는 사람이 없었다. "산골짝 오두막에서 나는 가난하고 외로운 왕"(《장마》)이라는 생각이 들 정도였다. 그렇게 전주 아파트와 시골집을 오가면서 여러 권의 산문집도 냈지만, 무엇보다 많은 시를 건진 것이 뿌듯했다.

이 집을 드나드는 동안 그는 《바닷가 우체국》(1999), 《아무것도 아닌 것에 대하여》(2001), 《너에게 가려고 강을 만들었다》(2004), 《간절하게 참 철없이》(2008), 《북항》(2012) 등 다섯 권의 시집을 펴냈다. 이 집과 주변의 자연을 소재로 쓴 시만도 100편은 넘을 것이라고 그는 추정했다. 그렇게, 이곳 시골집에서 그는 남부럽잖은 부자다. 의심스럽거든 여기 그의 자산 목록과 그만의 재테크 비법을 보라.

싸리꽃을 애무하는 산(山)벌의 날갯짓소리 일곱 근

몰래 숨어 퍼뜨리는 칡꽃 향기 육십평

꽃잎 열기 이틀 전 백도라지 줄기의 슬픈 미동(微動) 두치 반

외딴집 양철지붕을 두드리는 소낙비의 오랏줄 칠만구천 발

한 차례 숨죽였다가 다시 우는 매미울음 서른 되
–〈공양〉 전문

한 평 남짓 얼갈이배추 씨를 뿌렸다
스무 날이 지나니 한 뼘 크기의 이파리가 몇 장 펄럭였다
바람이 이파리를 흔든 게 아니었다, 애벌레들이
제 맘대로 길을 내고 똥을 싸고 길가에 깃발을 꽂는 통에 설핏 펄럭이는 것처럼 보였던 것

(…)

또 스무 날이 지나 애벌레가 나비가 되면 나는 한 평 얼갈이배추밭의 주인이자 나비의 주인이 되는 것
그리하여 나비는 머지않아 배추밭 둘레의 허공을 다 차지할 것이고
나비가 날아가는 곳까지가, 나비가 울타리를 치고 돌아오는 그 안쪽까지가
모두 내 소유가 되는 것
–〈재테크〉 부분

2004년 가을 우석대학교 문예창작학과 전임으로 다시 교단에 서면서는 주말에만 들르게 됐다. 일주일을 비워두었던 집에 오면 우선

방문을 열어 환기를 시키고 청소를 하며 그새 마당에 우북하게 자란 풀을 뽑는 게 일이다. 그런 작업은 물론 시간과 에너지를 소모하는 노역이지만 동시에 그 자체가 시를 얻는 과정이기도 하다.

　누옥에 와서 맨 처음 하는 일은 마루 위의 박쥐 똥을 빗자루로 쓸어내는 일

(…)

　밤새 서책이라도 읽을 요량으로 전깃불을 밝히면 박쥐는 나한테 똥 눌 자리를 빼앗겨버린 박쥐는 벽에 납작 달라붙지도 못하고 밤새 얼마나 똥자루가 먹먹할까 생각한다

　아아, 한낱 서생인 내가 서책 따위를 읽으려고 불을 밝힘으로써 박쥐가 배변 주기를 놓치는 일은 없어야겠다고 생각한다

-〈박쥐 똥을 쓸며〉 부분

　나방이 왔다 풍뎅이가 왔다 매미가 왔다
　형광등 불빛 따라와서 모기장 바깥에 붙어 있다
　오지 말라고 모기장을 쳐놓으니까 젠장, 아주 가까이 와서
　나를 내려다보며 읽고 있다

　영락없이 모기장 동물원에 갇힌

나는 한 마리의 슬픈 포유류
–〈모기장 동물원〉 부분

뒤집어 보기가 시작(詩作) 방법론 중 유력한 한 가지라는 사실은 잘 알려져 있다. 상식 내지는 고정관념에 어깃장을 놓고 사태를 정반대 방향에서 바라보는 것이 그 요체다. 시골집에서 쓴 안도현의 시 중 상당수가 바로 그런 뒤집어 보기를 통해 빚어져 나온다. 제 돈을 주고 사서 제 손으로 고쳐 살고 있는 시골집이지만, 그 집의 주인은 인간 안도현이 아니라 박쥐라고 그는 믿는다. 모기장을 쳐놓고 들어앉아 있는 자신이 모기장 밖 곤충들의 구경거리가 되었다는 사실을 퍼뜩 깨닫는 순간 그의 시는 태어난다. 그렇게 인간과 자연 사이에 설정되어 있는 위계를 허물고 자신을 자연의 일부로 편입시키는 데에서 안도현의 시는 비롯된다. 그의 열 번째 시집 《북항》의 서시에 해당하는 작품 〈일기〉는 전형적이다.

오전에 깡마른 국화꽃 웃자란 눈썹을 가위로 잘랐다
오후에는 지난여름 마루 끝에 다녀간 사슴벌레에게 엽서를 써서 보내고
고장 난 감나무를 고쳐주러 온 의원(醫員)에게 감나무 그늘의 수리도 부탁하였다
추녀 끝으로 줄지어 스며드는 기러기 일흔세 마리까지 세다가 그만두었다
저녁이 부엌으로 사무치게 왔으나 불빛 죽이고 두어 가지 찬에다 밥을 먹었다

그렇다고 해도 이것 말고 무엇이 더 중요하다는 말인

'구이구산' 편액.
시 〈그립다는 것〉을 적고 있는 시인.
시골집 방 안 풍경.

가

–〈일기〉 전문

별행으로 처리한 이 시의 두 번째이자 마지막 연은 자신의 자연 '편향'에 대한 지적을 염두에 둔 발언으로 읽힌다. 한낱 국화꽃과 사슴벌레, 감나무와 기러기의 안위에나 신경을 쏟는 게 이 팍팍한 시절에 가당키나 한 일이냐, 하는 식의 비판에 그는 오래 노출되어왔다. 현실이 소거된 그런 자연은 진짜 자연이 아니라 시인의 머릿속에서 만들어진 가짜 자연이라는 주장도 없지 않았다. 〈일기〉의 마지막 행(연)은 그런 시비에 대한 시인의 항변이다.

"저를 어쩔 수 없는 농경문화 정서를 지닌 촌놈식으로 오해하는 데는 이의가 있습니다. 시골집은 저에게는 서울 사람들의 오피스텔 같은 거예요. 다만 자연이 덤으로 주어진 것이죠. 제가 특별히 자연 친화적이라서가 아니라, 여기서는 자연이 저의 일상이다 보니까 그 일상을 쓴 게 제 시가 된 거죠."

시와 현실 사이의 괴리를 어떻게 메울 것인가

사실 안도현은 첫 시집 《서울로 가는 전봉준》(1985)부터 역사와 사회 현실에 대한 관심을 늦추지 않아왔다. 전교조 해직 경험과 386세대로서 자부심이 그에게 단순한 음풍농월을 허락하지 않은 것이다. 2009년 노무현 전 대통령 장례식에서 추모시를 낭독한 그는 2012년 4월 총선에서 야당인 민주통합당 비례대표 공천 심사위원으로 활동한 데 이어 연말 대통령 선거에서는 같은 당 문재인 후보의 시민 캠프 공동 대표로 본격적인 정치 활동을 벌였다. 독자들 중에서는 그의 노골적인 정치 참여에 실망했다는 반응도 나왔다.

"제 정치적 발언과 행동을 걱정하는 분이 있다는 걸 잘 알고 있습니다. 그러나 저는 지금이 '정치'를 해야 할 때라고 생각합니다. 스무 살 이후 꿈꿔온 나라가 이 정부 들어선 뒤 완전히 역주행해버렸어요. 제가 쓰는 시와 현실 사이의 괴리를 어떻게 메울 것인지가 요 몇 년 동안 저의 고민입니다. 글쟁이 역시 공인이자 시민인 이상 세상을 옳은 방향으로 바꾸는 데 눈곱만큼이라도 관여하고 싶다는 게 제가 생각하는 정치예요."

그는 진보 문인 단체인 한국작가회의의 전북 지회장을 맡고 있는 한편 북한 어린이들을 위한 사과나무 보내기 운동을 주도하는 등 사회·정치적 관심의 끈을 놓지 않고 있다. 2012년 7월에는 야당 국회의원이 된 도종환 시인의 작품을 교과서에서 빼려는 교육 당국의 처사에 분개해 교과서에서 자신의 작품 역시 빼달라는 글을 트위터에 올림으로써 결과적으로 상황을 바로잡는 데 일조하기도 했다. 안도현 시인의 트위터 활동 사실이 널리 알려졌다는 게 그 사건의 부차적 효과 중 하나가 된 셈인데, 그가 트위터를 시작한 것은 2012년 4월이었고, 그로부터 1년여 만에 그의 트윗을 좇아 읽는 팔로워 수는 4만여 명에 이르게 되었다. 휴대전화를 쓰지 않는 그는 태블릿 PC를 가지고 다니면서 수시로 트윗에 글을 올린다.

"트위터를 해보니 소식이 가장 빠른 게 이 동네더군요. 자세히 읽지 않고 쓰윽 들여다보기만 해도 세상의 흐름을 알 수 있어요. 또 글자 수에 제한이 있어서 저처럼 시를 오래 써온 사람한테 잘 맞는 것 같아요. 저는 이제껏 숙제로 내야 할 경우 말고는 일기를 써본 적이 없는데, 트위터를 하면서는 일기 쓰듯이 하루에 몇 번씩 글을 올리고 있어요. 제 생각에는 트위터라는 양식이 새로운 무언가를 만들어낼 것 같아요."

시집 《북항》을 내고 나서는 출판사와 함께 두 달 동안 트위터 백일장을 실시했다. 적을 땐 하루 20~30명, 많을 땐 50명 정도가 참여했다. 시인이 직접 심사를 했다. 매일 그날의 장원과 차석을 뽑아 시집을 선물로 주었다. "그중 두세 사람은 시를 제대로 읽어주고 싶었고 만나서 시 얘기를 더 깊이 있게 하고 싶었다"고 그는 말했다.

베스트셀러가 된 《연어》, 그리고 "연탄재 함부로 발로 차지 마라 / 너는 / 누구에게 한번이라도 뜨거운 사람이었느냐"는 '국민 시' 〈너에게 묻는다〉 덕분에 그는 그 어느 시인보다 대중적으로 알려졌지만, 그 자신은 그런 시선을 매우 부담스럽고 불편해한다.

"《연어》는 제가 글 쓰는 사람이란 걸 세상에 널리 알렸지만, 시인으로서는 손해도 보았어요. 어디까지나 시인으로서 《연어》를 쓴 것인데, 문단에서는 그저 외도로 볼 뿐이더군요. 정호승, 도종환, 김용택 같은 시인은 제가 좋아하는 선배지만, 그분들과 한목에 언급되는 것도 반갑지 않아요. 저는 오로지 내 고집대로 시를 쓰는 독자적 시인으로 평가받고 싶습니다."

1930년대 시인 백석을 좋아해서 그의 시 구절을 변형한 '외롭고 높고 쓸쓸한'을 자신의 시집 제목으로 삼기도 한 안도현. 백석 열성팬을 자처하는 그는 언젠가 백석 평전을 책으로 내고 싶다고 했다. "백석의 북한 내 행적도 취재하고 남쪽의 지원으로 2008년 평양 력포 지구에 심은 사과나무가 잘 자라는지 확인도 할 겸 북한을 방문하고 싶은데, 그러자면 남북 관계가 호전되어야 할 것"이라고 그는 말했다.

©최재봉

그
작가
작업실

그가 지금 꿈꾸는 문학

©이정아

소설가 박범신의 논산 집필실

2011년 7월 1일 저녁 서울 태평로 한국언론회관에서는 박범신의 소설 《나의 손은 말굽으로 변하고》(이하 《말굽》) 출판기념회가 열렸다. 작가들이 책을 내면 어떤 식으로든 출판 기념 모임을 마련하고, 이따금씩은 세종문화회관 세종홀이나 한국언론회관 같은 큰 공간이 그 무대가 되기도 하는 터. 그날 모임이 새삼스럽거나 유별난 것은 아니었다. 그러나 주인공인 작가 박범신에게 그 자리는 각별한 의미를 지니는 것이었다. 1973년에 등단해 작가 생활 39년째를 맞은 그에게 《말굽》이 서른아홉 번째 장편이라는 숫자의 우연을 가리켜 하는 말이 아니다.

그날 행사는 단순히 책 한 권의 출간을 축하하는 것을 넘어 박범신의 작가 생활에서 하나의 전환점으로 기록될 법했다. 문단 안팎의 친지와 가족, 제자 등으로 성황을 이룬 그 자리에서 박범신은 '중대 발표'를 했다. 그해 여름으로 예정된 대학(명지대학교 문예창작학과) 정년퇴직에 맞추어 서울문화재단 이사장과 연희문학촌장이라는 '감투' 역시 벗기로 했다는 것이었다. 그달 안에 막내아들도 결혼을 해서 독립하느니만큼 이제 자신은 교수와 가장이라는 두 개의 짐을 내려놓고 남은 시간을 온전히 작가로서 살아보겠노라고 그는 설명했다. "'선생 노릇'과 '아버지 노릇'을 핑계로 모든 일에서 '차선의 길'을 선택할 수밖에 없었다"고 말할 때 그의 표정과 말투에서는 회한과 함께 비장한 결의가 내비쳤다. 완주한 마라토너라기보다는 오히려 출발선에 웅크린 단거리 육상 선수를 보는 느낌이었다.

그로부터 다섯 달 가까이 지난 그해 11월 27일, 그는 작가로서 '최선의 길'을 향한 첫걸음을 떼었다. 1988년부터 사반세기 가까이 살아온 서울 평창동 집을 뒤로하고 고향 논산으로 내려간 것이다. 1963년 이리(지금의 익산) 남성고등학교에 입학하면서 고향을 떠난 때로부터 근 50년 만의 귀향이었다.

> 아아, 금강.
>
> 산정에 오르면 곧잘 그는 중얼거린다.
>
> 백제의 고도 공주 부여를 지나 온 황톳물이 성동벌판의 북쪽 끝을 돌아와 ㄹ자(字)로 휘돌며 강경포구를 쓰다듬고 흐른다. (…) 강과 벌판은 너무도 잘 어울린다. 북쪽으로 쑥 물러나 성동벌판을 싸안듯이 둘러쳐나가 멀리, 운무 속에서 계룡산과 합류하고 있는 산들의 연접도 보기 좋다. 그가 태어나서 중학교 이학년 때까지 살던 두화마을은 성동벌판의 남쪽 끝에 있다.

인용한 부분은 그의 자전적 소설 《더러운 책상》(2003) 중 고향의 지형을 묘사한 대목인데, 박범신이 소설에 묘사된 바로 그 고향으로 돌아간 것은 아니었다. 그의 고향인 충남 논산시 연무읍 봉동리는 본래 전북 익산에 속해 있었으나 논산훈련소가 생기면서 충남에 편입된 곳. 그가 새롭게 정착한 논산시 가야곡면 조정리는 탑정호라는 커다란 호수를 끼고 있는 호숫가 마을이다. 마을이라고는 해도 근처에 인가가 많지는 않고, 여행객을 겨냥한 식당과 숙박 시설 등이 드문드문 서 있는 한적하고 운치 있는 곳이다. '은진미륵'으로 널리 알려진 관촉사가 그곳에서 멀지 않다.

"2011년 여름 모든 사회적 타이틀을 내려놓고 새 출발을 위한 모종의 변화가 필요하다 싶었을 때 논산이 다가왔어요. 저는 사실 고향이 싫어서 떠난 사람이었기 때문에 논산으로 돌아갈 생각은 아니었지요. 서울을 뜨더라도 고향이 아닌 다른 지역으로 가려고 했어요. 그런데 여러 우연이 겹치면서 결국 논산으로 오게 됐네요."

나는 대체 왜
이 길을 가려고 하는가

퇴역 교장 선생님이 지어서 살았다는 이 이층집이 작가의 마음을 끈 것은 크게 두 가지. 대문에서 마당에 이르는 진입로의 비스듬한 경사, 그리고 집 뒤꼍의 너른 암반과 그 아래 작은 연못이었다.

"처음부터 언젠가 와본 것처럼 편안한 느낌이었어요. 입구의 야트막한 경사는 저의 오랜 로망이었고, 뒤꼍의 바위는 앉아서 소주 한잔 하기 딱 좋아 보이더군요."

그러나 서울을 뜨기 싫다며 뒤에 남은 부인의 배웅을 받으면서 평창동 집을 나설 때 그의 마음은 착잡하기 그지없었다. "유배를 가는 기분"이었다고 그는 2011년 11월 27일 자 페이스북 일기에 썼다. '나는 대체 왜 이 길을 가려고 하는가'. 자신에게 던진 이 질문에 제대로 대답하지 못하면서 누군가에게 등을 떠밀리듯 떠나온 길이었다.

그렇게 돌아온 고향 논산에서 그를 맞이한 것은 뜻밖에도 '귀신'들이었다.

"낮에는 집 앞 호수와 그 너머 산들을 보거나 차를 몰고 논산 전역의 골목골목을 둘러보는 일로 소일할 수 있어요. 문제는 밤이죠. 천지 사방이 깜깜한 가운데 집 안에 홀로 웅크려 있자니 견딜 수가 없는 거예요. 우선은 책을 읽으면서 버텨보지만, 밤 열 시쯤 되면 더 이상 참지 못하고 소주를 아주 빠른 속도로 마시죠. 그렇게 해서 어느 정도 취기가 돌면 누군가의 말소리가 들리고 헛것이 보이기도 해요. 결국은 그이들과 대화를 나누는 지경(혹은 경지?)까지 가는 거죠."

논산 집에서 그가 만난 귀신들은 모두가 "고향에 돌아가지 못하고 죽은 사람들의 혼령"이라고 그는 말했다.

"호수가 끝나는 안쪽이 계백이 최후의 결전을 벌인 황산벌이에요. 미륵 세상을 꿈꾸던 견훤을 무너뜨리고서 왕건이 세운 절 개태사가 그 인근이고요. 동학의 남북 접주들이 모여 우금치 전투를 준비하던 곳도 근처입니다. 금강 유역이란 대대로 패배의 역사가 짙은 곳이죠. 5천 년 역사 속에서 얼마나 많은 영혼이 고향에 돌아가지 못하고 이곳에서 죽었을까요. 뗏장 밑의 억울한 영혼들이 저를 매개로 하고 싶은 이야기를 하고자 저를 이곳으로 부른 것만 같아요. 서울에 있었다면 발견하지 못했을 이야기죠."

그는 또 조선 중기 예학(禮學)의 태두 격인 사계 김장생으로 대표되는 유구한 유학적 전통 역시 그가 발견한 고향 논산의 새롭고 중요한 면모라고 강조했다.

"흔히들 논산 하면 육군훈련소를 떠올리기 십상인데, 논산은 사실 매우 유서 깊은 전통문화를 간직하고 있는 고장입니다. 율곡 이이의 법통을 이은 이가 김장생이고, 노론의 영수인 우암 송시열이 바로 사계의 제자입니다. 그 송시열의 제자 격임에도 주자학에 반기를 든 개혁적 지식인 윤휴에게 우호적이던 윤증의 고택 역시 논산에 있습니다. 소론의 태두로 불리는 윤증이라는 관찰자의 눈으로 보수의 거두 송시열과 진보의 거두 윤휴의 관계를 들여다보는 소설도 쓰고 싶어요."

수구초심이랬다고, 나이 든 작가가 고향으로 내려가면 대체로 자연과 벗하는 가운데 차분하게 삶을 정리하는 말년을 상상하기 쉽지만 '영원한 청년 작가'를 자처하는 박범신에게는 해당하지 않는 말이다. "유유자적과 안빈낙도는 가라! 나는 작가로서 새출발을 하기 위해 여기 왔다. 새로운 곳으로 새로운 인간이 온 것이다!" 예순을 훌쩍 지나 일흔을 바라보는 나이에도 그의 안에 도사린 채 형형한 눈빛을 번득이고 있는 어느 불온한 청년이 그의 귀에 대고 외쳐대는 말이 들리는 듯하다.

그렇게 내려간 고향에서 그는 그러나 2012년 4월 현재까지 새 소설에 착수하지 못하고 있다(〈한겨레〉 연재를 거쳐 소설 《소금》을 낸 것이 2013년 4월이다). 마지막 소설 《말굽》을 탈고한 때로부터 치자면 1년 반 동안 '작가 휴업' 상태를 유지하고 있는 셈이다. 1990년대 초·중반의 '절필' 기간을 포함해 작가 생활 39년 동안 중·단편집을 제하고 장편만도 39편을 낸 작가 치고는 썩 이례적인 일이다. 《은교》에서 《비즈니스》를 거쳐 《말굽》까지 세 장편을 1년 반 동안 몰아서 썼던 그 아닌가. "소설을 안 쓰는 게 더 힘들다"던 그가 이례적으로 오랫동안 침묵을 지키는 게 걱정스럽다기보다는 그 배경이 궁금했다.

"무언가 변화가 필요해 내려오긴 했는데, 그 방향이 어디일지에 대해 아직 확신이 서지 않네요. 1993년 절필을 선언하고 1996년에 〈흰소가 끄는 수레〉로 복귀한 뒤부터 《말굽》까지는 말하자면 초월을 향한 갈망에 끄달리던 시기라 할 수 있지요. 지금은 그 갈망의 시기가 끝나고 내 문학 인생의 마지막 시기가 시작되는 지점인데, 그게 어떤 것일지 저부터가 촉수를 내밀고 기다리고 있는 셈이에요. 그렇지만 '고향에 돌아가지 못하고 죽은 이들의 이야기'를 쓴다는 것만은 분명합니다."

소설을 쓰지 못하는 대신 그는 페이스북에 적은 일기를 책으로 묶어냈다. 《나의 사랑은 끝나지 않았다》는 제목의 이 책은 그가 논산에 내려간 2011년 11월부터 2012년 3월까지 휴대전화의 자판을 오른손 검지손가락으로 꾹꾹 눌러쓴 일기 모음이다. 그러고 보면 본격 문학 작가로서는 처음으로 소설 《촐라체》(2008)를 인터넷 포털 네이버에 연재한 이가 박범신이다.

> 소설을 쓰면서 독자와 타협할 수는 없다. 나는 그런 의미에서 영원한 '단독자'이고 '독재자'이다. 하지만 새로운 문명, 이를테면 '소셜 미디어'에 해당하는 모든 것은 경원하지 않아야 한다는 게 내 생각이다. (…) 새로운 문명과 문화에 배타적이면 그게 죽음이다. 풍향계처럼 외부의 새 바람에 예민하게 반응하면서, 나의 이데올로기는 굳세게 지켜가는 것이 내가 '늙은 청년'으로 살고자 하는 방식이다.
>
> –《나의 사랑은 끝나지 않았다》에서

페이스북 일기는 또한 그가 세상과 소통하는 방식이기도 하다. 서울의 분주와 번잡이 싫어 논산으로 내려갔지만 사람들에 대한 여전한 그리움을 버리지 못하는 그다. 그 자신도 "혼자이고 싶은 강력한 욕망과 혼자이지 못하고 사람들 속에 섞이려는 강력한 욕망 사이에서 평생 갈팡질팡해 왔다"고 표현할 정도다. 정년퇴직을 끝으로 손을 떼려 했던 강의를 재개한 것도 그런 주저와 변덕 때문일 것이다.

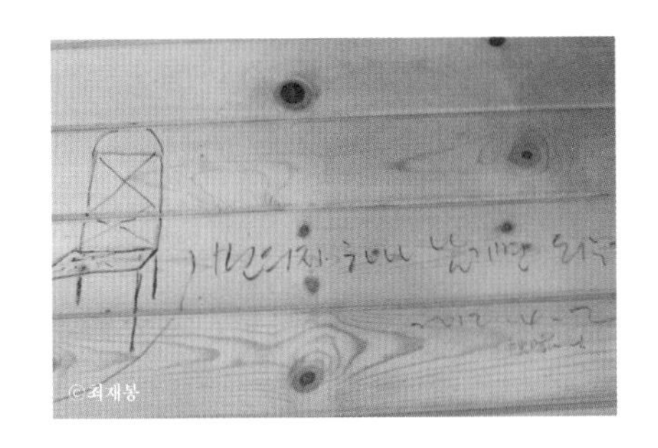

나무 벽에 작가가
낙서 삼아 그린 그림과 글씨.
2층으로 가는 계단에 있는 불상.
2층 집필실 책상과 서재.

"내 딴에는 은거하겠다고 내려온 것이었는데, 가을과 겨울을 논산에서 지내보니까 내가 그런 인간이 아닙디다. 20년 동안 해오던 강의를 손에서 놓으니 금단현상 비슷한 게 오더라고요. 우울해서 술만 마시고, 에너지도 없어진 것 같고. 이러다가는 사람이 망가지고 소설도 못 쓰겠다 싶어 다시 강의를 하기로 했죠."

행복하게 쓰고 행복하게 읽을 수 있는 문학

그는 2012년 4월 현재 상명대학교 석좌교수로서 금요일에 두 시간 강의하고, 논산의 건양대학교에서도 화요일에 강의를 맡고 있다. 목요일 저녁에 서울에 올라갔다가 일요일에 논산으로 내려오는 생활 리듬도 강의 일정에 맞춘 것이다. 하고 보니 두 개의 강의 일정이 너무 부담스러워 2학기에는 둘 중 하나를 줄일 궁리를 하고 있다. 그러면서도 그는 젊은 문학도들과 어울리는 기회가 작가로서 그에게도 크게 도움이 된다고 밝혔다.

"지금 생각해보니 젊은 문학도를 질책하던 말이 나한테도 경계심을 주었던 것 같아요. 학생을 꾸짖다 보면 그 학생 옆에 나도 무릎 꿇고 앉아 있는 듯한 느낌이 들거든요. 학생에게 돌아가는 꾸지람을 끊임없이 나 자신에게도 들이밀어보는 거죠. 그런 게 작가에게는 생산적 에너지가 되었던 것 같아요."

난방을 위한 리모델링 공사를 마치고 논산 집에 입주한 것이 2012년 3월 하순이었다. 그로부터 한 달여 뒤에 찾아간 그 집에는 마무리 조경 공사가 한창이었다. 잘생긴 배롱나무가 마당 한편에 들어섰고, 소나무나 자작나무 몇 그루도 옮겨 심을 계획이라고 했다. 2층짜리 건물의 2층은 서재와 집필실 등으로 꾸몄고, 1층에는 거실과 침실, 손님방 등이 들어섰다. 거실에는 소파를 두지 않는 대신 원목을 길게 잘라 만든 다탁 둘과 등받이 달린 앉은뱅이 의자 몇이 놓여 있다. 나무로 마감한 벽과 다탁에는 작가가 낙서 삼아 그린 그림과 글씨도 보인다. 그가 좋아하는 산과 나무와 소녀, 그리고 빈 의자였다. 흥이 나거나 술에 취하면 붓을 잡는다는 그는 "머지않아 거실이 낙서로 다 채워질 것"이라고 웃으며 말했다.

"작가 생활 40년이 연애 한번 한 것처럼 지나갔네요. 돌이켜보면 수지맞는 장사를 한 거죠. 문학을 한 덕에 당대인들한테서 최소한 사랑은 얻었잖아요? 워낙에 예민한 성격이라 내부는 늘 위태로운 경계를 걷고 있었지만, 겉으로 보기에는 큰 탈 없이 평온한 삶을 살아왔으니 이만하면 행복하다 말해도 되겠죠?"

박범신은 1980년대를 풍미한 베스트셀러 작가였다. 2012년에는, 비록 영화 덕을 보긴 했지만, 《은교》가 다시 종합 베스트셀러 수위를 다투기도 했다. 《은교》를 읽은 일부 독자가 "박범신에게 여고생 애인이 있는 게 아니냐"는 오해를 할 때 그는 어처구니없으면서도 한편으로는 작가만이 느낄 수 있는 은밀한 기쁨을 맛보기도 한다. 그런 오해를 살 정도로 소설을 그럴듯하게 잘 썼다는 뜻이겠기 때문이다.

"《은교》는 열일곱 살 소녀를 욕망한 소설이 아니라 영원한 처녀성, 초월과 불멸에 대한 욕망을 다룬 소설입니다. 그것이 무망한 꿈이기 때문에 '은교'는 상처의 근원인 것이죠. 이적요도 서지우도 다 나의 일부예요. 내 안의 두 자아를 분리한 것이죠."

많은 독자에게 읽힌다는 것은 작가로서 축복이라 하겠으되, 그에게는 그것이 상처기도 했다. 세 아이의 아비이던 1980년대에 안

양천변에서 동맥을 그은 일, 그리고 1993년의 절필 선언이 그 상처와 무관하지 않다.

"나는 평생 네 번 자살 기도를 했어요. 《더러운 책상》이 10대의 자살 미수를 다룬 소설이라면, 20대에서 30대에 걸친 두 번의 자살 미수는 속편을 위해 남겨두었어요. 죽기 전에는 속편을 꼭 쓸 생각입니다. 문학과 나, 문단과 나의 불화가 거기 담기겠죠. 1980년대에 내가 동지라고 부르고 싶었던 이들이 나를 상업 작가라며 공격하는 게 나에게는 엄청난 충격이자 슬픔이었어요. 지금 생각해보면 오히려 그런 게 나한테는 문학적으로 부패하지 않고 오래 살아남게 한 동인이 되었던 것 같지만요. 아직도 힘들지만, 언젠가 《더러운 책상》 속편을 쓴다면 그 얘기는 반드시 넣을 거예요."

'전(前) 작가가 되는 것에 대한 항시적 공포'를 토로하는 그는 여전히, 그리고 충분히 젊어 보였다. 그렇지만 그가 '영원한 청년 작가'를 자처하며 악착같이 붙들고 있으려 하는 특유의 감수성은 그에게 축복이자 동시에 장애로 작용하는 것처럼 보였다.

"나는 문학을 너무 좋아하는 것 같아요. 오죽하면 신춘문예 당선 때 '문학, 목 매달아 죽어도 좋은 나무!'라는 소감을 밝혔을까요. 그러나 지금은 생각이 바뀌었어요. 명분과 오욕칠정 사이를 오가는 변덕과 감정의 편차가 예술가의 창조적 에너지원인 것은 사실이지만, 문학이 끝내 인생을 넘어서지는 못하는 것이고 나도 이제는 나이에 어울리는 '노년의 문학'을 하고 싶어요."

그는 심지어 "내 문학에서 '불'이 꺼지기를 바란다"고까지 말했다. "행복하게 쓰고 행복하게 읽을 수 있는, 단순하고 쉽고 환하고 편안한 문학"이 그가 지금 꿈꾸는 문학이다. 탑정호가 내려다보이는 이층집은 청년에서 노년으로 옮겨가는 박범신 문학의 새 시대를 일구는 자궁으로 구실할 터였다.

그
작가
작업실

서울에서 나는 모래, 오해로 존재한다

시인
최승호의
카페 '시엘'

카페 '시엘'은 서울시 서초구 양재천변 카페 거리에 있다. 실내에 6개, 테라스에 4개의 탁자가 있고 정면의 바에 따로 7개의 키 높은 의자가 놓인, 크지도 작지도 않은 규모에 화려하지도 촌스럽지도 않은 인테리어. 카페의 전형이 있다면 바로 이렇겠다 싶은 외양이다. 천변을 따라 10여 개의 카페가 들어선 이 동네에서 카페 시엘의 외관이 유난히 도드라지는 것도 아니다. 그러나 하늘을 뜻하는 프랑스어(ciel)를 옥호로 삼은 이곳에는 다른 카페에는 없는 한 가지 특별함이 있다. 최승호 시인이라는 단골의 존재가 그것이다.

최승호 시인은 일주일에 사나흘은 이곳을 찾는다. 여기서 도보로 10분 거리에 사는 그는 점심을 먹은 뒤 양재천변으로 산책을 나와서는 한동안 걷다가 카페 시엘로 온다. 창가 쪽에 자리를 잡고 에스프레소 커피 한잔을 주문해 마시면서 그는 책을 읽고 글을 쓰거나 황갈색 노트에 메모를 한다. 이곳에서 손님도 종종 만난다. 문정희 시인을 비롯해 박상순, 강규원, 김경후, 김민정 시인과 문학평론가 엄경희 같은 문우가 그와 함께 이 카페를 자주 들락거린다. 그렇다. 카페 시엘은 최승호 시인에게는 작업실이요 응접실과도 같다.

"집에 작은 서재가 있긴 하지만, 답답하기도 할뿐더러 일에 집중하기도 쉽지 않아서 이곳으로 나옵니다. 작가들이 작업실을 마련하는 이유를 이해하겠어요. 아무래도 일상의 공간과 창작의 공간은 분리하는 게 지혜로운 것 같아요."

그가 2007년에 낸 시집 《고비》와 《말놀이 동시집》 3권 자음 편은 온전히 이곳에서 집필한 책이다. 다른 책들 역시 전부는 아니더라도 상당 부분을 여기서 작업했다. 집에서 하는 일이라고는 백지에 만년필로 쓴 원고를 컴퓨터로 정리하는 정도가 전부라고.

그는 초고는 반드시 백지에 만년필로 쓴다. 만년필의 촉과 종이가 마찰을 일으킬 때의 질감을 그는 소중히 여긴다. 스마트폰에 메모를 입력하는 경우도 없지 않지만, 시상(詩想)은 역시 노트에 만년필로 적어둔다. 그렇게 적어놓은 시상을 토대로 백지에 만년필로 시를 써 나가기 시작한다. 파지를 여러 장 내며 작업을 밀고 나간 끝에 어느 정도 시의 꼴이 갖추어졌다 싶으면 그제야 비로소 컴퓨터에 원고를 정리한다. 그에게 만년필은 시를 낳는 샘과도 같다.

만년필로 눈, 사, 람, 이라고
휘갈겨 쓴다
잿물을 뿜는 만년필로
萬, 年, 筆, 이라고
히, 말, 라, 야, 라고
눈을 뭉치듯이 눈덩이를 굴리듯이
눈사람을 만들듯이 쓴다
공을 들여서 쓴다
空을 들여서

—〈만년필〉 부분

시집《고비》에 실린 시들도 그런 과정을 거쳐서 쓰였다.

"2006년 5월에 열흘 동안 고비사막을 여행하고 왔어요. 현지에서 노트에 메모해온 내용을 기반으로 그 뒤 여섯 달 반 정도를 이 카페에서 작업해 펴낸 책이 시집《고비》입니다."

그렇게 나온 시집《고비》의 세계는 예컨대 이러하다.

> 만약 늑골들이 현이었다면, 그리고 등뼈가 활이었다면, 바람은 하나의 등뼈로 여러 개의 늑골들을 긁어대며 연주를 시작할 수도 있었을 것이다. 적막이라는 청중으로 꽉 찬 사막에서 뼈들의 마찰음과 울림은 죽은 늑대의 뼈나 말의 뼈와 공명할 수도 있었을 것이며 적막이라는 청중의 마음을 깊이 긁어놓았을지도 모른다. 내가 생각하는 뼈의 음악은 그렇다. 아무런 악보도 없이 뼈를 뼈로 연주해 텅 빈 뼈들을 뒤흔든다. 청중으로는 적막이 제일이고 연주자로는 바람이 적합하다.
>
> —〈뼈의 음악〉 전문

서울이라는 사막에서 찾은 오아시스

"고비에 가기 전에 고민했던 게 '사막의 문체'가 있다면 어떤 걸까, 하는 거였어요. 제가 워낙 시를 건조하게 쓰긴 하지만, 그것과는 다른 사막만의 고유한 문체가 있을 것 같았거든요. 고비에 가서도 계속 의문을 놓지 않았던 게 바로 문체의 문제였어요. 사막 속에 들어가서 보니, 사막의 문체는 반복의 문체더군요. 풍경이 반복적이니까요. 해, 달, 별, 사막, 모래, 바람, 풀, 양, 낙타…. 눈에 보이는 시적 대상이 몇 안 되는 거예요. 그 몇 안 되는 시어를 음표처럼 쓰자고 생각하게 되었어요. 반복을 통한 리듬감이 사막의 문체의 핵심이라고 본 거죠."

사막은 바람과 적막이 지배하는 세계다. 사막에 들어가는 행위는 바로 그 적막으로 들어가는 일, 그러니까 '입적(入寂)'이다. 그런데, 바람 대신 진짜 음악이 흐르고 옆 테이블 손님들의 말소리가 끼어들며 가게 앞을 오가는 차량과 오토바이의 소음이 집중을 방해하는 세속 도시의 한가운데에서 적막의 시편들이 쓰이다니!

"글에 몰입해 있으면 주위의 소음이 전혀 의식되지 않습니다. 그리고 사막의 시라고 해서 반드시 사막 같은 공간에서 써야 한다고는 생각하지 않았어요. 오히려 거리를 두었기 때문에 객관화가 가능했던 것 같아요. 대상이 멀리 있고 희미할수록 상상력의 날개는 더 커지는 것을 경험했지요."

하긴 그에게는 그가 몸담고 있는 서울이라는 대도시가 사막과도 다름없는 공간이다. 그가 아직 고비사막에 가기 전인 1996년에 낸 시집 《눈사람》에 실린 〈모래〉라는 작품이 시사적이다.

사막은 움직이는
모래들의 무리로 구성되어 있다고 한다.
서울에서 나는
모래,
오해로 존재한다.

이 말뜻이라도 제대로 이해되기 바란다.

–〈모래〉 전문

시인의 눈에 비친 서울이라는 사막은 모래의 단절성 그리고 이해가 아닌 오해를 구성 원리로 삼는다. "이 말뜻이라도 제대로 이해되기 바란다"는 마지막 구절은 그의 절망과 환멸의 정도를 아프게 환기시킨다. 그렇다면 그가 드나들며 목을 축이고 시를 쓰는 카페 시엘은 서울이라는 사막에서 그가 찾은 오아시스라 할 수 있지 않을까.

사실 그의 경우가 특별하다 할 수도 없는 것이, 고래로 문인과 카페는 가깝다면 가까운 사이다. 사르트르의 단골이었던 파리의 '카페 드 플로르'와 '레 뒤 마고', 헤밍웨이가 자주 드나들었다는 쿠바 아바나의 '라 테라자'의 경우에서 보듯 외국, 특히 구미의 문인 사이에서는 카페에서 책을 읽고 글을 쓰는 일이 자연스러운 문화로 자리 잡아왔다. 그런데 우리 풍토에서 카페란 친구와 어울려 차나 술을 마시며 대화를 나누는 교유(交遊)의 공간이기 십상이다. 물론 최근 늘어난 북카페나 커피 전문점에서는 책을 읽거나 노트북으로 작업하는 이들을 보는 일이 드물지만은 않게 되었다. 그러나 최승호 시인과 카페 시엘의 사례처럼 문인이 특정 카페를 단골로 삼아 책을 읽고 글을 쓰는 것은 매우 이례적인 일이다.

양재천변에는
시인이 있다

카페 시엘이 이 자리에 문을 연 것은 2004년 12월. 최승호 시인이 처음 이곳을 찾은 건 이듬해 봄이었다. 그전까지 인근의 다른 카페를 들락거리던 시인이 그곳의 인파에 밀려 이 한적해 보이는 카페에 들어섰을 때 처음 그의 눈길을 끈 것은 장식장에 쌓여 있는 10여 권의 시집이었다. 알고 보니 이 카페 사장 김미숙 씨의 부친이 무명 시인으로 시집도 두어 권 낸 이였다고.

처음 얼마 동안은 주인과 객 모두 서로에게 누가 될까 봐 특별히 알은 체하지 않았으나 시인의 출입이 잦아지면서 머지않아 통성명도 하고 지금은 식구처럼 가까워졌다. 카페에 손님이 많으면 시인은 테이블을 양보하고 바의 맨 구석 의자로 옮겨 가기도 하고, 시인의 새 책이 나오면 주인장은 그 책을 여러 권 사서 다른 손님들에게 선물하곤 한다. "이 자리의 기가 좋은지, 여기서는 이상할 정도로 작품이 잘 써진다"고 시인이 말하자 "어떤 재벌이나 연예인보다도 시인이 오신다는 게 우리 카페의 자랑이자 자부심"이라고 주인장이 응수한다.

시인은 카페에서 책을 읽고 글을 쓰다가도 생각을 가다듬거나 머리를 식히기 위해 종종 양재천변을 걷곤 한다. 춘천 공지천변에서 성장했고, 문청 시절 그곳의 유명한 카페 '이디오피아'를 제 집처럼 들락거렸던 그에게 양재천과 천변 카페 시엘은 모종의 원초적 친화력마저 지니는 듯했다.

"교대를 나와서 중학교 강사 일을 하던 문청 시절 공지천과 카페 이디오피아에서 책을 많이 읽었지요. 1975, 76년 무렵이네요. 둑방에 엎드리거나 누워서도 읽고 카페에 들어가 앉아서도 읽었어요. 그 모습이 좋아 보였는지 당시 가르친 제자 중에 세 명이 등단을 했네요. 이곳 시엘에 와 있으면 이따금씩 문청 시절의 공지천과 카페 이디오피아가 생각납니다."

카페에서 내다보는 풍경도 좋지만 천변을 거닐면서 만나는 동식

시엘의 내부 풍경.
시인이 작업하는 모습.

물도 어여쁘다고 이 생태 시인은 말했다. 새벽이나 해 질 녘에는 자전거로 양재천을 거슬러 올라 과천이나 반대쪽 잠실운동장 쪽까지 다녀오기도 한다. "내 정원을 산책하는 데 두어 시간이 걸린다"는 말은 그가 문우들에게 자주 하는 농담이다. 《현대문학》 2011년 10월 호에 발표한 시 〈실잠자리〉도 그가 자신의 정원을 산책하면서 얻은 작품.

> 가는실잠자리, 노란실잠자리, 연분홍실잠자리, 큰청실잠자리, 왕실잠자리, 북방아시아실잠자리———————— 이 잠자리들은 잘 끊어지지 않는 질긴 실처럼 몇십만 년을 이어져 왔다. 그것이 지금 거대한 오물덩어리인 나로 인해 끊어지는 중이다.
>
> –〈실잠자리〉 전문

최승호의 시 세계가 비인간적이며 반생명적인 도시와 문명에 대한 비판으로부터 생태적 관심으로 옮겨왔다는 것은 잘 알려져 있다. 그의 생태시를 대표하는 작품 중에 〈이것은 죽음의 목록이 아니다〉라는 것이 있다. 산림청 임업연구원에서 발간한 〈동강 유역 산림 생태계 조사 보고서〉에 기록된 동강 유역 동물과 식물, 곤충 수백 종의 이름을 가감 없이 나열했을 뿐인 이 시가 독자에게 아연 충격으로 다가오는 까닭은 무엇보다 제목 때문이다. 지금 동강과 그 주변에 멀쩡히 살고 있는 생명체들이 댐 건설과 같은 인위적 개입과 교란 탓에 죽음을 맞게 될 수도 있다는 강력한 경고가 이 제목에는 담겨 있는 것이다.

실잠자리라는 이름대로 몇십만 년을 질긴 실처럼 이어져온 생명의 연쇄가 인간인 자신으로 말미암아 끊어지고 있다는 〈실잠자리〉

의 문제의식이 그와 통한다. 1999년에 출간한 시집 《그로테스크》에 수록된 〈누가 시화호를 죽였는가〉에서 그가 "내가 시화호의 살인청부자였다. 나를 처형해 다오"라고 절규한 것도 같은 맥락에 놓인다.

에스프레소 한두 잔으로 반나절을 버틴 시인은 저녁 무렵 기네스 한 병 또는 테킬라 더블 두세 잔을 마시는 것으로 하루를 마감한다. 문우들과 약속이 있을 때면 와인이나 테킬라 또는 수도사들이 만들었다는 리큐르 베네딕틴에 훈제 연어 샐러드나 두부 요리 안주로 저녁을 대신하기도 한다. 밤에 집에서 글을 쓰다가 새벽 한두 시쯤 불현듯 카페를 찾는 일도 있다. "글을 쓰느라 가열된 뇌를 자기 전에 어떻게든 식히기 위해서"다. 낮이든 밤이든 카페에 오면 마음이 편해지고 창작의 고민도 한결 수월하게 풀린다는 최승호 시인. 양재천변 카페 시엘에는 시인이 있다.

©김봉규

그
작가
작업실

언어를 동원한 수사학과의 싸움

©최재봉

소설가
김훈의
일산
작업실

경기도 일산에 있는 소설가 김훈의 작업실을 방문하는 이들 사이에 인기가 높은 '기념품'이 있다. 몽당연필이다. 그의 방 책상 위에는 한의사였던 조부가 쓰던 오래된 저울 하나가 매달려 있는데, 지금은 약재 대신 몽당연필의 무게를 감당하고 있다. 원고지에 연필로 글을 쓰는 작가가 너무 짧아져서 손에 쥐기 힘든 연필들을 저울에 올려놓곤 하는 것이다. 연필은 물론 원고지를 사용하는 작가도 만나기 힘들어진 시대에 작가의 손때가 묻은 몽당연필이 인기 수집품 목록에 오른 것은 이해할 만한 일이다.

그러나 2012년 6월 하순에 찾아간 김훈의 작업실에서는 저울 위 몽당연필을 볼 수 없었다. 따지듯 까닭을 묻자 "원고를 쓰지 않아서"라는 답이 돌아왔다. 2011년 11월에 내놓은 소설 《흑산》 이후 김훈은 아직 새 작품에 들어가지 못했다.

그렇다고 해서 그가 마냥 놀고 있는 것은 아니다. 작가란 원고를 쓰는 순간에만 작가인 것이 아니라, 작품을 쓰기 위한 취재와 독서 역시 엄연한 창작 과정에 들어간다. 원고 또는 책이라는 결과물은 취재와 독서를 비롯한 준비 과정에 그 성패가 달려 있기 십상이다.

원고를 쓰지 않는 지금이야말로 작가 김훈에게는 정말로 중요한 시기일 수 있는 것이다.

그러니, 없는 몽당연필 대신 그의 작업실에서 한국전쟁기의 신문 복사철과 '진실·화해를위한과거사정리위원회'(이하 진실화해위)의 조사 보고서 수십 권을 만난 것이 서운하지는 않았다. 서운하기는 커녕 반갑고 설레기까지 했다. 그것들이 지금 김훈의 머릿속에서 신작 소설로 탈바꿈하기 위한 화학작용을 일으키고 있으리라는 확신이 들었기 때문이다. 이를테면 그가 《내 젊은 날의 숲》(2010)이라는 소설을 쓰던 무렵, 그의 작업실에는 광릉수목원과 세밀화에 관한 책 더미가 쌓여 있지 않았겠는가.

"1950년 말에서 1951년 초 부산 피난 시절의 〈부산일보〉와 같은 기간의 〈조선일보〉를 살펴보고 있어요. 당시 나도 부모님을 따라 부산으로 피난을 갔지요. 기차 지붕에 앉은 채 8박 9일이 걸려서 간 거예요. 많은 이들이 떨어져 죽거나 얼어 죽거나 터널 속 철근 콘크리트에 머리를 부딪쳐 죽었지요. 부산에 도착해놓고도 감기에 걸려 허무하게 죽기도 하고. 다행히 나는 안 죽고 이렇게 살아 있는 거지요."

책상 위에 펼쳐진 60여 년 전 신문을 뒤적이던 그가 말을 이었다.

"당시 열차 객실엔 고관대작들이 피아노에 장롱에 요강과 셰퍼드까지 싣고 갔다고 해요. 아버지한테 그런 말을 들었는데, 믿기 어려워서 〈부산일보〉를 봤더니 그 말이 진짜더군요. 기사에 나온 건 기차가 아니라 도로 쪽 얘기여서, 관용 트럭이 피아노며 장롱을 싣고 가는 행태에 대해 경고하는 계엄사의 성명이 있었어요. 그걸 보니 기차도 대동소이했겠다 싶어요."

가까스로 올라탄 기차 지붕 위에서 개 같은 죽음을 맞는 백성들과 알량한 권력을 열차 객실이며 관용 트럭에까지 옮겨온 고관대작들의 대비는 그의 소설 《남한산성》(2007)에서 대장장이 서날쇠가

'진실·화해를위한과거사정리위원회'의
조사 보고서 수십 권.
녹색 칠판에 적혀 있는 '必日新(필일신)'.
예전 신문의 복사철을 보고 있는 작가.

ⓒ김봉규

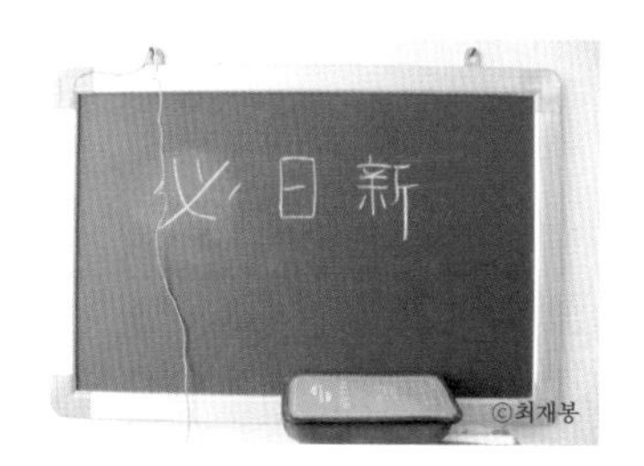

ⓒ최재봉

ⓒ김봉규

청나라 군대를 피해 남한산성으로 들어오는 수령과 군사들을 지켜보며 곱씹던 상념을 떠오르게 한다. "… 저것들이 겉보리 한 섬 지나지 않았구나." 겉보리 한 섬으로 상징되는 생존과 일상에 충실한 리얼리스트 서날쇠, 그리고 실속 없는 명분과 권력을 붙좇는 관료들의 대비가 피난길 기차 지붕과 객실에서 재현되었던 셈이랄까.

"아버지는 일제 초기에 태어나서 식민 지배와 전쟁, 박정희 시대까지를 다 겪었어요. 한생에 그렇게 심하게 당하기도 쉽지 않겠죠. 그 혹독한 시대를 지나오면서 어떻게 안 돌아가시고 살았을까 싶을 정도예요."

그의 부친 김광주(1910~1973)는 상해임시정부에서 김구 선생을 모시고 독립운동을 하다가 귀국한 이로, 〈경향신문〉 문화부장과 편집부국장을 지낸 언론인이자 《정협지》, 《비호》 같은 무협 소설을 쓴 작가기도 했다. 말년에 병석에 누워 있던 부친이 고등학생 김훈에게 소설 원고를 받아쓰게 했고, 아버지의 지시에 따라 구두점을 찍고 줄을 바꾸는 과정이 김훈의 문장 수업이 되었다는 일화는 유명하다. 김훈이 기자로 사회생활을 시작해 결국 작가가 된 경로에는 부친의 그림자가 진하게 드리워져 있다.

몽당연필과 원고지

전쟁기의 신문이 아버지 세대의 이야기를 짐작하게 한다면, 진실화해위 조사 보고서는 김훈 자신의 세대에 대한 기록을 담고 있다. "항일 독립운동, 반민주적 또는 반인권적 행위에 의한 인권유린과

폭력·학살·의문사 사건 등"을 조사 대상으로 삼은 이 보고서에 주로 등장하는 시기가 1960년대부터 1980년대까지기 때문이다. 김훈은 6개월 전부터 이 보고서를 읽어오고 있는데, "내가 태어나 살아온 시대의 야만성을 돌이켜보는 작업"이라고 그는 보고서 읽기의 의미를 요약했다. "고통스럽고 무겁고 슬픈 작업이지만 회피할 수 있는 것은 아니다"라고 그는 덧붙였다. 보고서 읽는 일이 그에게 한층 고통스러운 것은 거기 취합된 사건들이 발생했을 때 그가 그것들을 기록할 의무를 짊어진 기자였기 때문이다.

"삼청교육대를 찬양하는 기사를 우리가 썼습니다. 국민 의식을 계도한다는 명분으로 말이죠. 삼청교육대란 게 새 사람 만드는 과정이라며 현지 르포 기사를 그럴듯하게 썼어요. 내가 직접 쓴 건 아니고 내 동료들이 썼지만, 그 구조에서 나만 현장에 안 갔다고 해서 알리바이가 성립하는 건 아니에요. 이런 것들에 대해서 당사자인 우리 세대가 스스로 나서서 말을 안 할 뿐 아니라, 우리더러 말을 하라고 다그치는 사람도 없다는 게 더 큰 문제라고 생각해요."

그러니까 김훈은 누구도 다그치지 않는 자기 시대의 치부를 소설 형식을 빌려서 까발릴 궁리를 하고 있는 모양이었다. 기자로서 쓰지 못한 그 시절 이야기가 어떤 형태의 소설로 빚어져 나올지 벌써부터 궁금증이 일었다.

김훈이 처음부터 기자나 작가의 꿈을 꾸었던 것은 아니다. 휘문고등학교 시절의 그는 모범생도 아니었고 문예반도 아니었다. 툭하면 학생들을 때리는 학교가 싫었고, 군가나 교가 따위나 가르치는 음악 시간이 가소로웠다. 송창식과 폴 앵카를 들을 수 있고 예쁜 여학생들도 만날 수 있는 세시봉이 좋았다. 등록금을 내지 못해 교실에서 쫓겨난 친구를 따라 나가 술을 마시며 놀기도 했다. 그렇게 고등학교를 마치고 대학에 들어갔을 때 그의 꿈은 단 하나, 밥을 먹겠다는 것이었다.

"아버지는 나더러 육군사관학교에 가라고 했지만, 나는 내키지 않았어요. 그렇다고 해서 문학을 향한 꿈을 지니고 있는 것도 아니었어요. 나는 그렇게 낭만적이거나 환상적인 목표는 가지고 있지 않았어요. 오히려 시집을 끼고 다니는 친구들을 경멸했지요. 당시는 아직 전쟁이 남긴 폐허가 복구되지 않은 시절이었어요. 해마다 절량 농가가 나왔지요. 겨우 흑백텔레비전이 있었고, 냉장고는 아직 보급되지 않았을 때예요. 나는 다른 모든 청년과 마찬가지로 이 나라를 밥을 먹는 나라로 만들자고 생각했어요. 졸업하면 재벌 회사에 들어가서 생산 담당 이사가 되어 좋은 텔레비전과 냉장고를 만들어 공급하고 나도 잘살고 싶었어요."

1966년 고려대학교 정치외교학과에 입학한 김훈은 2학년 때 우연히 영국 낭만주의 시를 접하고는 그에 빠져들었다. 비슷한 무렵 충무공의《난중일기》를 읽고 큰 충격을 받았다. 결국 3학년 때 영어영문학과 2학년으로 편입했지만, 3학년 1학기를 마치고 입대하는 것으로 그의 대학 시절은 마감되었다. 1973년 제대 직후 부친이 돌아가시자 그는 학교를 그만두고 한국일보사에 수습기자로 입사한다. 역시 밥을 벌기 위해서였고, 그 신문사가 유일하게 대학 졸업장을 요구하지 않았기 때문이다.

김훈이 신문기자 생활을 시작한 1974년, 박정희는 긴급조치라는 초법적 통치 수단으로 민주주의의 숨통을 한껏 죄어왔다. 기자 김훈의 앞날이 순탄할 리 없었다. 5·18광주민주화운동을 총칼로 진압하고 들어선 전두환 치하의 1980년대는 제대로 된 기자 노릇이 불가능한 시절이었다. 보안사니 경찰이니 중앙정보부니에서 나온 기관원들이 편집국에서 활개를 치고 다니며 기사 문구 하나하나에 시비를 걸었다. 고문으로 팔다리가 비틀린 채 쓰러져 있는 대학생들

소설가 김훈과 자전거 '풍륜(風輪)' 5호.
(위스타 4×5인치 카메라, 렌즈 65mm f8, 필름 감도 ISO 100사용).

이야기는 기사로 쓸 수 없었다. 그 대신 동물원 호랑이가 새끼를 낳았다거나 낙타가 교미에 성공했다는 기사가 사회면 머리를 장식했다. 마땅한 기삿감이 없으면 사회부장이 기자를 동물원으로 내몰던 시절이었다. 육하원칙에 맞추어 써야 한다는 사건 기사의 제약이 답답하게 느껴지기도 했다. 인간의 진실은 육하 너머에 있다는 생각을 지울 수 없었다. 사회부 기자 10년을 끝내고 문화부로 옮겨가자 조금 숨통이 트이는 것 같았다.

"문화부에 갔더니 글쓰기가 좀 더 자유로워지긴 했어요. 그런데 문화부 기자를 오래 하면 사실과 정보를 관리하는 능력은 퇴보하는 것 같더군요. 기자라기보다는 문장가가 되기 십상이에요."

처음에는 종교를 비롯해 문화부 안의 여러 분야를 맡아 기사를 쓰던 김훈은 곧 문학 담당으로 자리를 잡았다. 문학 담당 5년 동안 그가 쓴 기사 가운데 가장 유명한 것이 후배 기자 박래부와 함께 작업한 연재물 '문학 기행'이었다. 매주 신문 한 면씩, 2년여에 걸쳐 연재를 이어 나간 이 기획은 문학 기행 기사의 전범으로서 후배 기자들의 비슷한 기획에 커다란 영향을 끼쳤다. 그전에도 문학 기행을 표방한 기사가 없었던 것은 아니지만, 정작 작품과는 별 관련 없이 지역 특산물이나 경치를 소개하는 여행 가이드 성격의 기사가 대부분이었다. 김훈과 박래부는 이런 기사들을 반면교사 삼아 텍스트가 그 공간적 배경과 맺는 필연적 관계를 보여주고자 했다. 결과는 더할 나위 없이 성공적이었다. 기사는 장안의 화제를 불러모았고, 김훈 기자의 책상 위에는 문학소녀들이 보낸 편지와 꽃, 과자 따위가 쌓여갔다.

간결하고 단호한
무인(武人)의 문장

육하원칙의 제약이 상대적으로 심한 사건 기사에 비해 문학 기사는 한결 자유롭고 편안했다. 그럼에도 '언젠가 내 글을 써야지' 하는 생각을 버릴 수는 없었다. 1989년 12월 31일 자로 그는 한국일보사를 그만두었다. 굶어 죽는 한이 있어도 "더러운 80년대"와 작별해야겠다는 생각이었다. 5월 광주의 피냄새가 채 가시지 않은 1980년 8월 하순에 전두환 장군을 찬양하는 기획 기사를 쓴 그였다. 과감하게 사표를 던졌을 때의 각오가 무색하게 1년 뒤 "쌀이 떨어지자" 그는 다시 언론사에 들어갔고, 그 뒤로는 이 신문 저 잡지를 들락거리며 《시사저널》 편집국장을 지내기도 했다.

그러나 신문사를 그만둔 유랑의 시절에 미술 잡지에 연재한 글을 모은 산문집 《풍경과 상처》(1994), 그리고 1994~95년에 걸쳐 신생 문예지 《문학동네》에 분재한 소설 《빗살무늬토기의 추억》(1995) 등을 통해 그는 '나만의 글'을 시도할 수 있었다. 특히 그의 첫 소설인 《빗살무늬토기의 추억》의 문장은 《칼의 노래》(2001) 이후 김훈 소설에 익숙한 눈에는 사뭇 낯설어 보이기까지 한 만연체였으니, 이러했다.

> 도시로 진주해 들어오는 겨울바람의 풍향과 풍속은 설명되지 않는다. 시의 북쪽 외곽을 훑고 밀려내려오는 바람의 군단은 시계(市界)를 넘어서면서부터는 풍향의 계통을 버리고 수천 갈래의 가닥으로 흩어지면서 유격전을 펼쳤다. 도심으로 진주한 바람의 유격대들은 빌딩 사이의 좁고 깊은 계곡을 휩쓸거나 가각(街角)의 모퉁이를 굽이칠 때마

다 방향과 속력을 바꾸어 길길이 날뛰었고, 빌딩의 벽에 부딪쳐 깨어져나가는 바람의 대열들은 도심의 계곡 사이로 빠져나가면서 맞은편에서 달려온 바람의 대열과 뒤엉켜 땅바닥으로 깔리거나 하늘로 치솟아오르며 쓰레기를 날렸다.

이런 문장은 '육하 너머로' 가고 싶어 했던 기자 김훈의 갈망에서 빚어진 것으로, 《칼의 노래》(2001) 이후 작가 김훈의 간결하고 단호한 문장과는 거리가 있는 것이 사실이다. 기자 시절 자유롭고 주관적인 글쓰기를 갈망하고 또 시도했던 김훈은 정작 작가가 된 뒤에는 오히려 간결하고 건조한 문장을 구사한다. 어찌 보면 기자 김훈의 문장과 작가 김훈의 문장이 뒤바뀌었다는 느낌조차 주는데, 작가 자신은 "글쓰기를 문과대학에서가 아니라 무인한테서 배웠다"는 말로 《난중일기》가 자신에게 준 충격과 가르침을 요약하곤 한다. 그는 "좋은 글이란 화려하거나 멋들어진 문장이 아니라 사실과 정보를 논리적으로 배치한 글"이라면서 "김훈의 '문학 기행'은 잘 쓴 글이 아니다"라고까지 말했다.

그런데 아이러니한 것은 사실의 뼈대만 챙기는 작가 김훈의 문체가 '수사학을 거부하는 수사학'이 되어 그를 곤혹스럽게 만든다는 사실이다. 인간과 세계 사이의 직접적 관계를 차단하는 언어를 상대로, 역시 언어를 동원한 싸움을 벌이는 그의 불가능한 기획은 수사학과의 싸움이기도 하다.

《난중일기》와 《무예도보통지》에서 배운 '무인의 문장'을 그는 원고지에 연필로 꾹꾹 눌러 새기는데, 〈한겨레〉 사건 기자로 마지막 언론사 근무를 한 2002년 그는 컴퓨터 자판을 두드려 기사를 쓰고자 시도한 적이 있다. 우선 타자 연습 프로그램에 따라 자음과 모음

키를 차례로 두드려 글자와 단어를 만드는 훈련부터 했다. 삼 열 횡대로 된 자판의 가운데 열에 있는 자모만으로 이루어진 '미나리'까지는 그런대로 수월했다. 그러나 아래 열이나 위 열에 있는 자모를 치기 위해 새끼손가락을 부자연스럽게 내뻗어야 한다는 건 참기 힘들 정도로 굴욕적이었다. '이게 선비가 할 짓인가' 하는 생각마저 들었다. 그가 좋아하는 김지하 시집 《황토》를 가져다 놓고 타자 연습을 해보았지만, 시 한 편을 끝까지 칠 수가 없었다. 한 달 남짓 해보다가 결국 포기하고 연필로 돌아갔다.

"'선입자주(先入者主)'라는 말이 있어요. 먼저 들어온 놈이 주인 노릇 한다는 뜻이죠. 사람의 머리나 습관 역시 마찬가지인 것 같아요. 인류의 오랜 질병이긴 한데, 어쩔 수가 없네요. 저는 연필에 먼저 익숙해졌기 때문에 연필이 내가 가야 할 길이 된 것이죠."

아침잠이 없는 그는 일산 집에서 새벽 다섯 시 반이면 일어난다. 아침을 먹은 뒤엔 두 시간 정도 자전거를 타는 것이 그의 건강 관리 비법이다. 아홉 시에 출근하면 벌써 졸음이 와서 20분 정도 이른 낮잠부터 잔다. 점심을 전후한 낮 시간은 책과 자료를 보고 메모도 하면서 보낸다. 오후엔 호수공원에 나가 걷는데, 이따금씩은 역시 호수공원에서 달리기를 하는 후배 작가 김연수와 마주치기도 한다. 가벼운 인사를 나누고는 각자 제 갈 길을 가는데, 10여 분쯤 뒤에 김연수에게서 전화가 온다. "맥주나 한잔 하시죠?" 술을 마시지 않은 날은 저녁 일곱 시에 집에 가서 저녁을 먹고 다시 작업실로 온다. 그렇게 밤 열 시나 열한 시까지 일을 하다가 귀가해 잠자리에 든다.

그의 작업실 벽에는 자그마한 녹색 칠판 하나가 걸려 있고 그 칠판에는 '必日新(필일신)'이라는 글귀가 적혀 있다. 날로 새로워져야 한다는 뜻의 이 말에는 김훈의 자기 다짐이 담겨 있거니와, 그가 원고 집필에 들어가면 이 문구는 '必日五(필일오)'로 바뀐다. 하루에 반드시 원고지 다섯 장은 쓰자는 뜻이다. 그가 존경하는 안중근의 마지막 모습을 담은 사진 액자 옆에서 '필일신' 칠판은 '필일오'로 바뀔 날을 기다리고 있는 셈인데, 그러나 작가는 "소설을 쓰자면 어디론가 가야 할 것 같다"고 말했다. 그의 작업실이 있는 오피스텔은 호수공원과 쇼핑, 유흥가 사이에 있어서 아침 저녁 '출퇴근' 길의 환경이 어수선하기 때문이다. "젊은이들을 탓할 수는 없고 내가 피하는 수밖에…"라고 말하면서 그는 술을 겸한 저녁을 해결할 곳을 찾아 환락가의 한가운데로 발을 들여놓았다.

©신소영

그
작가
작업실

뒤로 걷는 사람은
앞으로 걷는 사람을 읽으며

©최재봉

시인
함민복의
인삼 가게

김포에서 초지대교를 건너 강화로 들어서면 바로 왼편으로 초지인삼센터 건물이 나타난다. 48개 인삼 가게가 모여 있는 이 공동 상가의 제5호 '길상이네'가 함민복 시인 부부의 생활 터전이다(상가 안의 매장 위치는 2년마다 추첨을 거쳐 다시 정하는데, 길상이네는 2012년 9월 추첨을 거쳐 상가 맨 왼쪽 구석에 있는 42호로 바뀌었다). 함께 입주해 있는 다른 가게들과 마찬가지로 수삼, 건삼, 홍삼 세 종류 인삼에다 홍삼 원액과 절편, 젤리, 사탕, 건빵 같은 홍삼 제품 그리고 대추, 마, 쑥, 도라지, 꿀 등 다양한 농산품을 취급한다. 옥호는 부부가 기르고 있는 개 이름에서 따왔다.

혼자 살던 5년 전 시인이 강화읍 장에서 사 온 강아지 길상이는 이제 어엿한 성견이 되어 '누이동생' 길자와 함께 부부의 집을 지킨다. 2011년 3월 동료 문인들의 축복 속에 늦결혼을 한 쉰 살 동갑내기 부부는 서로를 '길상 아빠', '길자 엄마'라고 부른다.

늦결혼과
인삼 장사

결혼식은 3월이었지만, 부부가 살림을 합친 것은 한 해 전인 2010년 6월이었고, 이 매장에 입주한 시기도 같은 해 9월 초였다. 두 사람은 2005년 초 시인이 김포도서관에서 시 창작을 가르칠 때 선생과 학생으로 처음 만난 사이. 두 사람 다 인삼 장사 경험이 없었지만, 큰돈은 못 벌어도 밥은 먹고살 수 있다는 주변 사람들의 말에 용기를 냈다. 가게를 열기 전에 부인이 인근 인삼백화점 점원과 홍삼 공장 경리 일을 경험하면서 장사를 익혔다. 시인 자신도 책을 읽고 농업기술센터에서 영농 교육을 받는 등 나름대로 인삼에 대한 공부를 했다.

가게에서 차로 5~10분 거리에 사는 부부는 아침 여덟 시 반에 출근해 저녁 7~8시까지 가게에서 일한다. 손님이 많은 추석이나 설 그리고 주말이나 휴일에는 부부가 함께 가게를 지키지만, 손님이 적을 때면 시인은 인근 황산도 나무 데크 길을 산책하거나 그곳 정자에 자리를 깔고 앉아 원고를 쓰기도 한다. 간혹 부인 없이 혼자서 가게를 지킬 때 손님이 들면 시인은 당황한 나머지 멀쩡하게 외우고 있던 제품값도 잊어버리기 일쑤다.

"손님이 온 것도 모르고 책을 읽거나 시를 쓸 때도 있었죠. 그러면 손님은 미련 없이 옆 가게로 가버립니다. 지금은 시선은 앞을 향한 채 머릿속으로만 시작 메모를 다듬곤 합니다. 가게 일이 글을 쓰는 데 방해가 되는 건 사실이지요."

결혼하고 가게를 시작하면서 시인이 양보하거나 포기해야 했던 게 책 읽기와 글쓰기만은 아니었다. 그토록 좋아하던 마니산에 마지막으로 오른 게 석 달 전이고, 동네 형님들 고기잡이 배를 타본

시인이 강화군 길상면
자신의 서재에서 시를 쓰고,
교정지를 보고 있다.

것은 까마득한 옛일이 되었다. 강화의 산과 바다를 거침없이 주유하던 자유인 함민복은 이제 완연한 생활인이 되었다.

그렇다는 것은 그가 강화에 완전히 뿌리를 내렸다는 뜻이기도 하다. 충북 중원군(지금은 충주시) 노은면 태생인 함민복이 강화에 처음 들어온 것은 1996년 9월 5일이다. 당시만 해도 논 한가운데 있던 서울 개포동의 수도전기공업고등학교를 졸업한 그는 경주 월성원전에서 4년 남짓 근무하고 고향에서 방위로 군 복무를 마친 뒤 서울예술대학교 문예창작과에서 공부했다. 청량리와 상계동을 오가며 학교를 마친 그는 신도시로 개발되기 전의 일산을 거쳐 문산과 양주, 다시 서울 금호동과 신림동을 전전하던 끝에 강화에 짐을 푼 터였다(금호동 시절에는 6개월 정도 출판사에 다녔고, 강화에 와서는 4년 정도 안양예술고등학교 문예창작과에 출강하기도 했다. 가난한 시인은 당연히 승용차도 없었고, 강화에서 안양까지 그는 첫차를 타고 나갔다가는 막차를 타고 들어왔다. 네 시간 강의를 하기 위해 오가는 길에 들인 시간이 일곱 시간. 강의료 2만 원에 차비가 최소 1만 4,500원이었다. 술이라도 마시게 되어 막차를 탈 수 없을 땐 여관 신세를 져야 했다. 수입보다 지출이 많은 적자 인생. 나중에는 여관은 엄두를 내지 못하고 여인숙으로 수준을 낮췄다).

그 무렵에 낸 세 번째 시집 《모든 경계에는 꽃이 핀다》(2004)의 후기에 그는 이렇게 썼다. "이곳 강화에서 좀 오래 살았으면 좋겠다. 구르는 돌처럼 떠돌아 이끼도 끼지 못한 가슴에 푸른 이끼 한 소댕 푹신 앉을 때까지 머물렀으면 좋겠다." 가난과 외로움에 떠밀려 방랑을 거듭하던 시인의 비원(悲願)이 눈물겨웠더랬다.

바다가 보이는 그 집에 사내가 산다

어제 사내는 사람을 보지 못했고

오늘은 내리는 눈을 보았다

사내는 개를 기른다 개는 외로움을 컹컹 달래준다
사내와 개는 같은 밥을 따로 먹는다

개는 쇠줄에 묶여 있고
사내는 전화기줄에 묶여 있다
사내가 전화기줄에 당겨져 외출하면
개는 쇠줄을 풀고 사내 생각에 매인다

집은 기다림
개의 기다림이 집을 지킨다
–〈동막리 161번지 양철집〉 부분

강화에서 함민복의 오랜 거처는 섬 남동쪽 동막해수욕장 근처 양철집이었다. 지금은 펜션으로 바뀐 그 집에서 그는 햇수로 13년을 살았다. 무엇보다 보증금 없이 월세 10만 원이라는 파격적인 조건이 가난한 시인의 마음을 가볍게 해주었다. 그 집에 살던 시절 그는 동네 사람들과 함께 논과 밭과 바다에서 일을 하거나 술을 마시는가 하면 혼자서 마니산을 오르는 등 자유로웠다.

새로 여는 펜션의 이름을 지어주는 일 또한 그의 몫이었다. 달빛커튼드리운바다, 물빛인쇄소, 얄리얄라, 빛살무늬노을자리…. 시인의 감성으로 빚어낸 펜션의 이름들이다. 퇴짜맞은 것도 있었다. 페스탈로치자연학교, 숭어네앞집, 나무아래로나무 같은 이름은 주인들이 마다해 빛을 보지 못했다.

그가 살던 양철집 아래 동막해수욕장 솔숲에는 얼마 전 그가 강화에 뿌리내렸음을 상징적으로 보여주는 조형물 하나가 들어섰다. 그의 시 〈딱딱하게 발기만 하는 문명에게〉를 새겨 넣은 둥근 화강암 탁자에 돌 벤치와 석상 등으로 이루어진 조형물이다. 시인 자신은 쑥스럽다 못해 고통스러워할 정도로 반대했다지만, 이 조형물은 시인에 대한 강화 사람들의 애정의 증표로서 아름답다.

거대한 반죽 뻘은 큰 말씀이다
쉽게 만들 것은
아무것도 없다는
물컹물컹한 말씀이다
수천 수만 년 밤낮으로
조금 무쉬 한물 두물 사리
소금물 다시 잡으며
반죽을 개고 또 개는
무엇을 만드는 법을 보여주는 게 아니라
함부로 만들지 않는 법을 펼쳐 보여주는
물컹물컹 깊은 말씀이다
–〈딱딱하게 발기만 하는 문명에게〉 전문

늦게나마 가정을 이루고 강화에 보란 듯이 정착하기 전에 함민복은 어머니를 여의었다. 아들의 설렁탕 그릇에 국물을 더 부어주는 것으로 가난한 모성을 표현한 〈눈물은 왜 짠가〉의 그 어머니는 2009년 1월에 돌아가셨다. 돌아가시기 전 병원에 누워 계실 때 그는 아내 될 사람을 데려가 인사를 시켜드렸다. 막내며느릿감을 본 어머니의 반응인즉 "잘 골랐다. 근데 우리 아들이 더 예뻐"였다고.

생활인으로 강화에 뿌리내리다

어머니를 잃고 고아가 된 시인은 아내를 얻고 가장이 되었다. 좋아하던 술을 자제하고, 문학과 함께 생활을 챙기는 사람으로 바뀌었다. 무위와 자유를 버린 대신 책임감과 행복을 얻었다. 그가 최근에 쓴 시 〈당신은 누구십니까〉의 마지막 부분은 이러하다.

> 사람과 사람 사이에 사람 인 자(字) 수백 뿌리 눕혀 놓고
> 삼 보고 가시라고 하루 종일 같은 말 반복하는
> 주민등록등본 내 이름 밑에
> 당신 이름 있다고 신기해 들여다보던
> 밤이면 돌아와 인삼처럼 가지런히
> 내 옆에 눕는
> 당신은 누구십니까
> 나는 당신의 누구여야 합니까

시인의 부인 박영숙 씨는 본래 함민복 시의 열렬한 팬이었다. 영등포에 살던 그이가 멀리 김포까지 시 창작 강의를 들으러 다닌 것도 그 때문이었다. 부인 역시 고등학교 시절 전국 규모의 글짓기 대회에서 최우수상을 받을 정도로 문재(文才)를 날리던 이였다.

"물어물어 강의를 들으러 갔더니 첫날부터 펑크를 내더라고요. 다음 주에 비로소 대면했는데, 제가 써서 낸 시를 칭찬해주더군요. 뒤풀이 자리에서야 서로 이웃 면 출신인 걸 알았어요. 제 고향 친구들도 잘 알더라고요."

부인 박 씨의 고향은 충주 노은면과 이웃해 있는 음성군 금왕읍

이다. 10남매의 막내인 박 씨는 인삼밭 이엉을 엮어서 번 돈으로 중학교에 진학했다고 했다. 인삼과의 인연이 일찍부터 시작되었던 셈이다. 부인이 남편을 평한다.

"함 시인의 매력은 쑥스러워하는 모습에 있는 것 같아요. 말을 안 하고 가만히 있으면 어쩐지 깊이가 있어 보이기도 하고요. 그런가 하면 귀여운 구석도 있어요. 특히 술 마시고 길자를 부를 때요. 함께 살아보니 애기 동자가 아닌가 하는 생각도 들어요."

시인이 질세라 응수한다.

"결혼하고 보니 무엇보다 말 상대가 있어서 좋더라고요. 덜 외롭고, 같이 밥 먹을 사람이 있고, 가위 눌릴 때 깨워줄 사람이 있고, 잠자리에 누워서 대화할 상대가 있다는 게 좋아요. 이 사람이 작은 몸으로 인삼 박스를 나르면서 열심히 일하는 모습을 보면 내가 결혼 전처럼 술을 마구 마시면 안 되지, 하는 생각을 하게 됩니다. 잠자리에서까지 삼 파는 잠꼬대를 하는 모습이 애처롭기도 하고 사랑스럽기도 해요."

보는 이의 질투를 불러일으키는 부부의 '닭살 애정 행각'을 지켜보고 있자니 시인이 아직 혼전에 쓴 시 〈부부〉가 머리에 떠오른다. 늙다리 총각 주제에 후배의 결혼식 주례를 서게 되었을 때 들려준 말을 시로 고친 것이라고 했다.

긴 상이 있다
한 아름에 잡히지 않아 같이 들어야 한다
좁은 문이 나타나면
한 사람은 등을 앞으로 하고 걸어야 한다
뒤로 걷는 사람은 앞으로 걷는 사람을 읽으며
걸음을 옮겨야 한다

함민복 시인의 인삼 가게 '길상이네'.

잠시 허리를 펴거나 굽힐 때
서로 높이를 조절해야 한다
다 온 것 같다고
먼저 탕 하고 상을 내려놓아서도 안 된다
걸음의 속도도 맞추어야 한다
한 발
또 한 발
–〈부부〉 전문

지금 시인은 부인과 함께 긴 상을 들고 생의 후반부를 걷고 있다. "한 발 / 또 한 발" 보폭과 속도를 맞추어가며. 부부는 바다와 뻘 대신 서로를 읽으며 삶이라는 시를 쓰고 있다. 시인이 결혼과 생활을 위해 문학을 버린 것은 아니다. 다만 문학의 형태와 색채가 달라졌을 뿐이다.

"전처럼 바다와 뻘 얘기를 집중적으로 쓰기는 어렵겠죠. 그렇다고 좌절할 필요는 없어요. 지금의 제 삶을 글로 쓰면 되지 않겠어요? 가게 앞의 만국기와 주차장의 휠체어 마크 같은 걸 시로 쓰기도 했습니다. 과일과 양말, 옷 같은 물건을 팔러 오는 트럭 행상 이야기, 인삼으로 술 담그는 이야기, 가게에 오는 손님들 이야기 등 여러 가지를 쓸 수 있겠지요."

그렇다. 지금 초지인삼센터 제5호 길상이네에서는 함민복 문학의 새로운 씨앗이 움트고 있다.

그
작가
작업실

'나도 쓰고 싶다'는 욕구

소설가
전상국의
김유정문학촌

서울-춘천 고속도로 남춘천 나들목을 빠져나오자 길은 김유정로로 이어졌다. 김유정의 이름 위를 한동안 달리니 덕만이터널이 나타난다. 덕만이는 김유정의 단편 〈총각과 맹꽁이〉에서 들병이(떠돌면서 술 파는 여자)를 상대로 수줍게 구애를 했다가 퇴짜를 맞은 어수룩한 노총각 이름이다. 덕만이터널을 지나 김유정의 고향 실레마을로 들어서자 왼쪽으로 기와를 얹은 김유정역이 보인다. 본래 행정구역 이름을 따 신남역이던 것을 2004년 개명했고, 경춘선 노선이 복선 전철로 바뀐 2010년 지금의 자리로 옮겨왔다.

동춘천농협 김유정 지점이 중심을 잡고 있는 동네에도 김유정이나 그의 작품 제목을 상호로 삼은 가게며 식당이 여럿 보인다. 이곳에서 파는 막걸리 역시 그의 소설 제목 '봄·봄'을 이마에 얹고 있다. 이곳은 강원도 춘천시 신동면 증리 실레마을. 1930년대 향토 작가 김유정(1908~1937)의 고향이다.

나의 고향은 저 강원도 산골이다. 저 춘천읍에서 한 이십리 가량 산을 끼고 꼬불꼬불 돌아 들어가면 내닫는 조그마한 마을이다. 앞뒤 좌우에 굵직굵직한 산들이 빽 둘러섰고 그 속에 묻힌 아늑한 마을이다. 그 산에 묻힌 모양이 마치 움푹한 떡시루 같다 하여 동명을 실레라 부른다.

– 김유정 수필 〈오월의 산골짜기〉에서

전철역에 농협, 막걸리와 카페 이름까지 김유정으로 시작하고 그의 작품 제목으로 끝나는 곳 실레마을. 그렇지만 오늘의 주인공은 김유정이 아니라 춘천의 소설가 전상국이다. 전쟁이 끝난 몇십 년 뒤에도 여전히 씻기지 않는 상흔을 그린 중편 〈아베의 가족〉, 그리고 고교 교실을 무대로 권력의 형성과 몰락을 알레고리 수법으로 다룬 단편 〈우상의 눈물〉의 작가가 그다. 그는 김유정문학촌이 2002년 개관할 때부터 촌장을 맡아 줄곧 문학촌을 지휘해왔으며 김유정기념사업회 회장으로서 고향 선배 작가를 기리는 일에 매진하고 있다.

강원도 홍천에서 태어난 전상국은 춘천고등학교를 거쳐 경희대학교 국어국문과로 진학했다. 소설가 황순원이 있기 때문이었다. 대학을 마치고 원주와 춘천에서 교편을 잡던 그는 다시 서울로 올라가 경희고등학교에서 가르치는 한편 동대학원에 진학해 못다 한 공부를 이어갔다. 그가 동향 선배 작가 김유정을 만난 것이 대학원 시절이었다.

"부끄럽지만 김유정의 책을 처음 읽은 게 1970년대 말이었고, 1980년대 초에 대학원에 진학해서야 본격적으로 읽기 시작했습니다. 낡고 가치 없는 작가라는 선입견이 있었기 때문이지요. 그런데 뒤늦게 대학원 공부를 하면서 접한 김유정 문학은 한마디로 놀라움 그 자체였습니다. 김유정의 문학은 낡은 것이 아니라 오히려 지금까지 생생하게 살아 있는 현재형이었어요!"

김유정문학관 내부에서 이야기하는 작가 전상국.
소설 이름을 따 지은 '봄 · 봄' 막걸리.
김유정문학관에 전시된 소설 〈봄 · 봄〉.

황순원의 지도로 김유정을 주제로 한 석사 논문을 쓸 때까지만 해도 그가 아는 김유정은 작품과 연구서 속 존재일 따름이었다. 1985년 강원대 교수가 되어 고향 춘천으로 내려온 그는 현실 속 김유정의 흔적을 찾아 나서기 시작했다. 실레마을에는 〈동백꽃〉, 〈봄·봄〉, 〈산골 나그네〉 같은 김유정 소설의 자취가 고스란히 남아 있었다. 소설 속 인물의 실제 모델이 있다는 사실을 확인했고, 김유정을 기억하는 촌로들도 만났다. 이른 나이에 요절한 김유정의 마지막 날들을 함께한 조카들한테서는 귀중한 증언도 들을 수 있었다.

산을 좋아하는 그는 실레마을을 감싸 안은 금병산 곳곳을 헤집고 다니며 등산로를 만들고 봄봄길, 동백꽃길, 금따는콩밭길, 만무방길, 산골나그네길처럼 김유정의 소설 제목에서 따온 이름을 붙였다. 등산로를 따라 내려오면 해당 작품의 무대를 만날 수 있도록 했다. 춘천시와 강원도 등 지방정부를 상대로 김유정문학촌 조성 등 기념사업을 제안한 것이 이 무렵부터다. 결국 끈질긴 그의 설득이 지역 주민과 지방정부를 감복시켰다.

인간 김유정과 그의 소설에 미치다

"처음에는 만으로 스물아홉에 마감된 김유정의 짧은 생애가 안타까우면서도 흥미로웠어요. 젊은 나이에 가세는 기울고 연애도 실패한 데다가 무엇보다 소중한 건강을 잃은 심정이 어땠을까요? 그럼에도 좌절과 실의에 빠지지 않고 글쓰기의 열정과 신명을 이어가는 한편 고향에서 야학과 농촌 계몽 운동에 매진한 그의 삶이 강한 매력으로 다가왔지요."

논문을 쓰기 위해 꼼꼼히 읽어본 김유정의 소설 역시 미처 알지 못하던 매력으로 가득했다.

"김유정은 1930년대에 활동했음에도 지금도 활발히 읽히는 현재형 작가입니다. 그와 동시대 작가들이 단지 연구용에 머무는 반면, 김유정의 소설은 지금도 독자에게 와 닿는 생생한 언어 감각 그리고 가난한 이들의 삶을 연민과 해학으로 감싸 안은 따뜻한 인간미 등으로 여전히 살아 숨 쉬고 있습니다."

인간 김유정에 대한 애정, 그리고 그의 소설에 대한 존경으로 그는 김유정을 기리는 일이라면 열 일 제쳐놓고 매달렸다. 주변 사람들은 그런 그를 두고 "김유정에 미쳤다"고 했다.

"제 처부터 '왜 김유정의 그늘 속에 들어가 당신을 잃어버리느냐'고 할 정돈데, 설명하기 어려운 이상한 소명 같은 걸 느낍니다. 이건 제가 아니더라도 누군가는 해야 할 일이거든요. 후배 작가인 저로서는 김유정을 통해 제 문학의 얼굴이랄까 가치를 되찾는다는 느낌도 있습니다. 김유정의 독특한 매력이 제 문학의 힘으로 작용할 수 있으니까요."

실제로 김유정에 대한 그의 애정은《유정의 사랑》이라는 두툼한 소설로 빚어 나오기도 했다. 1993년에 처음 발표한 이 소설은 김유정의 짧은 생애를 평전 형식에 담은 부분과 1990년대 현재를 배경으로 한 두 남녀의 사랑 이야기를 포개놓은 독특한 형식. 주인공 백진우는 관련 자료를 섭렵하면서 김유정의 연보를 정리하는 한편 김유정과 그의 소설 속 현장을 찾아다닌다. 김유정 귀신이 붙었다는 말을 들을 정도로 김유정에 빠진 백진우한테서는 작가 자신의 면모가 진하게 묻어난다.

> 들판의 딸 하리, 여름 산행에서 그 여자를 만났다. 금병산 중턱 조금 후미진 산등성이의 솔밭 속이었다.

이렇게 시작하는 소설에서 유부남인 백진우와 학원 강사인 미혼 여성 '하리'는 춘천 일대에서 산행을 함께하며 사랑을 키워가는데, 김유정과 그의 소설은 그 사랑의 매개이자 배경이 된다. 여자는 김유정에 미친 남자를 아예 '유정'이라 부르며, '하리'는 자유분방한 여주인공이 좋아하는 꽃 마타리와 발음이 비슷한 여간첩 마타하리를 줄여 부르는 여자의 애칭이다. 유정은 하리에게 동백꽃이 사실은 생강나무꽃을 이르는 이 고장 사람들의 호칭이라는 사실을 알려주고, 〈봄·봄〉의 봉필이 영감 집 자리며 김유정이 꾸렸던 간이학교 '금병의숙' 자리며를 안내한다.

도대체 무엇이 그를 사로잡은 것일까

'도대체 김유정 소설의 무엇이 나를 사로잡은 것일까.' 진우의 권유로 읽은 김유정 소설에 대책 없이 끌려 들어가는 자신을 보면서 하리는 이렇게 스스로에게 묻는데, 소설 밖에서 전상국 역시 자신에게 던져보았을 이 질문은 김유정의 소설 서른한 편에 대해 하리가 작성한 독후감에서 그 답을 얻는 셈이다. 예컨대 〈봄·봄〉에 대한 독후감은 이러하다.

> 다른 작가들 같으면 노동력을 무보수로 착취하는 당시 농

촌 사회의 그릇된 풍습을 정면으로 비판하기 위해 목소리를 높일 수도 있으렷다. 그러나 이 작가는 철저하게 그런 사회 부조리에 대해서는 모르는 척 시치미를 떼고 있구나. (…) 비속어, 방언 정말 실감나네. 특히 비속어들은 옛날이나 지금이나 농촌 사회 혹은 서민들 사이에서 그네들의 무지, 우악스러움, 허세를 나타내는 체질적인 상용어인데 그것을 참 잘 살렸다.

하리에게 유정이라 불리는 백진우는 '이름값'이라도 하려는 듯 김유정을 흉내 낸다. 김유정이 기생 박녹주와 여학생 박봉자에게 대답 없는 연애편지를 숱하게 보냈던 것처럼 진우 역시 "겨울 두 달 동안 40여 통의 편지를" 하리에게 보내며 사랑을 압박한다. 그런 진우의 폭주에 부담감을 느낀 하리가 한동안 연락을 끊고 잠적하지만, 소설 에필로그는 오랜만에 전화로 연결된 두 사람이 닫혔던 사랑의 문을 다시 열 가능성을 마련해놓으면서 이런 문장과 함께 마무리된다. "사랑은 진행형일 때만 아름답다." 그런 의미에서 김유정에 대한 전상국의 사랑은 여전히 진행형이다.

"김유정은 1930년 연희전문학교를 중퇴하고 이듬해 보성전문학교에 합격했으나 입학만 했다가 그만두고 고향으로 내려와 2년 동안 머무르면서 농촌 계몽 운동을 펼치는 한편, 고향 사람들의 삶의 속살을 면밀히 관찰했습니다. 그가 1933년부터 죽을 때까지 발표한 소설 31편 중 12편이 이곳 고향 마을을 무대로 삼고 있다는 사실은 고향과 고향 사람들에 대한 그의 사랑을 말해줍니다. 김유정 문학의 세계는 〈만무방〉과 〈따라지〉라는 두 단편 제목으로 설명이 가능해요. '만무방'이란 막돼먹은 사람을 가리키고, '따라지'는 가진 것 없는 이를 이르는 말이죠. 이런 밑바닥 인생들의 삶을 눈여겨보았다는 점이 김유정의 위대함입니다."

그런 위대함이 후배 작가로 하여금 김유정을 기리는 일에 '올인' 하도록 부추겼지만, 김유정문학촌으로 대표되는 그 일이 처음부터 순탄하지는 않았다. 김유정이 여자인지 남자인지조차 제대로 알지 못하던 지역 주민에게 그의 존재와 가치를 알려야 했다. 생가를 복원하고 기념관을 만들며 멀쩡한 역 이름을 바꾸는 데에는 지역민의 협조가 필요했다. 무엇보다 김유정이 쓰던 물건이 하나도 남아 있지 않은 상황이 문제였다.

"김유정문학촌의 특징과 자랑은 지방정부, 지역 예술 단체와 예술인 그리고 주민이 함께한다는 데 있습니다. 운영위원회에는 전문가와 지역 예술인 그리고 주민 대표가 참여하고 행사도 함께 치릅니다. 예컨대 부녀회는 풍물시장 먹을거리를 책임지고, 노인회는 청소를 맡으며, 자율소방대는 교통정리를 담당하는 식으로 말이죠. 그 과정에서 주민들도 향토 작가 김유정에 대한 긍지를 갖게 됩니다."

이렇듯 주민의 참여를 바탕으로 김유정문학촌은 거의 1년 내내 행사를 꾸린다. 김유정의 기일인 3월 29일에 추모제를 치르는 것을 필두로 5월에는 청소년문학축제가 포함된 김유정문학제를 펼치며, 7월에는 김유정문학캠프, 10월에는 '실레마을 이야기대회', 11월에는 생가 지붕에 이엉 엮어 올리기가 이어진다. 특히 김유정이 사랑하던 '노란 동백' 생강나무꽃이 한창일 무렵에 열리는 추모제는 침울하고 애통한 분위기보다는 김유정 문학의 현재적 의미를 확인하고 그 미래를 기약하는 밝고 긍정적인 행사가 되도록 노력하고 있다.

촌장의 꿈은 여전히 진행형

75주기 추모제 이튿날인 2012년 3월 30일에 찾은 문학촌에는 역시 생강나무꽃이 한창이었다. 김유정의 대표작 〈동백꽃〉에서 "알싸한 그리고 향긋한 그 내음새"라 표현한 것처럼 매향에 맞먹는 진한 향기가 문학촌 안팎을 휘감고 있었다. 생강나무꽃을 동백꽃이라 쓴 것은 김유정의 무지와 오해 때문은 아니었다. "아주까리 동백아 여지 마라 / 누구를 괴자고 머리에 기름 / 열라는 콩팥은 왜 아니 열고 / 아주까리 동백만 왜 여는가"라는 〈강원도아리랑〉의 사설, 그리고 "동백꽃 피고 지는 계절이 오면 / 돌아와주신다고 맹세하고 떠나셨죠"라는 가요 〈소양강 처녀〉의 2절 노랫말에서 보듯 이 고장 사람들은 오래전부터 생강나무꽃을 동백꽃이라 불러왔다. 서해 오도가 북방한계선인 강원도 산간에서는 동백이 자랄 수 없기에 강원도 여인네들은 동백기름 대신 생강나무 열매 기름을 머리에 발랐으며 이 때문에 생강나무를 동백이라 했던 것.

동백꽃은 문학촌은 물론 옛 김유정역 역사 앞과 실레마을 곳곳 그리고 금병산 자락에 흐드러지게 피어 있었다. 평일인데도 문학촌과 실레마을을 찾은 관람객이 김유정 문학과 동백꽃의 향기에 취해 마을 곳곳을 걷고 있었다. '점순이가 '나'를 꼬시던 동백숲길', '장인 입에서 할아버지 소리 나오던 데릴사위길', '춘호 처가 맨발로 더덕 캐던 비탈길', '김유정이 코다리찌개 먹던 주막길' 같은 팻말이 관람객을 16개 이야깃길로 안내해주었다.

"김유정의 친필 원고와 유품이 전혀 없다는 게 큰 핸디캡이었지만, 한편으로는 그의 소설 무대가 고스란히 남아 있는 이 마을 자체가 매우 소중했습니다. 김유정 문학의 자취를 찾아오는 손님들에게 작품 속 이야기를 만나게 해주자는 생각을 했어요. 금병산 김유정 등산로나 실레마을 이야깃길 같은 게 그런 뜻에서 만들어진 프로그램이죠."

'〈봄·봄〉〈동백꽃〉의 점순이 찾기 대회', '토종닭 싸움 대회', '김유정 소설 속편 쓰기', '김유정 소설 퀴즈 골든벨'처럼 지역 주민과 독자들이 함께할 수 있는 행사 역시 김유정의 소설을 문학사 속에 가두지 않고 현실로 불러내는 데 기여하고 있다. 이런 노력 덕에 연평균 35만 명 정도가 문학촌을 찾고 있다. 주말이면 1,500명에서 2,000명 정도가 방문하는 바람에 인근 식당이 예약을 받지 않을 정도다. 2012년 한국문학관협회 총회에서 김유정문학촌이 제1회 최우수문학관으로 선정된 사실은 김유정문학촌의 성공을 단적으로 말해준다. 그러나 김유정에 대한 애정만큼이나 전상국 촌장의 꿈은 여전히 진행형이다.

"7월에는 강촌역에서 김유정역까지 경춘선 기존 철로를 활용하는 레일바이크가 개통될 예정입니다. 그러면 연간 100만 명 이상이 문학촌을 찾을 것으로 기대합니다. 그에 대비해 저희는 옛 김유정역 앞에 기관차 한 량과 객차 두 량을 가져다 놓고 김유정 카페와 경춘선 박물관 등으로 쓸 예정입니다. 1938년에 세운 옛 김유정 역사에는 잡지 박물관을 꾸리고자 합니다."

이와 함께 최근 매입한 문학촌 앞 부지 1만 9,000제곱미터 규모를 어떻게 꾸밀지가 요즘 전상국 촌장의 가장 큰 관심사다. "지금의 협소한 전시실을 대체할 새 전시관과 정보관, 세미나실, 헌책방 그리고 1950년대 영화관과 주막집, 민속놀이 공간 등으로 1930년대에서 1970년대까지를 아우를 수 있는 공간으로 꾸밀 생각입니다."

무보수 촌장 자리임에도 그는 일주일이면 서너 번을 문학관으로 출근한다. 주말에는 거의 매여 있다시피 한다. 문학촌에는 해설사가 세 명 있지만, 특별히 그의 설명을 기대하는 방문객도 많기 때문이다.

"저는 제 자신을 비계(飛階) 같은 인물이라고 생각합니다. 건물을 지을 때 딛고 서도록 설치했다가 공사가 끝나면 허물어버리는 구조물 말이죠. 지금 제 나이의 절반도 되기 전에 요절한 청년 김유정을 기리는 일이 저에게는 문학적 초심을 지켜주는 구실도 합니다. 작가로서 글쓰기의 신명을 잃는다면 이런 일도 못할 거예요. 이 일을 하면서 '나도 쓰고 싶다'는 욕구가 생긴다는 게 보상이라면 보상이 아닐까요?"

©박종식

그
작가
작업실

천국이 있다면 그곳은 도서관과 같을 것이다

©박종식

소설가
김도연의
진부도서관

도서관에 관한 가장 근사한 말은 역시 보르헤스한테서 나왔다. "천국이 있다면 그곳은 일종의 도서관과 같은 모습일 것"이라고 그는 썼다. 문학과 책에 관한 놀라운 통찰력을 지닌 작품들의 지은이이며, 그전에 엄청난 책벌레였고, 눈이 먼 말년에는 아르헨티나 국립도서관장직을 맡기도 한 이다운 발언이라 하겠다.

소설가 김도연의 등단작이자 첫 소설집(2002) 표제작이기도 한 〈0시의 부에노스아이레스〉가 부에노스아이레스 출신 작가 보르헤스와 특별한 관련을 지닌 것은 아닐 테다. 그러나 평창 고향 집에서 가까운 진부도서관을 13년째 드나들고 있는 그에게 도서관은 보르헤스가 말한 대로 천국에 가까운 어떤 것일 법도 하다. "그동안 내가 쓴 모든 글들은 이 도서관에서 썼다"고, 2012년에 낸 산문집 《영(嶺)》의 서문에 그는 썼다. 따로 작업실이 있음에도 그가 출근하듯 도서관에 가는 까닭은 도서관에 오면 긴장감이 생기기 때문이라고. "도서관에서 하루 네 시간씩만 보내도 그게 쌓이면 자업 분량이 만만치 않다"고 그는 말한다.

김도연이 19년여에 걸친 타향살이를 접고 고향으로 내려간 것이 2000년 1월이었는데, 진부도서관은 그 전해인 1999년 말에 개관했다. 흡사 그의 귀향을 기다렸다는 투였다. 그 도서관에서 쓴 작품으로 그가 등단한 것이 2000년 가을이었으며 그 뒤로도 도서관에 출근하다시피 하며 글을 쓰고 있으니, 진부도서관은 김도연 문학의 자궁과도 같은 공간이라 하겠다.

대관령 아래 평창에서 태어나 진부중학교를 졸업하고 춘천고등학교로 진학하면서 타관살이를 시작했던 김도연이 19년 만에 고향으로 돌아왔을 때 그것은 금의환향과는 거리가 멀었다. 금의환향이기는커녕 아주 망했다는 생각을 그때의 그는 했더랬다. 강원대학교 불어불문과를 다닐 때부터 소설에 뜻을 두어 습작과 투고를 거듭했지만, 지방신문 신춘문예 당선의 이력으로는 활동하는 데 한계가 있었다. 어머니가 친척 빚보증을 섰다가 쫄딱 망하는 바람에 집에서 생활비를 부쳐줄 형편도 못 됐다. 춘천의 주물공장이나 아파트 공사장 등을 전전하다가 작은누나가 수원에 차린 카페 일을 돕게 됐다. '아그리파의 시선'이라는 이름의 지하 카페 소파에서 잠을 자며 7년을 보내면서도 습작은 계속했다. 그러다가 구제금융 사태가 터지면서 카페는 문을 닫게 되었다.

일단 고향으로 돌아왔지만, '도저히 더 못 있겠다'는 생각에 아버지에게 사정을 했다. 1,000만 원을 얻어서 모교인 춘천 강원대학교 앞에 아주 작은 카페를 열었다. 파는 술보다 마셔 없애는 술이 더 많았다. 1년 만에 말아먹고 나니 손에는 200만 원이 남았다. 가난한 소설가 지망생이 싫다며 애인도 떠났다. 더는 갈 데가 없었다. 돌아와야 했다. 그렇지만 그렇게 망한 몰골로 집에 돌아오는 게 남보기에 창피했다. 이삿짐 차를 일부러 저녁에 불러서는 "야음을 틈타" 집으로 들어갔다.

"'끝까지 왔구나' 싶더군요. 처음엔 집에서 겨울만 나고 다시 나갈 생각이었어요. 그런데 이렇게 13년째 고향에 붙어 있게 된 게 다 도서관 때문이었어요. 집으로 들어온 사흘 뒤인가, 진부 읍내를 어슬렁거리다가 이 도서관을 발견했지요. 이 작은 면 소재지에 도서관이 있으리라고는 생각도 못했기 때문에 깜짝 놀랐어요. 낮에 갈 데가 생겼다 싶어 반갑더라고요."

소설의 자궁인 도서관

매일 도서관에 다니며 책을 읽거나 글을 쓰는 삶이 시작되었다. 진부도서관은 그가 졸업한 진부중학교 입구에 있다. 중학교와 도서관 사이에 보건소가 있고, 아파트와 화물 취급소 주차장, 식당 따위가 도서관을 둘러싸고 있다. 요즘 '대세'인 갤러리를 닮은 외양이 아니라 면사무소를 연상시키는 지하 1층, 지상 2층짜리 딱딱한 건물이다. 대관령면(옛 도암면) 집에서 도서관까지는 20리 거리. 처음 8년 동안은 하루 네 번 있는 군내 버스를 타고 도서관을 오갔다.

4년 전 소설 《소와 함께 여행하는 법》의 영화 원작료를 받아 승용차를 구입했다. 버스든 승용차든 아침 아홉 시에서 열 시 사이에 도서관에 왔다가 저녁 여섯 시에 '퇴근'하는 생활에는 변화가 없다. 그의 '지정석'은 2층 일반열람실 맞은편의 휴게실을 겸한 작은 열람실이다. 평일에는 도서관 이용객이 적어 방을 독차지하는 경우도 드물지 않다. 폭설이 자신의 종교라고 말하는 김도연은 특히 열람실 창밖으로 눈보라가 휘몰아치는 풍경을 좋아한다.

처음 도서관을 이용하기 시작했을 때 그는 걸신 들린 사람처럼 책을 읽어치웠다. 도서관에 있는 책이 모두 공짜라고 생각하니 흐뭇했다. 세 계절 동안 500권 정도를 읽은 것 같다고 그는 돌이켰다. "문학 책만이 아니라 읽을 만한 책은 웬만하면 다 읽은 것 같아요." 책을 읽는 틈틈이 습작도 게을리하지 않았다. 그렇게, 등단작이 쓰였다. 이렇게 시작하는 작품이다.

> 그녀가 결혼한다는 소식을 듣다.
> 삼 일 동안 쉬지 않고 내리는 눈처럼 나는 이 작은 포구의 민박집 이층에서 잠을 자다 깨다를 반복하고 있다. 잠은, 그 속의 꿈은 일그러진 기억들이 들어오고 나가는 대합실 같다.

그런데 이 작품에는 웃기면서도 슬픈 사연이 따라다닌다. 작품을 완성해놓고 "그게 과연 이야기인지 확신조차 서지 않았"지만, 읽고 검토해달라고 부탁할 만한 사람이 가까이에 있을 리 없었다. 원고가 든 가방을 들고 며칠을 집과 도서관을 하릴없이 오가던 어느 날, 술에 만취한 채 집으로 들어왔다. 외등이 밝혀진 외딴집에서 그를 기다리고 있던 것은 잡종 사냥개뿐이었다. 꼬리를 흔드는 개의 환대가 눈물 날 정도로 고마웠다. '나를 이해하는 건 너뿐이구나' 싶은 생각에 개를 껴안고 가방에서 원고를 꺼내 읽어주었다. 끙끙거리며 몸을 빼려는 개의 머리를 쥐어박아가면서. 어려운 부분은 친절하게 보충설명까지 해가며 한 시간여에 걸쳐 단편 하나를 다 읽었다. 요컨대 김도연의 등단작 〈0시의 부에노스아이레스〉의 첫 독자는 개였다는 이야기. 믿거나 말거나.

김도연 소설의 자궁인 도서관은 때로 그 무대로도 등장한다. 그

진부도서관에서 글을 쓰고 있는
소설가 김도연.
도서관 서가에 꽂힌 그의 책들.

의 두 번째 소설집 《십오야월》(2005)에 실린 단편 〈흰 등대에 갇히다〉, 그리고 2011년 8월 호 《현대문학》에 발표한 단편 〈콩 이야기〉가 대표적이다. 〈흰 등대에 갇히다〉에는 도서관 장기 출입자인 세 사람이 등장한다. 작가 자신을 대리하는 인물 '사향노루'와 각기 목표로 삼는 국가고시 명칭을 따 '농촌지도사'와 '9급공무원'으로 불리는 두 사람. 소설 첫 장면은 2층 열람실에서 눈 오는 창밖 풍경을 감상하는 김도연의 모습을 짐작하게 한다.

> 사향노루는 아예 의자를 창 쪽으로 돌려놓고 빈 밭과 산 밑의 농가를 덮는 눈발을 지그시 노려보았다. 눈은 아직까지도 사향노루의 개인적인 사전 속에서 그 무엇으로 분류되거나 해석되기를 거부하는 묘한 물질이었다. 사전이나 과학서적의 저자들이 펼쳐놓은 눈에 대한 해설에선 어떤 생동감도 건너오지 않았다. 어쩌면 지구상에 남아 있는 유일한 미지가 바로 눈일 거라고 사향노루는 고개를 끄덕였다.

이렇게 눈발이 날리는 겨울 도서관을 배경으로 삼은 소설에서 세 사람은 따분함을 못 이겨 사서한테서 열쇠를 빼앗아 도서관 옥상으로 올라가는데, 그곳에는 난데없이 여름 바다와 해수욕장이 펼쳐지고 주인공들은 그곳에서 해수욕을 즐긴다. 그러나 열쇠를 강제로 빼앗는 과정에서 사서가 죽고 사서의 주검을 유기한 세 사람은 경찰 조사를 받게 되며, 결국 사향노루 혼자 죄를 뒤집어쓰고 죽은 사서와 함께 빈 등대에 갇힌 채 자신이 쓴 글 〈사향노루, 백 년 동안의 고독〉을 죽은 사서에게 읽어준다…. 이렇게 몽환적인 이야기 속에 사향노루가 기고한 글을 번번이 거절했다는 잡지 《창작과 비평》 12

월 호, 야한 화보가 실린 성 관련 책만 골라 읽다가 어린 여학생들한테 변태로 오인받는 장면, 다방 아가씨를 도서관으로 불러 커피를 시켜 마신 일화 등 작가 자신의 도서관 생활을 엿볼 수 있는 삽화들이 섞여든다.

〈콩 이야기〉는 좀 더 사실적이어서, 도서관에서 콩에 관한 글을 쓰려는 '나'의 이야기를 들려준다. 콩에 관한 온갖 자료를 정리해놓고 콩에 얽힌 추억을 다 긁어모아보아도 정작 쓰고자 하는 글은 한 줄도 나아가질 않는다. 나중에는 아예 콩알을 도서관에 들고 와서 '콩'이라는 글자를 만들거나 공기놀이를 하다가 떨어뜨려서 탁자 아래로 기어들어가 찾는 소동을 벌이기도 한다. 결국 사서가 콩을 빼앗아서 도서관 옥상의 화분에 심는다. "이 콩들은 잠시 압수합니다. 눈앞에 콩이 있어야만 콩 이야기를 쓸 수 있는 건 아니겠죠?"라는 말과 함께. 이런 사서를 가리켜 '나'는 "거의 매니저나 편집자와 다름없"다고 말하는데, 도서관의 어느 직원보다 오랫동안 도서관을 출입했대서 '명예관장'이라는 별명을 얻었다는 김도연에게 어울리는 매니저요 편집자인 셈이다.

현실과 환상을 넘나드는 유연함

인용한 작품들에서 보듯 김도연의 소설은 현실과 환상의 경계를 어렵지 않게 넘나드는 신축성을 커다란 특징으로 삼는다. 스스로 '지구의 절벽'이라고 표현한 고향에서 매일 마주치는 일상이 지루한 반복일 뿐이라면 꿈속의 일들은 현실보다 다채롭고 흥미진진하기 때문이다.

우시장에 내다 팔려던 소를 농용 트럭에 싣고 동해안에서 시작해 남해안과 서해안을 한 바퀴 돈 다음 서울 종로 거리에 입성한다는 내용의 《소와 함께 여행하는 법》도 그가 꾼 꿈에 바탕을 두고 있다. 인간과 동물이 임의롭게 대화를 나누고 시간과 공간이 멋대로 뒤섞이는 식의 장치 때문에 김도연 소설에는 흔히 '한국적인 마술적 사실주의'라는 설명이 따라붙는다. 현실과 환상 사이의 길항, 그로부터 빚어져 나오는 김도연 소설의 숙명에 대해 그의 강원대학교 시절 스승인 평론가 황현산은 소설집 《0시의 부에노스아이레스》에 붙인 해설에서 이렇게 쓴 바 있다.

> 그가 자기의 것으로 인정할 만한 삶은 이 시대의 중심에도 없었고 변두리에도 없었다. 그가 늘 접촉했던 것은 변두리의 사람들이었지만, 그가 몰두하고 있는 작업을 이해하는 데에 가장 인색했던 것도 그 사람들이다. (…) 김도연은 자신이 피해 달아나던 허공의 현실이 결국 가장 잔인한 현실인 것을 느끼기 시작하면서 소설가가 되었다.

"등단하기 전까지의 세월을 견디게 해준 게 황현산 선생님의 책 《얼굴 없는 희망》(1990)이었어요. 아폴리네르 시 해설서죠. 힘들 때마다 펼쳐 봐서 스무 번도 넘게 읽은 것 같아요. 제가 대학을 졸업한 이듬해 선생님도 모교인 고려대로 옮겨 가셨기 때문에 자주 뵐 수는 없었어요. 그렇지만 등단할 때까지 많을 땐 일주일에 한 번씩 선생님께 엽서를 보냈어요. 거처가 불안정했으니까 제 주소도 없는 엽서였죠. 문학에 대한 끈을 놓지 않고 있다는 걸 선생님께 보여드리고 저 자신한테도 확인시키려는 거였어요. 등단 소식을 듣자마자 선생님께 전화를 드렸죠. 정말 좋아해주시더라고요."

황현산 교수가 공지천에 낚싯대를 드리우고 있던 그를 학생들 시켜서 강의실로 불러들이곤 했을 정도로 대학생 김도연은 공부에 뜻이 없었지만, 불문학이 그에게 끼친 영향은 녹록지 않았다. 산골 농촌 출신이라는 배경과 불문학이라는 세련된(?) 전공이 부딪히면서 피워 올리는 불꽃이 곧 김도연 문학의 고유성으로 이어졌다 할 수 있을 법하다.

"한창 감수성 예민한 20대에 프랑스 시와 소설에 빠져들면서 강원도 산골이라는 제 출신을 버리다시피 했지요. 그렇지만 그건 역시 책에서 배운 거였고, 제가 살아온 현실은 따로 있어서 그 둘 사이의 길항과 갈등이 제법 심각했어요. 지금도 저는 고향의 현실을 사실적으로 재현하는 데에는 관심이 없어요. 그렇게 쓴다면 기껏해야 김유정이나 이문구의 아류를 벗어나기 어렵지 않겠어요? 차라리 환상적인 측면을 더 극단적으로 밀고 나가볼 생각을 하고 있습니다."

아침에 나올 때 돌아보면 팔순을 맞은 부친과 그보다 네 살 아래인 모친은 굽은 허리를 더 굽힌 채 집 뒤 비탈밭에 매달려 있다. 딱히 돈을 바라서가 아니라, 평생 해오던 일을 갑자기 그만두면 오히려 탈이 날 수도 있어서다. 정 급할 때면 그 역시 일손을 돕기도 하지만, 워낙 어려서부터 밭일과 가축 건사에 시달려온 터라 농사라면 지긋지긋하다. 그렇기 때문에 "농사 지으면서 소설 쓴다"는 말을 들을 때면 머쓱하기 짝이 없다.

쉰을 바라보는 나이에도 미장가인 그에게 외로움은 숙명과도 같다. 출판사에서는 '김도연 총각 작가님'이라 적힌 시집을 보내오고, 친척들은 연변 조선족 처녀와의 결혼을 진지하게 권유한다. 하루의 대부분을 보내는 도서관에서 사서와 연애를 시도했다가 좌절한 일도 있다. 소설과 산문에서 그는 자주 외로움을 호소하는데, 그것을 다만 '원초적 외로움'으로 받아들이는 시선이 부담스럽기도 하다. 그에게 더 절실한 외로움은 예컨대 첫 산문집 《눈 이야기》(2007)에서 썼던바, "친구들은 없고 선생님은 너무 바쁘니 나, 이 조잡한 글을 들고 갈 곳이 없"는 문학적 고독일 수도 있겠기 때문이다.

"결혼은 해야겠지만 벌이가 시원찮으니 나 같은 사람하고 연애하겠다는 여자가 어디 있겠어요? 그렇지만 지금은 제 처지를 수긍하려 합니다. 자꾸 외롭다 외롭다 하면 저만 더 힘들어지니까요."

5년 가까이 밤낚시를 취미로 삼았던 김도연은 얼마 전부터는 산악자전거를 타는 재미에 들렸다. 대관령과 오대산이 지척인 환경에 적합한 여가 활동인 셈이다. 저녁 여섯 시에 도서관을 나와 차에 자전거를 싣고는 오대산으로 내달린다. 15분이면 매표소에 도착. 입구에 차를 세워놓고 자전거로 바꿔 타고 상원사까지 비포장길을 달리면 한 시간 정도 걸린다.

"차를 타고 갈 때와 걸어갈 때의 풍경이 다르듯 자전거를 타고 가면서 보는 풍경은 또 다르더라고요. 요즘은 이틀 거리로 꽃이 달라져요." 도서관이 쉬는 월요일이면 아예 아침부터 자전거에 올라타 대관령과 오대산 곳곳을 쏘다닌다. "아직도 내가 사는 이 지역을 완벽하게 이해하지 못했으며, '지역'이라는 것에서 어떤 문학적 프리미엄을 얻고 싶지도 않다"고 말하지만, 그의 자전거 타기는 그 자신에게 하는 이런 다짐일지도 모르겠다. "그럼에도 불구하고 나는 이 곳에서 노래해야 한다고. 그것이 내가 살고 넘어가야 할 영이라고."(산문집 《영(嶺)》에서)

2부

그 작가 집

그
작가
집

그대와 나,
두 켤레의 신발

시인
함성호·김소연
부부의
'소소재'

시인이자 건축가인 함성호는 2008년 경기도 일산에 3층짜리 건물을 지었다. 의뢰인은 역시 시인인 김소연. 바로 그의 부인이다.

"어느 날 이 사람이 백지 한 장을 내밀면서 건물을 지어달라는 거예요. 설계비도 건축비도, 심지어 땅도 없는 이상한 의뢰인이었죠."

사정은 이랬다. 김소연은 1999년부터 일산에서 '웃는책'이라는 이름의 어린이도서관을 운영하고 있었다. 크진 않았어도 지역의 어린이와 부모들이 살뜰하게 이용하는 아름다운 공간이었다. 책은 무료로 보거나 빌려 가게 했고 작은 강좌를 통해서만 수입을 얻다 보니 도서관은 만성 적자였다. 설상가상으로 도서관이 세들어 있던 건물 주인이 집세를 올려줄 것을 요구했다. 월 200만 원. 그 말을 듣던 함성호 시인이 무심코 한마디했다. "그 돈이면 은행 대출을 받아서 건물을 짓고 이자로 내는 게 낫겠다."

"별 생각 없이 내뱉은 그 말에 발목이 잡힌 셈이죠. 결국 은행 빚을 내서 건물을 지어야 했어요."

여윳돈이 없던 부부는 대출 이자를 갚을 요량으로 2층은 세를 줄 수 있도록 다가구주택을 지었다. 원룸 둘에 투 룸 하나. 1층은 아내가 바라던 대로 도서관 용도로, 3층은 부부와 김소연 부모님이 거주하는 생활 공간으로 삼았다. 아내를 위해서는 정발산의 석양을 바라볼 수 있는 옥탑방을 작업실로 내주었다. 함성호 자신의 건축 사무실은 3층 한구석에 마련했다.

그렇게 해서 용도는 얼개가 맞추어졌다 치고, 건물의 구조와 재료 등에서 함성호는 건축가로서 해보고 싶은 시도를 마음껏 해보았다. 2층과 3층 그리고 옥탑을 오르는 계단은 나선형으로 놓았다. 공간을 잡아먹은 대신 바람과 소리가 두루 잘 통했다. 여름엔 시원했지만 겨울엔 추웠다. 아침이면 집 앞을 지나는 자동차 행상이 자명종을 대신했다. 단열재로는 두꺼운 일반 단열재 대신 우주선에 쓰인다는 알루미늄을 썼다. 공간을 아꼈지만, 단열 효과는 거의 없었다.

그렇게 아낀 공간은 건물 한가운데에 마련한 나무 심을 자리로 상쇄되고도 남았다. 아니 모자랐다. 외벽은 노출 콘크리트에 목재 무늬를 찍었고, 내벽은 시멘트벽돌을 쌓고 미장 없이 바로 흰 페인트칠로 마감했다. 아내의 이름에 들어 있는 한자 '밝을 소' 자를 담은 건물 '소소재(素昭齋)'의 탄생이다.

"실패였지요. 건축가는 한 번쯤 자기 집을 지어봐야 한다는 말이 있습니다. 남의 건물에다 하고 싶은 걸 다 할 수는 없기 때문이지요. 저는 제 집에다 검증이 필요한 자재, 그래서 남의 집에는 엄두도 낼 수 없던 온갖 자재를 다 써보았습니다. 내 집에서 실패를 해봤으니 앞으로 남의 집을 지을 땐 같은 실수를 하지 않을 수 있겠지요. 그걸 위안으로 삼고 있습니다."

단열이 안 되고 소음에 취약하다는 건 차라리 견딜 만했다. 소소재를 지은 가장 큰 목적인 어린이도서관이 적자를 견디지 못하고 결국 2009년에 문을 닫았다. 그 자리에는 지금 건강 관련 업체가 들어와 있다. 겨울엔 춥고 여름엔 더웠지만 정발산 석양만은 언제나 아름다웠던 옥탑방도 2011년 7월 남에게 세를 주었다. 김소연은 홍대 앞에 따로 작업실을 얻었다. 이런 사태를 가리켜 함성호는 "건물에서 영혼이 빠져나갔다"고 표현했다.

"'웃는책'을 시작한 건 IMF 직후인 1999년이었어요. 그때가 우리 둘의 인생에서는 가장 힘든 때였죠. 함성호 씨는 건축 사무소에서 정리해고를 당했고, 우리는 생계를 위해 동사무소 공공근로까지 해야 했어요. 그때 함 시인 형님이 우리더러 무언가를 해보라고 목돈을 주셨어요. 궁리 끝에, 가난에 익숙해지고 대신 하고 싶은 일을 하자고 해서 시작한 게 어린이도서관이었어요."

어린이도서관을 꾸리면서 김소연이 내건 슬로건 중 하나는 '아이들에게 사회적 부모가 되어주자'는 것이었다. 그런데 역설적이게도 이 부부 사이에는 아이가 없다. 결혼할 때부터 아이를 갖지 않기로 합의했단다.

"이 세상이 내 아이를 낳아서 키울 만한 세상이 되지 못한다고 생각했어요. 아이에 얽매이지 않고 언제까지나 시만 사랑하는 사람으로 살아가고 싶었지요. 결혼해서 배우자도 있고 부모님도 계신 이런 여건에서 자식까지 욕심내는 건 사치라고 생각했어요."(김)

"당시 저는 결혼 뒤에도 세계를 떠돌며 살 거라고 생각했어요. 그러면 자식이 걸림돌이 될 것 같았지요. 또 인간이란 멸종을 향해 갈 수밖에 없는 종이라고 보는데, 거기에다가 내 아이를 보태고 싶지는 않았죠."(함)

사뭇 다른 두 사람의 시 세계와 스타일

두 사람은 우리 시단의 대표 동인 모임 가운데 하나인 '21세기전망'을 통해 처음 만났다. 21세기전망은 1989년에 결성되었다. 요절한 진이정과 지금은 영화감독으로 활동하고 있는 유하, 스님이 된 차창룡 그리고 함민복 등이 초대 동인이었고, 함성호는 이듬해에 가담했다. 동인은 계속 추가되었고, 1993년에 등단한 김소연은 1994년 초에 합류했다. 결혼 적령기의 총각들이 우글거리던 동인 모임 내에서 김소연은 홍일점이나 마찬가지였고(나머지 여성 멤버 중에서 허수경은 곧 독일로 떠났고, 이선영은 내성적인 성격 탓에 술자리에 잘 어울리지 않았다), 아마도 치열했을 경쟁을 뚫고 최종 승리를 거둔 이는 함성호였다.

"당시는 동인들이 거의 매일 만나서 술을 마셨죠. 술자리가 끝난 뒤 백수 총각을 건사하는 게 김소연 씨의 역할이었어요. 술을 안 마시는 데다 차까지 있었거든요. 우연히도 김소연 씨는 남가좌동, 저는 북가좌동에 살고 있었어요. 그러다 보니 마지막 '배달'이 저였는데, 집에 들어가기 직전 동네 슈퍼에서 맥주 한잔 더 하던 게 결국 결혼으로 이어졌네요."(함)

"저는 유하나 함민복, 박용하 같은 동인 형들의 시를 외울 정도로 좋아했지만, 함성호 시인의 시는 어려워했어요. 함 시인도 내 시에 큰 관심이 없었던 것 같고요. 말하자면 유일하게 서로의 시 세계를 모르는 상대였기 때문에 거꾸로 기시감 없이 대할 수 있었죠. 함 시인은 술자리에서 박학다식하고 재미있는 말을 잘하는 편인데, 이런 사람은 어떤 시를 쓸까 궁금했었죠."(김)

1995년에 살림을 합친 두 시인이 결혼 이후 서로를 겨냥해 쓴

듯한 시가 있다.

나 은행나무 그늘 아래서
142번 서울대-수색 버스를 기다리네
어떤 날은 그늘 아래서 72-1번 연신내행
버스를 오래도록 기다리고
그녀의 집에 가는 542번 심야 버스를
하염없이 기다린 적도 있네

(…)

이제는 누구도 나의 기다림을 알지 못하네
오지 않네, 모든 것들
강을 넘어가는 길은 멀고
날은 춥고, 나는 어둡네
– 함성호의 〈오지 않네, 모든 것들〉 앞부분과 뒷부분

공터에 나와서 그대와 나
어두운 그림자와 우두커니 서서
식는 불꽃 바라보고 있다
나무 막대로 한 번 뒤척일 때마다
작은 불꽃들 위로 위로 솟는다
그대 옛여인과 내 옛남자의 사진
한데 섞여 재가 되고 있다

(…)

너무 다르게 살아왔어도

거기서 거기인, 그렇고 그런

짧은 청춘의 흔적들 이제 한 줌 재가 되었다

새카매진 손 마주잡고

우리 현관문을 연다

그대와 나, 두 켤레의 신발이

현관에 남는다

– 김소연의 〈가지 않네, 모든 것들〉 앞부분과 뒷부분

함성호 시인은 "당시 역삼동 사무실에서 집이 있는 수색까지 오갈 때, 오지 않는 버스를 기다리다가 쓴 시일 뿐 여자에 관한 시가 아니다"라고 했지만, 142번과 542번 버스가 김소연의 집으로 가는 버스였다는 사실은 인정했다. 김소연 시인은 "결혼 첫해에 둘이서 낡은 사진과 원고, 편지 등을 집 옆 공터에서 같이 태우던 일을 시로 쓴 것"이라며 "함성호 시인에게 헌시로 주고 싶었다"고 말했다.

이 시들이 두 사람이 결혼을 전후해서 쓴 것이라면 결혼 생활이 몇 해째 이어진 뒤, 2000년대 들어서 쓴 시 두 편도 비교해가며 읽어볼 만하다. 어조가 사뭇 다른 이 시들에 평론가 신형철은 '19금(禁)의 사랑시들'이라는 딱지를 붙인 바 있다.

네가 죽어도 나는 죽지 않으리라 우리의 옛 맹세를 저버리지만 그때 진실했으니, 쓰면 뱉고 달면 삼키는 거지 꽃이 피는 날엔 목련꽃 담 밑에서 서성이고, 꽃이 질 땐 붉은 꽃나무 우거진 그늘로 옮겨가지 거기에서 나는 너의 애절을 통한할 뿐 나는 새로운 사랑의 가지에서 잠시 머물 뿐이니 이 잔인에 대해서 나는 아무 죄 없으니 마음이

©김경호

'소소재' 내부의
함성호 시인과 김소연 시인.
'소소재' 한가운데는
나무를 심기 위한 공간으로 비워져 있다.

©함성호

일어나고 사라지는 걸, 배고파서 먹었으니 어쩔 수 없었으니, 남아일언이라도 나는 말과 행동이 다르니 단지, 변치 말자던 약속에는 절절했으니 나는 새로운 욕망에 사로잡힌 거지 운명이라고 해도 잡놈이라고 해도 나는, 지금, 순간 속에 있네 그대의 장구한 약속도 벌써 나는 잊었다네 그러나 모든 꽃들이 시든다고 해도 모든 진리가 인생의 덧없음을 속삭인다 해도 나는 말하고 싶네, 사랑한다고 사랑한다고…… 속절없이, 어찌할 수 없이

– 함성호의 〈낙화유수〉 전문

이해한다는 말, 이러지 말자는 말, 사랑한다는 말, 사랑했다는 말, 그런 거짓말을 할수록 사무치던 사람, 한번 속으면 하루가 갔고, 한번 속이면 또 하루가 갔네, 날이 저물고 밥을 먹고, 날이 밝고 밥을 먹고, 서랍 속에 개켜 있던 남자와 여자의 나란한 속옷, 서로를 반쯤 삼키는 데 한 달이면 족했고, 다아 삼키는 데에 일년이면 족했네, 서로의 뱃속에 들어앉아 푸욱푹, 이 거추장스런 육신 모두 삭히는 데에는 일생이 걸린다지, 원앙금침 원앙금침, 마음의 방목 마음의 쇠락, 내버려진 흉가, 산에 들에 지천으로 피고 지는 쑥부쟁이, 아카시아, 그 향기가 무모하게 범람해서, 나, 그 향기 안 맡고 마네, 너무 멀리 가지 말자는 말, 다 알 수 있는 곳에 있자는 말, 이해한다는, 사랑한다는, 잘 살자, 잘 살아보자, 그런 말에도 멍이 들던 사람, 두 사람이 있었네,

– 김소연의 〈불귀 2〉 전문

오해할까 봐 덧붙이자면, 이 시들이 시인 부부의 사랑의 퇴색에 대한 증거인 것은 아니다. 〈낙화유수〉는 건망증이 심해서 숱한 약속을 잊어먹곤 했던 남편에게 섭섭함을 호소하는 아내더러 들으라고 쓴 시고, 〈불귀 2〉는 후배 문인의 결혼식에서 축시(?)로 낭독한 작품이라고.

이렇듯 대화적 관계를 보이는 작품이 없지 않지만, 두 사람의 시 세계와 스타일은 사뭇 다르다.

차이 속에서
조화를 끌어내는 부부

"한국 시가 지나치게 여성적 언어 일색인 데 반해 아주 매력 있는 남성의 목소리를 내는 몇 안 되는 시인이 함성호 씨라고 생각해요. 그런데 함 시인의 시는 내가 도무지 감을 잡을 수 없는 커다란 세계로 가버린 듯해서 어느 순간부터 따라잡는 걸 포기했어요. 2011년에 낸 네 번째 시집 《키르티무카》도 느낌으로는 좋은 걸 알겠는데, 그걸 충분히 소화해서 제 언어로 표현하기는 어렵더라고요."(김)

"제가 건축 전공이어서 등단한 뒤에도 오랫동안 시를 보는 안목이 없었어요. 문학사의 맥락에서 시를 읽어내는 안목을 김소연 시인한테서 배웠지요. 저는 문학 책보다는 물리학이나 생물학 같은 자연과학 책을 많이 읽고 거기서 아이디어를 얻는 편이에요. 우리 여성 시는 청승맞지 않으면 되바라지고 그도 아니면 일상에 함몰돼버리기 십상인데, 김소연 시인의 시는 여성 언어의 다채로운 결을 잘 보여주는 것 같아요."(함)

말을 듣다 보니 두 사람이 좋아하는 상대의 작품이 어떤 것일지가 궁금해졌다. 김소연은 함성호의 시 〈벚꽃 핀 술잔〉을 꼽았고, 함성호는 잠시 망설이다가 김소연의 시 〈바라나시가 운다〉를 들었다.

마셔, 너 같은 년 처음 봐

이년아 치마 좀 내리고, 말끝마다

그렇지 않아요? 라는 말 좀 그만 해

내가 왜 화대 내고 네년 시중을 들어야 하는지

나도 한시름 덜려고 와서는 이게 무슨 봉변이야

미친년

나도 생이 슬퍼서 우는 놈이야

니가 작부ㄴ지 내가 작부ㄴ지

술이나 쳐봐. 아까부터 자꾸 흐드러진 꽃잎만 술잔에
그득해

–〈벚꽃 핀 술잔〉 앞부분

차이가 식는다

람 난 사트헤—

장례 행렬이 지나가고

나는 비킬 곳 없는 길을 비킨다

(…)

바라나시가 운다

강물이 등을 부풀린다

바람이 식는다

람 난 사트헤—

(…)

타다 만 시체를 뜯어 먹는

개들의 포식

람 난 사트헤—

식다 만 짜파티를 뜯어 먹는

우리들의 점심

–〈바라나시가 운다〉 부분

〈벚꽃 핀 술잔〉에 대해 김소연은 "대부분의 한국 남성 시인이 그저 여자를 보고 침을 흘리는 정도로 쓴다면, 이 시는 여성에 대한 거침없는 태도 속에 인생의 허무를 노래하고 있어서 좋다"고 말했고, 함성호 자신은 "등단 뒤 축하한다며 방석집에 데려간 작은형이 그곳 여자에게 한 말을 그대로 시로 옮긴 것"이라며 "내 시 중에서는 소품에 해당하는데 사람들이 이런 시만 좋아하는 게 마음에 들지 않는다"고 말했다.

〈바라나시가 운다〉에 대해 함성호는 "'람 난 사트헤—'라는 반복되는 주문이 마음에 들었고, 김소연 시인이 이제까지 써온 자신의 스타일을 일거에 뒤집어버리는 게 좋았다"고 말했고, 김소연은 "인도 바라나시에 여행 갔을 때 하루 종일 창밖으로 들리던 상여 소리가 바로 '람 난 사트헤—'였다"며 "현대사회란 게 죽음을 풍경으로 거느리는 비정한 사회라는 걸 추상적으로는 느껴왔지만 바라나시에서는 그것을 일상으로 실감할 수 있었다"고 시를 쓴 배경을 설명했다.

역설적이게도 이렇게 뚜렷해 보이는 두 사람의 차이에서 빚어진 책이 있다. 김소연 시인의 스테디셀러 산문집 《마음사전》(2008)이 그것이다.

"어느 날 '외로움'이란 말의 뜻을 이 사람한테 설명해주다가 밤을 새운 적이 있어요. 그게 재미있기도 해서 그때부터 마음의 결을 가리키는 말들을 수집하고 비슷한 말들 사이의 미세한 차이를 구분하다 보니 책 한 권이 되었지요."(김)

"저는 인간의 감정에 관한 말들은 잘 이해가 안 돼요. 이 사람은 외롭다는 게 마음의 역동적인 움직임이라고 하지만 저에게 외롭다는 건 심심하다거나 별 볼 일 없다는 뜻일 뿐이죠. 저는 말이라는 게 어디까지나 명확하고 객관적이어야 한다고 생각해요."(함)

화이부동이랄까. 차이 속에서 조화를 끌어내는 시인 부부의 지혜가 듬직해 보였다. 소소재에서 인터뷰가 끝난 저녁, 두 사람은 각자의 다음 행선지를 향해 서로 다른 방향으로 길을 나섰다.

그
작가
집

문학은 증명할 수 없는 내러티브

평론가
김윤식의
서재

현관문을 열고 들어서자 진한 과일 향이 먼저 반겼다. 거실 가운데 낮은 탁자에 놓인 그릇에 모과 몇 알이 올려져 있었다. 오른쪽으로 난 베란다에는 활짝 핀 서양 난이 탐스러웠다. 서울시 용산구 서빙고동 13층 아파트 꼭대기 층의 베란다 너머로는 겨울 한강이 시원하게 내려다보였다. 원로 국문학자 겸 문학평론가 김윤식 서울대 명예교수가 덤덤하게 취재진을 맞았다.

김 교수를 좇아 거실을 지나 오른쪽 방으로 들어서자 그곳은 책의 나라였다. 일본어판 루카치 전집과 독일어판 헤겔 미학 등 여러 언어로 된 연구서를 두 겹으로 꽂은 책장이 벽 하나를 가득 채우고 있었다. 책장 한쪽에는 김 교수 자신의 저서 수십 권이 모여 있었다. 그러나 그조차도 그가 지금까지 낸 저서 160~170권의 극히 일부에 지나지 않을 터였다. 창가 쪽 책상 옆 소형 책꽂이에는 주로 누렇게 빛이 바랜 책들이 있었다. 방 주인이 그중 하나를 꺼내 보였다. 겉표지가 뜯겨 나간 임화의 《문학의 논리》(1940)였다. 그가 가장 자주 들춰 보는 책이라 했다.

책상 뒷벽에는 색색의 포스트잇이 다닥다닥 붙은 메모판이 3개

걸려 있다. 글을 쓰기 위한 아이디어들이다. 그는 밤에 자다가도 벌떡 일어나 메모를 써 붙인다고 했다. 책상 앞쪽에는 복사물 등 자료를 담은 바구니 수십 개가 쌓여 있었다. 경성제대 예과 문우회 동인지 《문우》 제4호 복사본이 보였다. 아단문고에서 복사한 것이라고 했다. 이효석, 유진오, 신남철 같은 필자의 이름이 보였다. 또 다른 바구니에는 2011년 말 그가 일본 와세다대 학술회의에서 발표한 '이중어 글쓰기의 기원에 관한 일 고찰'이라는 제목의 일본어 발표문이 들어 있었다. 책이든 복사 자료든 특별한 체계나 순서에 따라 정리한 것은 아니지만 김 교수는 필요한 책과 자료가 어디에 있는지 정확히 알고 있기 때문에 찾는 데 어려움을 겪지 않노라고 했다.

책상 위에는 집필 중인 《문학사상》 2월 호용 소설 월평 원고가 놓여 있었다. 그는 지금 월간 《문학사상》과 계간 《한국문학》 그리고 〈한겨레〉에 정기적으로 글을 쓰고 있다. 고정 칼럼과 월평 말고도 각종 논문과 발표문, 에세이 등을 모두 합해 그는 하루에 200자 원고지 10장꼴로 꾸준히 글을 쓰고 있다. 한창 때의 '하루 원고지 20장의 리듬'에 비한다면 절반으로 줄어든 것이지만, 여든 가까운 나이를 고려하면 놀랄 만큼 많은 분량이다.

학자로서의 연구 논문과 단행본, 작가나 작품에 관한 긴 분량의 평론도 있지만 그가 쓰는 글의 중요한 일부가 월평으로 불리는 현장 비평이다. 달마다 또는 계절별로 문예지에 발표되는 중·단편소설을 그때그때 평가하는 글이 월평이다. 바지런한 독서가 우선 필요하고, 작가별·시대별 특징과 변화, 흐름을 꿰고 있어야 순발력과 깊이를 동시에 갖춘 월평을 쓸 수 있다. 김 교수가 월평을 쓰기는 40년도 더 전의 일이다.

"월평이란 시간이 많이 지나지 않은, 발표된 그 순간에 읽고 쓴 것이어야 생생한 표정이 나옵니다. 시간이 지나면 쓸모가 없어지는 것이죠. 작가들이 자신의 세대 감각으로 오늘을 어떻게 보았는지, 그리고 그 작가가 이전에 쓴 작품과 어떻게 바뀌었는지가 작품을 고르는 기준이에요. 그를 위해서 제가 '족보'라고 일컫는, 데뷔 연도별 작가별 철을 가지고 있어요."

월평에 대한 그의 자의식과 자부심은 '아직도 월평을 쓰고 있는가'라는 제목으로 그가 〈한겨레〉에 쓴 칼럼에서 이렇게 표현되었다.

> 이(=월평) 속에서 나는 시대의 감수성을 얻고자 했소. 내 자기의식의 싹이 배양되는 곳. 어째서 그대는 세상 속으로 나와, 작가·현실·역사와 대면하지 않는가. 그럴 시간이 없었다고 하면 어떨까. 그러나 작품 속에서 만나는 세계가 현실의 그것보다 한층 순수하다는 믿음을 갖고 있소. 카프카의 표현을 빌리면, 그 순수성이란 이런 것이오. 밤이면 모두 푹신푹신한 침대에서 담요에 싸여 잠들지만 따지고 보면 원시시대의 인간들이 그러했듯 들판에서 땅에 머리를 처박고 언제 적이 쳐들어올지 몰라 가까스로 잠이 든 형국이라고.

"2011년 신춘문예로 등단한 백수린이 《창작과 비평》 겨울 호에 발표한 단편 〈폴링 인 폴〉을 읽었어요. 물건 되겠다 싶데. 서른 조금 넘은 여자가 주인공인데, 외국인들한테 한국어를 가르치는 선생이야. 미국 교포 2세 청년이 그 제자인데, 이 여자가 그 청년의 서툰 한국어 발음이 충청도식이라는 걸 대번에 알아차리지…"

방대한 독서와 쉼 없는 평론 활동

2012년 2월 호 월평에는 백수린의 〈폴링 인 폴〉에 관한 평이 포함될 모양이었다. 김 교수는 주요 문학 월간지와 계간지에 발표되는 중·단편은 모두 챙겨 읽는 것으로 유명하다. 그것도 한 번이 아니라 세 번 정도는 읽는다. "처음 잡지에 발표되었을 때 메모하면서 읽고, 월평 쓰느라 또 한 번 읽고, 원고를 쓰고 나서 점검하느라 다시 한 번 읽는다"고. 신인들 사이에서는 그의 월평에서 언급되는 것을 신춘문예 당선이나 잡지 신인상 당선에 이은 '두 번째 등단'으로 받아들이는 분위기가 있다. 그는 요즘은 "단편 작가가 어떻게 장편으로 건너가는지 확인하기 위해" 장편도 읽고 있노라고 했다. 최근 읽은 허수경의 신작 장편소설 《박하》(2011)에 대한 견해도 밝혔다. "글쓰기에 전부를 걸고 있는 사람 같더군. 그런데 수사학이 너무 많이 동원된 건 불만이야." 그렇지만 그는 어디까지나 단편이나 중편에 애착을 지닐 뿐 장편은 대체로 신뢰하지 않는다고 강조했다.

"한국 단편은 장편의 역할을 해왔어요. 전력을 기울여 쓴 것이니까 장편 급이라 할 수 있지. 요즘 장편소설을 열심히들 쓰고 있던데, 결국 작가들이 출판사에 놀아나는 거라고 봐요. 단편에 이것저것 너절하게 넣어 살 찌우면 뭐가 되겠어요? 장편을 써야 한다는 주장은 장사꾼의 논리일 뿐이야."

그는 "젊은 세대가 지나치게 서양 문학의 주제와 스타일을 흉내 내는 것, 그리고 나이 든 이들이 쉽사리 화해하고 타협하는 것"을 요즘 우리 소설이 고쳐야 할 점으로 꼽았다. 특히 에드워드 사이드가 주창한 '만년의 양식'이 이 노년의 평론가에게는 솔깃하게 다가왔던 모양이다.

"'만년의 양식'이란 절대 타협하지 말라는 것, 더 격렬하게 버티라는 것입니다. 나도 그렇게 생각해요. 문학작품이 툭하면 끝에 가서 화해하곤 하는 게 마음에 들지 않아요. 인생에 화해가 어딨노? 특히 나이 든 이들의 단편에 그런 문제가 많아요."

그 점은 그가 무신론자라는 사실과 무관하지 않아 보인다. 어릴 때 어머니를 따라 용왕님께 빌기도 하고 할머니를 좇아 절에도 다녔으며 동네 예배당에도 가보았다는 그는 그러나 천체물리학자 스티븐 호킹의 말을 신뢰한다고 했다. "생명이란 우주에서 날아온 먼지에서 시작되었다"는 것.

김 교수는 고은 시인이나 소설가 조정래, 김성동처럼 원고지를 고집한다. 출판사를 하는 제자가 제공한 원고지에 수성 펜으로 원고를 쓴다. 작품 일부를 인용할 경우에는 책의 해당 부분을 오려서 원고지에 그대로 붙이는 것이 이채로웠다. 그렇게 일부를 오려낸 책은 미련 없이 폐기 처분하고, 필요하면 다시 산다고 했다. 그러고 보니 웬만한 교수 연구실에 다 있는 복사기나 팩시밀리도 보이지 않는다.

"대학에서 정년을 맞을 무렵, 용산에 가서 컴퓨터를 샀어요. 당시로서는 아주 비싼 값이었지. 나도 컴퓨터로 글을 써보자 싶었던 거지. 근데 그게 쉽지가 않습디다. 나는 타자기도 써본 적이 없거든. 결국 포기했지. 지금 같아서는 힘들더라도 그때 계속 연습해서 익힐 걸 하는 생각도 있지만, 다 지난 일이지."

컴퓨터를 쓰지 않기 때문에 그에게는 인터넷 역시 미지의 우주일 따름이다. 휴대전화도 물론 없다. 손으로 쓴 원고는 아르바이트 학생을 시켜 입력을 하거나, 출판사에 원고 상태로 보내면 출판사 쪽에서 입력을 한다. 2012년 출간한 《내가 읽고 만난 일본》 역시 그의 손 원고를 출판사에서 직접 입력했다고 한다.

"《내가 읽고 만난 일본》은 자전 비슷한 걸 거요. 수필로 썼는데, 대략 다섯 가지 주제를 다루었지. 루카치, 고바야시 히데오(일본 평론가), 에토 준(일본 평론가), 그리고 내가 번역한 일본 관련서 《국화와 칼》(루스 베네딕트 지음)과 《일제하의 사상통제》(리처드 미첼 지음). 에토 준은 평생 글만 쓰다가 글을 못 쓰게 되니까 자살한 사람이야. 애도 없어서 부부가 강아지를 키웠어요. 루스 베네딕트도 대단히 외로운 사람이었지."

《도스토옙스키의 생활》을 쓴 고바야시 히데오와 《소세키와 그의 시대》와 같은 작가 연구서로 유명한 에토 준은 김 교수에게 큰 영향을 준 이들로 알려졌다. 김 교수가 자신의 수많은 저서 중에서도 가장 애착이 가는 것으로 꼽는 《이광수와 그의 시대》(1986)도 제목에서부터 에토 준의 그림자를 거느리고 있다. "젊었을 때 두 번이나 일본으로 공부하러 간 게 그 책 때문이었지. 지금 보면 우스운 데도 있지만, 근대와 식민지라는 젊은 시절의 화두를 붙잡고 고투한 거니까. 다른 세대가 쓴다면 다르게 쓰겠지…."

문학 교육자로서의 자부심

《이광수와 그의 시대》를 쓰게 된 계기를 설명하면서 그의 말이 길어졌다. 흡사 강의를 듣는 기분이었다. 그도 그럴 것이 학자로서, 문학평론가로서 자신의 관심사와 그 변화를 그로서는 매우 압축해서 들려준다고 했는데도 그 말은 거의 그의 평생을 포괄하는 것이어서 최소한의 분량이 필요할 터였다.

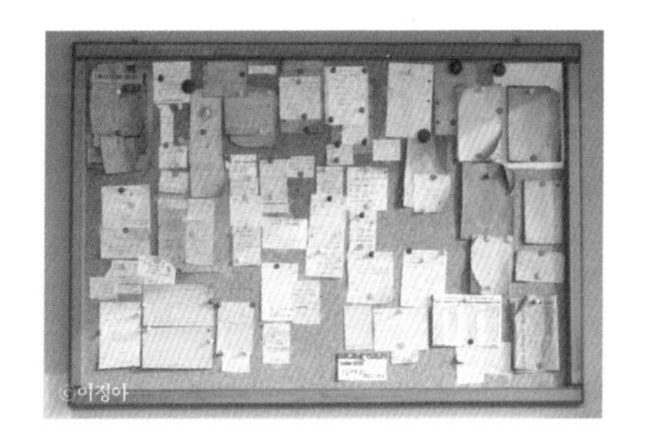

다양한 메모가 붙어 있는 서재 메모판.
김윤식 평론가가
자택 서재에서 이야기하고 있다.

"우리 세대의 임무는 식민 사관이 사실이냐 아니면 제국주의자의 음모냐를 증명하는 것이었소. 식민 사관 역시 과학이었으니 이를 알거나 넘어서기 위해서는 사회경제사를 공부해야 했지. 근대와 근대국가, 자본제 같은 걸 두루 공부하는 데 십수 년이 걸렸어. 문학 공부 할 여력이 없었지. 우리에게 봉건제의 모순을 자체의 힘으로 극복할 수 있는 내재적 역량과 법칙이 있었다는 게 왈 '맹아론'이오. 그걸 가지고서야 식민 사관이 제국주의자들의 허구라는 걸 입증할 수 있었지. 그런 생각을 가지고 쓴 게 《이광수의 그의 시대》였어."

그러나 근대라는 화두는 그에게 '흘러간 유행가'가 된 듯했다. 그가 지금 몰두하고 있는 주제는 이른바 '이중어 글쓰기'다. 일본어로 글을 쓴 조선 작가들의 작업을 가리키는 말이다. "이상의 새로움은 조선어가 아니라 일본어로 썼다는 데에서 온다"고 김 교수는 말했다. "조선어로 나온 수필 〈산촌여정〉조차도 사실은 일본말로 쓴 것이었다"고 그는 강조했다. 김 교수는 "이중어 글쓰기는 일본 문학도 조선 문학도 아닌, 차라리 문학의 순수 원형과 같은 글쓰기기 때문에 민족국가의 차원을 넘어서는 것"이라며 "이중어 글쓰기라는 새로운 화두를 붙잡은 게 자신이 침체하지 않고 계속 나아갔다는 증거"라고 설명했다. 새로운 화두를 붙잡은 그에게 "카프(조선프롤레타리아예술가동맹)와 루카치는 동화로 보인다"고도 했다. "현실과 안 맞기 때문"이라는 것이었다.

"한국어가 얼마나 갈까? 다문화 사회가 되면 어떤 식으로든 언어와 문학에도 변화가 있을 거요. 제목이나 대화에 자연스럽게 영어가 들어가는 건 그 일부지. 《일본어는 언제 망할까》라는 책(일본어판)을 읽고 놀랐어요. 결국 영어나 중국어가 보편어가 될 텐데, 한국어 같은 작은 언어는 빨리 망하는 게 가장 좋은 방법 아닐까?"

평생을 한국 문학 연구에 몸을 바쳤고 지금도 애정을 가지고 작품을 읽고 평론을 쓰는 노 학자의 말은 사뭇 충격적이었다. 영어 단어와 문장이 대화에 수시로 끼어드는 백수린의 단편에 그가 주목하는 까닭을 짐작할 수 있었다. 그럼에도 그는 '문학 교육자'로서 자신의 역할에 대한 자부심을 숨기지 않았다.

"인간으로서 나를 평가해주는 방법은 인격도 지력도 아니오. 다만, 나보다 더 나은 문학 교육자는 별로 없지 않을까 자부합니다. 어떤 세대든 그 세대의 한계가 있어요. 그럴 때 세대별 단층을 잇는 건 문학밖에 없지요. 현실을 간접화함으로써 연속성을 부여하는 게 문학이 하는 일이오. 이렇게 연속성을 부여하는 일에 내가 종사하고 있는 것이지요. 내가 쓴 고교 문학 교과서는 지금도 많이 팔리고 있어요."

그는 밤 열 시에 잠자리에 들어서는 아침 여섯 시에 일어나는데, 밤에 자주 깬다. 오전에 집중적으로 읽고 쓰며, 오후에는 거의 매일 집 근처에 있는 국립중앙박물관을 산책한다. 워낙 터가 넓어서 한 바퀴 도는 데 한 시간쯤 걸린다. "박물관 관장보다도 내가 박물관에 대해 더 잘 알 것"이라고 김 교수는 말했다. 이따금씩은 한강 둔치에도 나간다. 그러나 겨울엔 바람이 차서 아무래도 밖에 덜 나가게 된다고. 마지막으로 그에게 문학과 현실의 관계에 대해 물었다.

"현실은 증명될 수 있는 사실의 나열 그러니까 내러티브고, 문학은 증명될 수 없는 내러티브. 양자는 같이 가는 거요. 서로 비판할 수도 있고. 문학적 현상이라는 내러티브와 사실에 기초하는 내러티브가 직접 관련을 가지도록 하는 건 무리지. 어디까지나 간접적인 관계여야 해요."

©이정아

그
작가
집

내 위치는
아직도 움직임 속에 있다

©최재봉

시인
고은의
안성 집

가슴 받힐 듯 강파른 고개 너머

거기 마음 놓아

지지리 지지리 못나도 좋아라

개새끼와 개 사이

그 살가운 것 아껴온 이래

그렇게 몇백 년인가

마을 앞 바람받이 늙은 팽나무 엄하시어라

어디 이뿐이리오

마을 건너

샘 죽은 적 없이

언제라도 한 바가지 축나지 않으니 어쩌리오

아이들 돌팔매질로

괜히 다른 쪽 언덕에서

후닥닥 꿩 나는데

아직 눈 녹을 줄 몰라 할아버지 팔짱 끼고
괜히 회오리바람 하나 만난다
-〈마정리〉 전문

고은 시인의 1970년대는 '화곡동 시절'로 요약된다. 제주 생활을 마감하고 1967년 서울로 올라온 시인은 정릉과 연희동 등을 거쳐 1973년 화곡동으로 이사했으며, 그의 화곡동 집은 1970년대 민주화 운동의 산실 구실을 했다(그의 1970년대 일기를 묶은 책 《바람의 사상》(2012)에는 경찰들이 감시하고 수시로 들이닥치기도 하는 화곡동 집에서, 민주화를 요구하며 자결한 서울대학교 농대생 김상진 열사 제사를 지내는가 하면 이문구, 박태순, 송기원, 이시영 등 후배 문인과 재야 투사들을 만나 민주화 투쟁 방향을 논의하는 그의 면모가 잘 나와 있다). 1980년 신군부에 끌려가 죽음 직전까지 몰렸던 그는 1982년 광복절 특사로 풀려난 뒤 이듬해 영문학자 이상화(중앙대 교수)와 결혼하면서 경기도 안성시 공도읍 마정리에 정착해 지금에 이르고 있다.

"형제처럼 지내던 이문영 교수가 소개해줘서 이곳으로 왔죠. 서울에 있으면 늘 술만 마시고 몸 상하겠다 싶었던지, 일종의 전지요양 차원에서 말이에요. 나도 서울 생활에 좀 지치기도 해서 선뜻 응했어요. 당시만 해도 이 구역 전체에 집이 열 몇 채밖에 없었어요. 처음 왔을 때는 분위기가 별장 비슷했죠."

마정리에서 그는 《만인보》 전 30권과 서사시 《백두산》 전 7권, 소설 《화엄경》과 《선(禪)》, 그리고 2011년 여름에 낸 두 시집 《상화 시편》과 《내 변방은 어디 갔나》를 비롯해 이루 헤아리기 힘든 수많은 시집과 산문집을 그야말로 쏟아냈다. 낮은 구릉지대에 자리 잡은 그의 이층 양옥집은 고은 문학 후반기의 대폭발을 생생히 지켜

보았다. 2000년대 이후 그가 노벨문학상의 유력 후보로 거론되면서 해마다 10월 둘째 주 목요일 저녁이면 신문과 방송 등의 취재진이 모여들어 진을 치는 곳도 바로 이곳이다.

그 이층집의 1층에 시인의 작업실이 있다. 현관에 들어서면 오른쪽이 거실이고 왼쪽이 시인의 작업실. 작업실은 두 개의 방으로 되어 있어서, 안쪽 방에는 의자가 딸린 책상이 있고 바깥방에도 앉은뱅이 책상 두 개가 있다. 시인은 그때그때 기분에 따라 혹은 원고의 성격에 따라 세 개의 책상 중 하나를 골라잡아 쓴다. 원래 시인의 작업실은 2층에 있었는데, 10년 전쯤 1층으로 내려왔다. 책 무게 때문이었다. 1층 작업실은 창문 있는 쪽을 뺀 나머지 벽에 모두 책장이 서 있고 거기에는 이렇다 할 체계나 원칙을 짐작할 수 없게 책들이 빽빽이 꽂혀 있다. 그나마 책장에 미처 들어가지 못한 책은 바닥 여기저기에 쌓여 있다. 사실을 말하자면 그 책들의 담 사이로 책상에 이르는 길들이 지그재그로 나 있는 셈이다. 이 책들 말고도 전집류나 묵직한 참고 도서처럼 이따금씩 보게 되는 책은 지하 서고에 따로 보관하고 있다.

"참! 책은 과거가 아니야. 열여덟에 읽은 책도 지금 읽으면 전혀 처음 읽는 책 같거든. 책은 끊임없이 나의 미래를 잡아당기는 것 같아. 책처럼 그때그때마다 새로운 세계를 만들어주는 게 없어."

책은 자궁,
나는 태아

시인의 책 예찬은 쉼 없이 이어진다.

"내 전반기는 책을 멀리한 시절이 있었어요. 심지어 책을 불태워 버린 적도 있지요. 선 하면 불립문자니까. 그래서 책한테 응징을 받는 건지, 지금은 책에 푹 빠져 있어. 책이 자궁이고 내가 태아인 것 같아요. 서재에 있을 때가 가장 몸이 달아올라."

다행히 시력은 많이 떨어지지 않아 축복받았다고 생각한다. 물론 안경의 도움을 받는다. 1980년대 초 대구교도소에 '근무'하던 시절 안경을 처음 쓰기 시작했는데, '새로 태어난 느낌'이 들었다.

"안경 이전과 안경 이후는 나에겐 기원 전과 후 같아요. 안경이 갖는 인문성에 대한 어릴적의 유치한 생각이 나중에 현실이 된 것이지요."

사진기자의 요구에 응해 책 읽는 포즈를 취하느라 쌓여 있던 책 가운데 하나를 집어들어 읽던 시인이 문득 무릎을 친다.

"아, 이것 봐! '준성(準星)'이란 게 있네. 불확실한 별이라…. 뱃속에 있는 태아라고나 할까? 이런 말을 만나면, 아, 미치지! 이렇게 만난 새로운 말이 언젠간 시가 되어 나오는 거야. 그렇다고 당장 메모장에 기록해놓거나 하진 않아요. 왜냐하면 그건 내 게 아니니까. 내 안에서 천천히 무르익어 변형되어야 비로소 내 게 되는 거지."

시인은 이렇듯 느닷없이 '발견'하는 독서의 기쁨이 크다고 했다. "잃어버렸던 돈을 장롱 안에서 문득 찾은 기분이랄까?" 그래서 체계적인 독서보다는 우연에 기대는 즉흥적인 책 읽기를 선호하는 편이다. 책장의 책들을 도서분류법 같은 계통에 따라 정리하지 않은 것도 그 때문이다. 그래도 어떤 책이 어디에 있는지는 다 알고 있다.

"우연의 매혹이 있어요. 필연보다 우연이 좀 더 높은 단계에서 만날 수 있는 사건 같아. 필연에는 역사라든가 하는 의미가 부여되겠지만, 우연의 황홀이야말로 최고의 황홀이지요."

그가 작업하는 책상 위에는 역시 계통 없이 쌓인 책과 온갖 프

경기도 안성시 공도읍 자택의 서재.
책상 위에는 손으로 쓴 원고와
뿔테안경이 있다.
서재의 의자.
다양한 그림이 가득한 거실.

린트물, 수십 권의 메모 수첩과 접은 종이에 직접 기록한 일정표 그리고 원고지가 놓여 있다. 메모 수첩은 언젠가 시와 산문으로 몸을 바꾸게 될 생각의 편린이고, 나날의 약속과 계획을 적은 일정표는 '고은의 역사'를 축적해가고 있는 참이다. 시인은 주로 원고지에 볼펜으로 글을 쓰지만, 때로는 신문에 끼어오는 광고지의 이면 역시 흔쾌히 원고지 대용으로 쓴다.

"종이가 아까워서. 그냥 버리면 천벌받을 것 같아요. 더군다나 나 같은 사람은 나무를 죽여가며 사는 존재 아닙니까? 조금이라도 천벌을 덜 받으려면 종이를 아껴야죠. 백지는 내 종교예요. 보면 절 안 할 수 없고 달려가서 껴안지 않을 수 없어요."

원고지나 광고지 뒷면에 육필로 쓴 원고는 그대로 출판사로 보낸다. 그동안 그가 낸 책이 줄잡아 150여 권에 이르니 원고 양도 만만치 않을 것이다. 요즘은 출판사에서 입력하고 난 뒤 원고를 돌려받지만, 예전엔 원고를 미처 챙기지 못했다. 서사시 《백두산》 원고 같은 것이 그 과정에서 증발해버렸다. 다행히(?) 《만인보》 일부는 챙겨두었고, 최근 원고도 따로 보관해놓고 있단다.

"사실은 일찌감치 타자기 시절에 자판에 입문했어요. 워드프로세서까지 갔지만, 결국 그만두었지요. 어쩐지 자판을 두드려서 쓴 글에는 피가 돌지 않는 것 같아서 말이에요. 글을 쓰면 내 피가 글로 옮겨지는 느낌인데, 타자를 친 글에는 그 피가 끊긴 듯하단 말이죠. 아마도 내가 지나치게 예민했던 거겠죠. 계속했으면 자판 역시 혈연화했을 텐데 말이에요."

2011년 여름 시집 두 권을 출간한 이후 요즘 시인은 잠시 숨을 고르고 있다. 새로 쓴 시들이 50여 편 정도 되지만, 그보다는《만인보》 이후의 또 다른 대작을 구상하는 데 골몰하고 있다. 문제는 그렇게 덩치 큰 주제가 10여 개나 된다는 것. "동쪽에서 쌓아놓은 지혜와 서쪽에서 쌓아놓은 이치를 종합시키는 어떤 것도 해야 하고, 조국 한반도의 그 무엇도 그려야 하고, 아시아의 구비 서사도 건드려야 하고, 온갖 주제가 거미줄에 달린 이슬방울처럼 뒤숭숭"하단다. 어쨌든, 이번 겨울부터 손을 대서 내년 봄쯤에는 원고지 1,200장 정도의 대작 하나를 신작 시집과 같이 낼 계획이다. 꼭 소설은 아니지만, 장르를 지워버리는 형태가 될 것이라서 보르헤스도 다시 읽고 있다. 《만인보》 보유(補遺)도 필요하겠지만, 우선은 다른 많은 일들이 기다리고 있어서 차차 생각하기로 했다.

"정치학뿐 아니라 사회학, 문학 등 여러 분야에서 소재는 지나칠 정도로 넘치죠. 풍부한 질료가 사방에 널려 있어요. 그런 점에서 한반도는 자원 부국이에요. 석유나 지하자원은 없는 대신 글로 쓸 거리가 많은 거죠. 쓸 게 없다는 일부의 말을 지지하고 싶지 않아요. 정말 쓸 게 많아요!"

늘 방선(放禪)이더라

어디 곱씹을 삶이라는 것
슬픔뿐이랴
기쁨뿐이랴
그냥 망연자실의 한동안들도 삶이더라

오늘도 마당의 살구나무 보다가
콧노래가 슬몃 나온다
내일도
책 보다가
입 달싹여

슬몃슬몃 노래가 나오리라

—〈근황〉 앞부분

다음 작업을 위한 준비도 할 겸 요즘은 되도록 집에 있으려 한다. 한때 잦았던 해외 걸음도 1년에 네 차례 정도로 줄이고 있다. "껄껄 웃고 악수하고 사진 박고 하다가 시간 다 가게 생겨서"다. 국내 강연 요청도 많지만, 피하기 어려운 것으로 한 달에 서너 번 정도로 제한하고 있다. "나가서 놀면 좋지만, 그리 되면 공부도 못 하고 일도 못 하니까." 이런저런 사회적 요구가 많지만, 일주일에 한 번 외출할 때도 있고 이 주일에 한 번 할 때도 있다. 나가면 가능한 한 막차를 타고라도 집으로 돌아오려 하는 편이다. "아내와 같이 있고 싶기 때문"이다.

해가 진다

사랑해야겠다

해가 뜬다

사랑해야겠다 사랑해야겠다

너를 사랑해야겠다

세상의 낮과 밤 배고프며 너를 사랑해야겠다

—《상화 시편》 중 〈서시〉 전문

유목민과 같은
행(行)으로서의 존재

집에서의 일과는 비교적 단순하다. 오전 6~7시쯤 일어나 오전에 작업하고, 점심 먹은 뒤 집 앞 한천 둑길을 30~40분쯤 산책하고는 오후에 다시 작업하고, 저녁 먹은 뒤에는 주로 책을 읽는다. 가끔은 저녁 식사 후에 산책을 하기도 한다.

"산책은 혼자 하기도 하고 아내와 같이하기도 해요. 루소가 걸어다니면서 글을 구상했듯이 그 냇가 둑이 몇십 년 동안 나한테 베푼 은혜가 크죠. 집에서 걸어서 5분이나 10분 정도 나가면 냇가 둑이에요. 안성천의 지류인 한천이죠. 지류라고는 해도 꽤 크고 길어요. 파리의 센 강에 댈 게 아니죠. 센 강에 반할 건덕지가 전혀 없어요."

그가 커피를, 그것도 원두커피 블랙을 즐긴다는 것은 뜻밖이었다. 고은 시인 하면 어쩐지 녹차 아니면 보이차 같은 걸 마실 듯하지 않나.

"다른 차는 안 마시고 커피만 마십니다. 그래도 술에 비하면 커피에는 엄격한 편이지요. 하루에 두어 잔 정도만. 사실 전쟁 직후 미군 부대에 근무할 때 커피가 무엇인 줄도 모르고 배부르게 벌컥벌컥 마시고는 뻗어서 병원에 실려 간 뒤로는 커피란 걸 마시지 않았어요. 산중에 살 때도 커피는 물론 차 같은 것도 사치였지요. 그 뒤에는 찬물 아니면 소주, 그 외에는 용납할 수 없었어요. 미국 시인 게리 스나이더한테도 말하기를 내 인생에서 최고는 찬물이고 그다음이 술, 마지막이 차나 커피라고 했지요. 그러나 한 2년 전부터 아내를 따라 커피를 마시다 보니 그 쓴맛에 길이 들었네요. 설탕은 안 탑니다. 커피에 대한 모독 같아서 말이죠."

차령산맥이 건너다 보이는 1층 거실 벽에는 미술사학을 전공한 딸 차령 씨가 그린 그림들이 걸려 있다. 시인 자신도 어릴 적부터 화가가 꿈일 만큼 그림 그리기를 좋아해 2008년에는 전시회를 열기도 했다. 그림에 관한 꿈은 여전해서 "큰 덩어리 하나를 하고 쉴 때쯤 화실을 마련해서 그림도 다시 그리고 싶"단다.

시인 겸 소설가 김승희가 '파란과 신명'이라 표현한 시인의 생애도 어느덧 80 고개를 넘어섰다. 그러나 시인은 팔순에 맞춘 별다른 계획은 없다고 밝혔다. 안성 생활 역시 어느덧 만 30년이 되었다. "30년 넘게 살았으니까 새로운 삶을 살아보고 싶기도 하다"고 시인은 말했다. 2008년 전시회를 열 당시 후배 작가 정도상은 그의 그림 세계를 "동사(動詞)를 그리다"라는 말로 요약한 바 있다. 고은 시인의 삶이야말로 영원히 움직이는 존재, 동사형 존재라 할 법한데, 그런 것치고는 그의 안성 생활은 예외적일 정도로 길었다(이와 관련해 경기도 수원시는 2012년 시 소유 부지에 고은 시인 문학관을 짓고 따로 창작 및 생활 공간도 마련해 고은 시인을 모셔 오기로 했다고 밝힌 바 있다. 2013년 상반기 현재 고은 시인은 이탈리아 베네치아에 머물고 있는데, 하반기에 귀국하면 안성에서 수원으로 옮기는 문제와 관련해 모종의 결론을 내릴 것으로 보인다). "내 위치는 아직도 움직임 속에 있다"면서 "유목민과 같은 행(行)으로서의 존재"를 자처하는 고은 시인. 그는 지금 또 다른 탈주와 이동을 꿈꾸고 있는가?

그
작가
집

외로움보다 더 무서운 건 그리움이다

소설가
김성동의
'비사란야'

'비사란야(非寺蘭若)'에 반가운 손님이 찾아왔다. 주인이 한껏 웃음 띤 얼굴로 자리에서 일어나 손님들을 맞는다. '절 아닌 절'이라는 뜻을 지닌 비사란야의 주인은 소설가 김성동. 손님은 또래 소설가 김훈과 후배 작가인 천운영이다. 비사란야는 경기도 양평군 청운면 가현리에 있는 김성동의 거처 이름이다. 양평읍에서 차로 30분 이상 걸리고 가까운 동네도 시오 리는 나가야 있는 이곳에 그가 들어온 것은 2004년. 등단하기 전 10년 동안 승려 생활을 했고 《만다라》를 비롯해 몇 편의 '불교 소설'을 쓴 바 있는 작가가 승과 속의 경계에 자신을 놓는다는 뜻을 그 이름에 담았다.

비사란야는 거실과 주방 그리고 크고 작은 방 셋으로 이루어졌는데, 작가는 방 하나에 미륵불을 모신 법당을 가리키는 '龍華殿(용화전)'이라는 당호를 붙이고 청동 불두(佛頭)와 미륵 석불을 모셔두었다. 아침저녁으로 예불을 드리고 초파일에는 연등도 단다.

손님이 찾아온 날은 맑은 햇빛 속에 초겨울의 싸한 냉기가 감도는 토요일이었다. 입구의 우편함에는 몇 권의 책과 금요일 자 〈한겨레〉가 들어 있다. 우편으로 오기 때문에 토요일 자 신문은 월요일에나 배달된다고. 입구에서 앞마당에 이르는 오르막길에는 얼음이 덮여 승용차 바퀴를 자꾸만 헛 구르게 했다. 비사란야 지붕 처마에는 고드름이 달렸고, 작가의 어머니가 기거하는 아래채 지붕은 눈을 이고 있다. 손님이 오면 거실 벽난로에 장작을 피울 요량이었는데 마당의 장작이 얼어붙는 통에 떼어내지 못했노라며 주인은 미안해했다. 바닥에는 미미한 온기가 흘렀지만 거실은 서늘한 편이었다. 주인은 서둘러 물을 끓여서 녹차 한 잔씩을 손들에게 대접했다.

김성동과 김훈은 어깨동갑 사이. 1947년생인 김성동이 한 살 위지만 친구처럼 지낸다. 특히 1990년대 초·중반 불광동에서 골목 하나 사이로 이웃해 살 무렵에는 식구끼리도 내왕이 잦았다. 무엇보다, 지겨울 정도로 술을 마셨다. 1995년 김성동이 불광동을 떠나면서 자주 볼 일이 없었다. 이날 만남은 4년인가 5년 전쯤 봉평의 이효석문학제에서 마주친 뒤 처음이라고 했다.

오랜만에 마주 앉은 두 사람은 서로의 안부부터 챙겼다. 객은 2011년 8월 뇌경색 초기 증세로 병원에 입원했던 주인의 건강 상태를 궁금해했다.

"꽤 오래 진행된 모양인데, 스스로는 증상을 몰랐어. 말이 어눌해지고 걸음걸이도 흔들리고 균형이 안 잡히는 걸 보고 글 쓰는 후배가 병원에 가보자고 재촉하더라고. 처음엔 거부하다가 마지못해 따라갔는데, 병원에 가니 곧바로 응급실에 입원시키데."

병원엔 열흘 정도 있었다. 지금은 통원 치료를 받으며, 처방전에 따라 약을 먹고 있다. 문학에 입문한 뒤 둘도 없는 벗처럼 가까이하던 술과 담배는 미련 없이 끊었다. 그 대신 점심 먹은 뒤 한두 시간씩은 꼭 산길을 걷는다. 하루 세끼를 꼬박꼬박 챙겨 먹는다. 한창 술을 마실 때엔 밥은 물론 안주도 입에 대지 않았다. 유일한 안주가 조미 김에 붙은 소금이었을 정도. 퇴원 뒤 몸을 챙긴 덕에 10킬로그램 정도 체중이 늘었다. 머리는 하얗게 셌지만, 살이 오른 얼굴은 한결 보기 좋았다.

"그동안 몸을 너무 학대했지. 문학 핑계 대고 술 담배를 너무 했잖여. 먹는 데엔 전혀 신경 안 쓰고 말이여. 아파 보니까 스스로를 돌아보게 되데. 문학을 생각하니 더 초조해지고. 이렇게 살아난 건, 이제부터 제대로 된 '진짜' 글을 쓰라는 섭리라 생각혀."

죽음의 문턱에서 돌아온 작가의 '진짜' 글쓰기

그는 문학을 처음 시작할 때의 떨림이 다시 왔노라고 했다. 아울러, 자신의 필생의 화두와도 같은 아버지 이야기에 이제는 정면으로 달려들고 싶노라고 밝혔다. 좌익 독립운동가였던 부친 김봉한은 1948년 예비검속으로 대전교도소에 수감됐고 전쟁이 터진 직후 처형당했다.

유난히 말이 늦되던 그가 네 살 나던 해 7월 초 처음으로 입을 떼어 대전 쪽 하늘을 올려다보며 "아버지, 아버지, 아버지" 하고 부르짖었을 시각, 부친은 총하지혼(銃下之魂)이 되었을 것으로 그는 믿는다. 그가 2010년 말 내놓은 좌익 독립운동가 열전《현대사 아리랑》은 아버지의 이야기로 들어가기 위한 몸풀기라 할 수 있다. "내 삶이 요 모양 요 꼴로 떠다박질려지게 된 까닭을 줄밑걷어 가보자는 것이었으니, 아버지!"(《현대사 아리랑》 머리말)

"내 나이가 벌써 돌아가셨을 때 아버지 나이의 두 배가 넘네. 이

제 와서 새삼 무슨 겁을 내겠는가. 내 삶이 이렇게 오그라든 근본 원인은 역시 분단이고, 그에 대한 답을 얻으려면 아버지의 얘기를 해야겠다 싶어. 그러다가 혹시라도 제약이 온다면 달게 받겠다는 생각이야. 다 죽어가던 내 몸을 살려준 '섭리'가 바로 그런 것 아닐까. 이제는 써야지."

김성동이 아버지 이야기를 소설로 쓰지 않은 것은 아니었다. 어린 아들이 어머니와 함께 오지 않을 아버지를 기다리는 모습을 그린 연작 단편 〈오막살이 집 한 채〉, 〈눈 오는 밤〉, 〈바람 부는 저녁〉, 〈비 내리는 아침〉과 자전적 장편소설 《길》이 돌아가신 아버지를 그리워하는 소년 김성동의 이야기라면, 미완의 장편소설 《풍적(風笛)》은 아버지의 시점을 택한 작품이다. 총살당한 사상범 김일봉의 넋을 주인공으로 한 이 소설은 1983~84년 《문예중앙》에 발표했지만 발표 당시부터 검열 때문에 상당 부분이 삭제된 데다 그나마 연재 자체가 중단되어 마무리를 보지 못했다. 가까스로 발표한 앞부분에서 총살당한 몸을 빠져나온 김일봉의 넋은 삼도천을 건너고 다시 흑백강을 건너는 동안 이승에서 자신의 삶을 돌이켜보면서 반성할 것은 반성하고 새삼 다짐할 것은 다짐한다.

소설 첫 장면에서 김일봉은 태어난 지 이태가 지나도록 지어주지 못한 아들의 이름을 비로소 생각해내서는 그 이름 "영복아!"를 세 번에 걸쳐 소리쳐 부른다. 같은 순간, 어린 영복 역시 문득 "타는 듯 붉은 놀이 깔려 있는 허공을 바라보며" "아버지!"를 세 번 연이어 부르짖는다는 설정은 작가가 들려주는 자신의 이야기와 닮았다.

"미완으로 남은 《풍적》을 완성하고 싶다는 생각은 늘 마음 한 구석에 있다"고 그는 말했다. 역시 미완성작인 장편소설 《국수(國手)》를 비롯해, 이런저런 까닭으로 중단된 작품들을 마저 쓰자면 "무엇보다 안정적인 환경이 필요하다"고 그는 강조했다. 지금 거처가

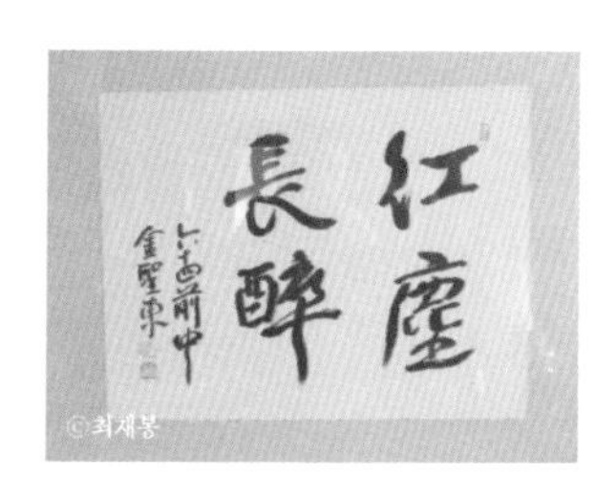

경기도 양평군 청운면 가현리에 위치한 '비사란야'.
작가가 쓴 글씨 '홍진장취'.
오래된 책들이 있는 책장.
'집배원 아저씨 고맙습니다'가 적혀 있는 우편함.

호젓하기는 할망정 그다지 안정적인 창작 기반이 되지는 못한다는 뜻으로 들렸다.

"강화로 갔으면 해. 강화에 충렬사라고 있잖여. 김상용을 비롯해 스물일곱 분의 위패를 모신 사당 말이여. 병자호란 때 빈궁과 원손을 수행해서 강화도로 피난했다가 강도(江都)가 함락되자 화약에 불을 붙여 자결한 김상용 어르신이 내 조상이거든. 충렬사 지킴이를 하고 싶어. 자손인 작가가, 역사에도 관심이 있고 하니, 사당 지킴이를 한다면 여느 공무원보다는 낫지 않겄남? 오랫동안 산에 있었으니까 바닷가에서 살아보고 싶기도 하고 말이여."

그는 얼마 전 오랜만에 단편소설 〈민들레꽃 반지〉를 탈고했다. 이따금씩 아들을 죽은 남편으로 착각하는가 하면 인공(인민공화국) 시절 여맹 위원장을 하며 부르던 "장백산 줄기줄기~" 노래를 흥얼거리는 어머니를 주인공으로 한 소설이라 했다.

김성동은 지금도 원고지를 고집한다. "다 쓴 원고를 철해서 끈으로 묶을 때가 가장 행복하다"고 그는 말했다. 김훈 역시 원고지를 쓰는 작가다. 어쩐지 어울릴 것 같지 않은 두 작가는 원고지에 육필을 고집한다는 공통점으로 한데 묶인다. 차이점도 있다. 김훈이 연필로 가로쓰기를 하는 데 반해, 김성동은 만년필을 들고 세로로 쓴다. 게다가 김성동은 붓글씨를 쓸 때처럼 여전히 원고지를 바닥에 놓고 등을 구부려서 글을 쓴다. 그 말을 들은 김훈이 "희한하다! 책상이 없으면 밥상이라도 가져다 놓고 쓰잖고"라며 타박(?)하자 김성동이 진지하게 말을 받는다. "거긴 책상 있나?" "아, 책상 없는 놈이 세상에 어딨어?" "나보다 낫네. 기자 출신과 중 출신이 확실히 다르네." 김훈이 졌다는 듯 껄껄 웃고 만다. 두 사람은 한때 '대퇴'와 '토퇴'를 놓고도 일합을 겨룬 일이 있었다. 대퇴란 김훈의 대학 중퇴를 이르는 말이요, '토굴 중퇴'를 줄여 부른 토퇴란 승려 생활 10여 년

작가가 직접 손으로 쓴 세로쓰기 원고들.
작업실에 있는 불상과 목탁 등.
소설가 김훈과 김성동.

만에 환속한 김성동의 이력을 가리킨 표현이다.

김성동이 출가한 것은 세는 나이로 갓 스물이던 1966년. "연좌제에 걸려 있는 신분으로서는 이 사회에서 정상적인 삶을 살아낼 수 없다는" 판단에 따른 것이었고, 도봉산 천축사 무문관이 첫 출가처였다. 스승은 그에게 '정각(正覺)'이라는 법명과 함께 '무자화두(無字話頭)'를 내렸으되, 승복을 벗고 환속한 1976년까지도 깨달음에 이르는 길은 요지부동이었다. "이름도 없고 색깔도 없고 소리도 없고 냄새도 없는 도(道)라는 것은 잡힐 듯 잡힐 듯 그러나 결코 잡혀지지 않는 허공과도 같았"다고 그는 스스로 작성한 연보에서 썼다.

승려 생활 10년 만에 하산하게 된 것은 이렇듯 앞이 보이지 않는 수행에 좌절한 까닭도 있지만, 문학이라는 새로운 세계가 그의 등을 떠밀었기 때문이기도 했다. 1974년 안성 칠장사에 머물던 여름, 방학을 맞아 휴양을 와 있다 간 여대생이 소포를 보내왔다. 라이너 마리아 릴케의 《문학을 지망하는 청년에게》라는 헌책이었다. 문학을 지망하기는커녕 문학이라는 게 어떤 물건인지도 몰랐던 그는 그해 늦가을 도봉산 천축사 아래 한 칸짜리 토굴에 틀어박힌 채 잡지 《주간종교》의 종교소설 현상 모집 공고를 벽에 붙여놓고 원고지 쓰는 법부터 익혀가며 소설 하나를 완성했다. 〈목탁조〉라는 단편이었다.

이 작품이 당선된 것까지는 좋았지만, "악의적으로 불교계를 비방하고 전체 승려를 모독했다"는 오해를 받아 승적에서 제적당하는 사태로 이어진 것은 그로서도 예상하지 못한 일이었다. 애초에 승적을 만들지도 않았던 그는 '무승적 제적'이라는 기묘한 기록을 남긴 채 1976년 늦가을에 산을 내려와야 했다.

환속한 '전직 승려'
산골에 머물다

1978년 《한국문학》 신인문학상 수상작인 중편소설 〈만다라〉는 그의 승려 생활 10년의 치열한 모색과 처절한 방황을 담은 소설이다. 이듬해 장편으로 개작해 100만 부가 넘게 팔린 베스트셀러이자 그의 출세작이기도 하다. 지산과 법운 두 스님을 주인공으로 세운 이 소설에서 법운이 '병 속에 든 새를 어떻게 꺼낼 것인가'라는 화두를 붙들고 고뇌하는 대목에서는 '무자화두'와 씨름하던 작가 자신의 모습이 엿보인다. 이 소설은 법운수좌가 '피안'행 차표를 찢어버리고 "사람들 속으로 힘껏 달려"가는 장면으로 끝난다. 타락하지 않으면 폐쇄적인 구도행에 매몰돼 있을 뿐인 불가(佛家)를 버리고 속세에 몸을 담그겠다는 의지의 표현인 셈이었다.

그러나 초판 출간 이후 22년 만인 2001년에 나온 개정판은 거의 정반대 되는 결말을 보인다. 여기서 법운은 사람들 속이 아닌 "정거장 쪽으로 힘껏 달려"가는 것. 그리고 '피안'행 차표를 든 그의 귀에는 "입선을 알리는 죽비 소리가 들려오고 있었다." 초판 《만다라》의 신랄한 비판 정신과 통쾌한 결말을 잊지 못하는 독자들로서는 당혹스러울 수도 있는 변화다. 작가는 왜 이런 개작을 택한 것일까.

"《만다라》를 처음 썼을 때 나는 거의 흥분 상태였어. 젊은 혈기로 파악하기에 우리 불교계는 거의 치유 불능의 중증 환자 같았거든. 그런 결말에 대해 전에도 문단 동료나 스님들이 아쉬움을 많이 피력했지. 그동안은 그런 지적을 한 귀로 듣고 흘리고 말았는데, 오랜만에 작품을 다시 보니 그분들 말씀이 옳다는 생각이 들더군. 젊은 수좌 법운이 공부도 모자라고 흥분한 상태에서 저자로 내려와서는 아니 되는 것이었어. 다시 내려올 힘을 얻기 위해서라도 산에 올라가 공부를 더 해야 하는 거지."

그는 피안이 아닌 차안을 선호하는 독자들을 향해서는 "법운과 작가의 선택을 애정으로 이해해달라"면서 "공부를 마친 법운이 저자로 내려올지 그냥 산에 머물러 있을지는 그다음에 고민할 문제"라고 덧붙여 말했다.

승려 시절 '정각(正覺)'이라는 법명을 지녔던 김성동은 《현대사 아리랑》의 머리말에서 '전중거사(前中居士)'라는 자호를 처음으로 쓴 바 있다. 비사란야 거실 바닥에 놓인 '紅塵長醉(홍진장취)'라는 글씨 액자에도 이름 앞에 '전중'이 표기되어 있다.

"왜 내 이력에 '전직 승려'가 자꾸 따라다니잖여? 그러다 보니 호를 지으면 '전중'으로 하는 게 좋겠다 싶었지. '전'은 앞으로 올 시간, 그러니께 새로운 세상을 가리키는 시간 개념이고, '중'은 어느 한쪽으로 치우치는 게 아니라 둥그런 원을 만들자, 살육 없는 세상을 만들자 하는 비원을 담은 거지."

산골의 해는 짧아서 손들이 서울로 돌아갈 시간은 다가오는데, 주인의 말은 하염없이 길어진다. 말이 끊기면 이들이 당장이라도 자리를 박차고 일어날까 두려워하는 듯. 세속이 싫어 들어온 산속이라지만, 이따금씩 오는 손님 말고는 말을 섞을 이웃 하나 없는 처지가 그로서도 견디기 쉽지는 않을 게다. 아쉬운 얼굴로 손을 흔드는 작가를 뒤로한 채 비사란야를 떠나오는 길. 시 형식으로 쓴 그의 글 〈눈 오는 밤〉이 머릿속에 맴돈다.

> 천지를 삼킬 듯 눈은 내리고 개울물은 꽝꽝 얼어붙었다
>
> 배는 고프고 목은 타는데 눈보라는 또 휘몰아친다
>
> 나는 왜 또 이 산 속으로 왔나 물통은 또 어디 있나

도끼로 짱짱 얼음장 깨면 펴들껑 멧새 한 마리

천지를 삼킬 듯 눈은 내리는데 나한테는 반야(般若)가 없다

없는 반야(般若)가 올 리 없으니 번뇌(燔惱)를 나눌 동무도 없다

산 속으로 가는 것은 세상한테 지는 것이 아니라

세상 같은 것은 더러워 버리는 것이라고

평안도 시인은 말했지만 내겐 버릴 세상도 없다

한번도 정식으로 살아보지 못한 세상이 그립다 사람들이 보고 싶다

배고픈 것보다 무서운 것은 외로움이고 외로움보다 더 무서운 건 그리움이다

염불처럼 서러워서 나는 또 하늘을 본다 눈이 내린다

©김정효

그
작가
집

산속의 삶은
하루하루가 새로운 경이이자 축복

시인
박남준의
하동 '심원재'

봄꽃은 아직 일렀다. 매화 축제가 있는 주말을 앞두고 내려간 길이었다. 예년 같으면 벚나무 중에서도 성질 급한 녀석들은 꽃을 피웠을 3월 중순. 그러나 광양 매화도 구례 산수유도 앙증맞은 꽃망울이나 머금고 있을 뿐, 화신(花信)은 한참 멀어 보였다. 봄비라기엔 을씨년스러워 보이는 비까지 추적추적 내렸다. 설레는 마음으로 약속 장소에 나갔다가 연인에게 바람맞은 이의 심사가 이러할까 싶었다.

그토록 보고 싶던 봄꽃은 시인의 집 다탁 위에 피어 있었다. 경남 하동군 악양면 동매리. 박경리 소설 《토지》의 무대인 평사리 이웃 동네다. '동쪽 매화'라는 뜻에 어울리게 매화가 지천인 곳이건만, 이곳에서도 매화는 보기 쉽지 않았다. 조금이라도 꽃이 벌어진 나무는 양지 바른 언덕바지의 한두 그루 정도가 전부였다. 제대로 피어난 꽃을 본 것은 시인의 집 식탁 겸 다탁에 놓인 아담한 꽃병 위에서였다. 거기 꽂힌 나뭇가지에 흰 매화와 노란 산수유가 수줍은 얼굴을 내밀고 있었다. 눈물이 나도록 반가웠다.

이곳은 박남준 시인의 거처인 '심원재(心遠齋)'. 동매리 끄트머리에 자리 잡은 시인의 집 방문 위에 걸린 편액은 도연명의 시 〈음주〉 제5편에서 따온 것이다. "초막을 치고 인가 근처에 살아도 / 수레와 말의 시끄러움 모르겠네 / '어찌 그럴 수 있는가?'라 물으면 / '마음을 멀리해 사는 곳도 절로 외지다네'" 훤소(喧騷)와 격절(隔絶)의 오묘한 이치를 담은 이 당호를 시인이 스스로 고른 것은 아니다. 전주에 살던 시절 한문 공부 모임의 사부가 어느 날 들고 와서는 탕탕, 못질까지 직접 해서 걸어놓은 것이라고.

박남준 시인이 이곳 동매리 집에 산 세월도 어느새 10년째. 1991년부터 12년 동안 머물던 전주 모악산 자락의 '모악산방'을 떠나 이곳으로 이사 온 것이 2003년 9월이었다. 대학을 졸업한 뒤 문화운동 단체 등을 거쳐 방송국 구성작가 일을 하던 그가 고향 전주로 내려온 것은 1991년 3월. 그 무렵 새로 생긴 전주문화센터의 관장 일을 맡으면서다. 말이 그럴듯해 관장이지, 봉급은 방송국 시절의 3분의 1 수준에 지나지 않았다. 그래도 마음은 편했다. 전시와 공연 같은 문화 쪽 일이 적성에 맞았고, 일이 없을 때는 시간을 자유롭게 활용할 수 있었다. 거처가 문제였는데, 마침 그림 그리는 선배가 사둔 모악산 자락의 무당 집을 빌려 들어가기로 했다. 집세는 물론, 공짜였다.

"방송국 시절에는 일은 힘들어도 수입은 좋았는데, 마음이 편치 않았어요. 시대는 아직도 이렇게 고통스러운데 방송국이나 다니면서 돈을 번다는 게 부끄러워서 주변 친구들에게도 비밀로 하고 있을 정도였죠. 주말이면 기차 타고 내려와서 친구들하고 2박 3일 동안 술을 마시고 월요일 아침 고속버스로 출근하는 게 낙이라면 낙이었어요."

산중에 터를 잡다

모악산 당집에서는 그리 큰돈이 들지 않았다. 아궁이를 만들고 작은 가마솥을 걸어 밥을 지어 먹으면서 전주 시내로 출퇴근했다. 집 주변 산과 들에는 먹을 것 천지였다. 간간이 반찬이며 양식을 대주는 친구도 있었다. 방송국 시절이 매일 쳇바퀴를 돌리는 느낌이었다면, 산속의 삶은 하루하루가 새로운 경이요 축복이었다. 그렇지만 그 행복에도 그림자는 여전히 따라붙었다.

"방송국 시절과는 달랐지만, 부끄러움과 죄책감은 여전했어요. 그때가 이른바 '분신 정국'이었잖아요? 생때같은 젊은이들이 세상을 바꾸겠다며 제 몸에 불을 붙이고 건물 옥상에서 떨어져 내리고는 하던…. 그런 상황에서 나만 이렇게 행복해도 되나 하는 마음이 들었죠."

다른 한편으로는, 이런 산중에서라면 돈을 쓰지 않고 사는 삶도 가능하겠다는 생각도 들었다. 그렇다면 굳이 돈을 벌지 않아도 되는 것 아닐까? 게으르면서도 단호한 시인은 딱 1년이 되는 1992년 2월 말로 전주문화센터 관장직을 그만두고 자유인이 되었다.

"사표 내고 산속 집에 혼자 들어앉아 있자니, 백석의 시구마따나 외롭고 쓸쓸하더라고요. 그다지 높지는 않았던 게, 무명 시인이다 보니 원고 청탁이 없어서 아무런 수입도 생기지 않는 거예요. 항산(恒産)이 있어야 항심(恒心)이 가능한 것 아니겠어요? 양식이 떨어진 김에 단식이라도 해볼까 했는데, 뒤주에 쌀을 쟁여놓고 하는 단식과 쌀이 없어서 하는 단식은 마음가짐이 달라지더군요. 적어도 굶지는 않으면서 최소한도의 자존을 지킬 정도로는 경제 활동을 해야겠더라고요. 계산해보니 당시 돈으로 한 달에 20만 원만 있으면 되겠다 싶었어요."

그 20만 원을 마련하는 일이 쉽지는 않았지만, 근근이 버티며 시집도 내고 산문집도 내면서 조금씩 이름이 알려지고 청탁도 늘었다. 청탁서를 처음 우편으로 받았을 때의 흥분과 감동은 지금도 생생하다. 실성한 사람처럼 혼자 비실비실 웃다가는 흥분을 못 이겨 소리를 지르기도 했다. 자다가도 벌떡 일어나 편지봉투 안의 청탁서를 확인 삼아 꺼내 보기도 여러 번이었다. 1995년 창비에서 세 번째 시집 《그 숲에 새를 묻지 못한 사람이 있다》를 내고는 "이름이 좀 떴다." 원고 청탁이 밀려왔고, 즐거운 비명을 질렀다. 시집 한 권과 산문집 두 권을 더 낸 다음, 2001년에 EBS에서 시인이 사는 모습을 다큐멘터리로 만들어 방송하자 반응이 뜨거웠다. 책이 없어서 못 팔 지경이었고, 절판된 책을 찾는 이도 있었다. 책을 읽고 방송을 보는 것으로는 성이 안 차 모악산방을 직접 찾아오는 독자도 많았다. 그는 어느새 '인기 작가'의 반열에 올라 있었다.

비록 "한낮에도 빛이 들지 않"는 "무덤 같은 집"(〈무덤 같은 집〉)이라고는 해도 혼자 지내기에 크게 불편하지는 않았다. 그렇지만 모악산방과의 인연은 거기까지인 모양이었다. 새만금 방조제 건설을 비판한 그의 글이 협박 전화를 불러왔다. 단순히 겁을 주는 차원을 넘어 신변에 위해를 가하려 한다는 조짐이 도처에서 보였다. 더 버티기 어려웠다. 마침 그 1년 전 지인들이 악양에 그의 명의로 사둔 집이 한 채 있었다. 지금의 '심원재'다. 떠나기로 했다.

> 결국 남쪽 악양 방면으로 길을 꺾었다
>
> 하루 종일 해가 들었다
>
> 밥을 짓고 국 끓이며
>
> 어쩌다 생선 한 토막의 비린내를 구웠으나

밥상머리 맞은편
내 뼈를 발라 살점을 얹어줄 사람의
늘 비어 있던 자리는 달라지지 않았다
–〈이사, 악양〉 앞부분

어둡고 습하던 모악산방에 비해 악양은 밝고 따뜻해서 좋았다. 빨래가 하루에도 두 번이나 마른다는 사실이 신기해서 이사 뒤 보름 정도는 매일 빨래를 해 널었다. 혼자라는 사실에는 변함이 없었지만, 환경이 바뀌자 시도 한층 밝고 따뜻해졌다.

매화꽃 그늘 아래 키 발을 들고
꿀벌들이 코를 벌름거리고 있다
청보리 떼 몰려다니며 봄바람을 부른다
무덤이들 부부 소나무 사랑을 엿보았나
자운영 꽃 들녘 붉게도 달아올랐다
집집마다 햇차 덖는 향기
모내기 끝난 어린모들 안부가 궁금하여
구제봉에서 형제봉까지 안녕의 얼굴로 굽어보고 있다
저거 봐라 어디어디
맑은 악양천 은어들이 올라오네
아이들이 족대를 들고 물장구를 쳐댄다
늙은 돌담 너머 감나무들 어쩌자고
저리도 곱게 꽃등을 켜 드나
누가누가 세상을 밝히나
땀 흘려온 것들이 익어서 스스로 고개 숙인다
눈이 오는가 처마 끝에 내건 곶감들 풍경처럼 흔들렸다

지리산 자락 햇볕 쏟아지는 들

섬진강 가 은모래 반짝이는 곳

어찌 엎드려 살지 않겠는가

–〈악양〉 전문

그래도 처음부터 악양에 정을 붙인 것은 아니었다. 이사 온 이듬해인 2004년에 그는 도법·수경 스님과 이원규 시인 등과 함께 1년 동안 지리산, 제주, 부산, 경남 등지로 생명평화탁발순례를 다녔다. 이제는 정말 동네에 정착해 잘 사나 싶었던 2008년에는 다시 수경 스님의 부름을 받고 사대강 사업에 반대하는 '생명의 강을 모시는 사람들' 순례를 다녀야 했다.

"그렇게 사대강 순례를 다녀왔더니 평소 동네에서 목례나 하고 지내던 이들이 대낮에 술을 사 들고 찾아오더군요. 농산물 직거래 장터 잔치를 열 텐데 유명 가수들 좀 섭외해달라고. 그런데 그 예산이 터무니없이 적었어요. 논의 끝에, 가수들 공연을 유치할 게 아니라 아예 우리가 밴드를 만들어보자고 얘기가 바뀌었어요."

이제는 제법 유명해진 악양 '동네밴드'는 이렇게 해서 탄생했다. 악양 일대 지리산 자락에는 서울에서 직장에 다니거나 사업을 하다가 귀농한 이가 적지 않았고 그 가운데에는 기타와 드럼 같은 악기를 다룰 줄 아는 이들도 있었다. 박남준 시인 자신은 하모니카 연주자이자 세컨드 보컬, 그리고 작사 및 작곡자로 밴드에 참여했다. 이제까지 그가 만든 곡 중에서는 〈노랑 오토바이〉, 〈문밖의 세상〉, 〈사랑〉, 세 곡이 공식 발표되었고, 동네밴드 주제가 격인 〈악양에 산다〉의 가사는 앞서 인용한 시 〈악양〉을 노래 버전으로 바꾼 것이다.

동네밴드 결성을 계기로 그는 동네 일에 좀 더 적극적으로 개입하기 시작한다. 2009년에는 도시 출신 귀농인과 의식 있는 토박이

'심원재' 마당에 쌓아놓은 통나무.
시인이 직접 만든 팻말.
찻잔에 곱게 띄워놓은 매화꽃잎.
집 안에 핀 매화.

농사꾼들이 모여 만든 '섬진강과 지리산 사람들'(섬지사)의 공동 대표에 취임했다. '지리산학교'에서는 생활 글쓰기 강좌를 이끌고 있으며, 출판사들의 도움을 받아 작은 도서관 '책보따리'의 서가를 풍성하게 채웠다. 동네밴드 연습실 겸 지역 문화 공간인 '풍악재'의 건립에는 그의 신문 칼럼을 읽은 독자들의 후원이 결정적인 구실을 했다. 밴드 하는 부모를 보고 아이들이 결성한 '동네밴드 주니어'를 위해서는 친구인 싱어송라이터 한보리를 초청해 작곡을 가르치기도 했다. 섬지사와 동네밴드, 지리산학교와 생태해설사 모임 같은 조직이 종횡으로 얽혀서 악양은 일종의 느슨한 공동체를 이루고 있다.

동네 일에 관여하는 것 말고 심원재에서 그의 삶은 단순하고 평화롭다. 아침에 눈뜨면 찻물부터 올려놓고는 밖으로 나간다. 화단과 집 앞뒤 마당을 돌면서 '오늘은 어떤 잎이 피었고 무슨 꽃이 올라왔나' 유심히 들여다본다. 집 안으로 들어와서 음악을 틀어놓고는 직접 만든 발효 차를 마신다. 다시 밖으로 나가 운동 삼아 장작을 패고는 땀이 흐르고 목이 마를 때쯤 들어와서 또 차를 마신다. 그렇게 마시는 두 주전자 분량의 차와 몇 개비의 담배가 그의 아침인 셈이다.

통장 잔고 기준, '관값' 200만 원

밖에서는 그가 사랑하는 악양의 햇볕을 쬐고, 방에서는 뒹굴거리면서 책을 읽다가 컴퓨터를 켜서는 자신의 팬카페에 들어가 댓글도 달고 새로 쓴 글도 올리고 하다 보면 열한 시가 좀 넘는다. 쌀을 씻

박남준 시인이 창문을 통해
마당을 내다보고 있다.
방문객들이 흔적을 남기는 방명록.

어놓고는 궁리한다. 달래강된장이 좋을까, 아니면 무밥을 해 먹을까. 그렇게 혼자 챙긴 소박한 아침 겸 점심을 먹고 나면 열두 시에서 한 시 사이. 그때쯤 우편배달부가 편지와 책을 전해준다. 방에서 뒹굴면서 편지와 책을 읽다가는 소화도 시킬 겸 장작 몇 개를 더 팬다. 그러다 보면 어느새 서너 시. 술 생각이 나는 시각이다. 동네 친구들에게 이리저리 연통을 넣어보다가 다들 바쁘다고 하면 '할 수 없이' 원고를 쓴다. 술 약속이 잡히면, 원고 마감이 코앞이더라도 술부터 마시고 본다.

가끔은 애마 '랄랄라'를 타고 지리산이나 섬진강으로 나선다. 악양 이웃에 사는 이원규 시인의 명품 바이크에 댈 바는 아니지만, 그의 노랑 스쿠터는 시인의 기동력을 놀랍게 향상시켰다.

> 노랑 내 오토바이 달린다 남들은 모두 스쿠터라 하지만 노랑 내 오토바이 달린다 나는야 오토바이 아임 라이더 노랑 내 오토바이 달려봐 세상은 온통 노랗게 물든다 노랑 하늘 노랑 나무 노랑 물고기 노랑 산 노랑 강 노랑 바다…
>
> – 자작곡 〈노랑 오토바이〉에서

오토바이 연료비를 포함해 지금 그의 한 달 생활비는 20만 원 안팎. 원고료와 강연, 시 낭송 사례비 등으로 한 달 평균 50만 원 정도의 수입이 생기는데, 생활비를 제외한 나머지 돈은 유니세프와 기아대책기구, 도시빈민학교 등지에 후원금으로 보낸다. 갑자기 일을 당할 경우 장례 비용으로 책정해둔 '관값' 200만 원이 그의 통장 잔고 기준이다. 거기서 넘치는 돈은 여기저기 필요한 곳을 찾아 송금한다.

"생활비 들 일이 거의 없어요. 쌀은 사 먹을 겨를 없이 농사 짓는 친구들이 가져다 주고, 김치 같은 밑반찬도 담가다 주는 사람들이 있죠. 나물과 된장국 재료는 텃밭이나 마당, 뒷산 같은 데서 뜯어다 대고, 겨울엔 애호박이나 무, 시래기, 말린 나물 같은 걸 활용하지요. 유일하게 돈 드는 반찬이 생선인데, 그나마도 한 달에 한 번 정도나 먹을까요?"

따져보니 가장 큰돈이 드는 게 하루에 한 갑에서 한 갑 반을 피우는 담뱃값이란다. 술·담배와 함께 혼자 사는 그의 가장 큰 반려가 음악인데, 한 달에 댓 장 정도를 사는 CD값이 담뱃값에 이은 지출 순위 2위. 불법 다운로드는 하지 않는다. 지난여름 유럽 여행길에서도 주로 거리 연주자들의 음반을 중심으로 열댓 장 정도의 CD를 사 왔다.

> 우울증은 없는가요
> 너무 행복해서 탈이네요
> 충치, 틀니를 하셨는지
> 잘 씹어 먹어요
> 담배는 하루 몇 개비 피워요
> 갑으로 물어보세요
> 갑으로는 문항이 없는데요 그럼 열 개비 이상
> 약주는 하셔요 술은 몇 잔 정도
> 몇 병으로 물어봐요
> 최근에 병원에 가신 적이 있는가
> 생활은 어떻게 하시나 생활보호 대상자는 아니신가
> 시인이에요 시인
> ―〈독거노인 설문 조사〉 앞부분

직장에서 승진하고 아이들 '좋은' 학교에 진학시키며 아파트 평수 늘

리는 걸 행복으로 아는 도회인에게 시인의 외롭고 높고 쓸쓸한 삶은 원초적 그리움과도 같은 감정을 불러일으키는 모양이다. 그의 집에는 한 달이면 열흘 정도 손님이 든다. 책을 읽고 무턱대고 찾아오는 독자도 있고, 문화계 안팎의 유명 인사도 적지 않다. 가수 정태춘·박은옥 부부도 수시로 그를 찾아와 위안을 얻고 돌아가곤 한다. 2012년 그들이 낸 음반에 실린 '섬진강 박시인'은 바로 박남준 시인을 노래한 곡이다.

연분홍 봄볕에도 가슴이 시리더냐
그리워 뒤척이던 밤 등불은 껐느냐
누옥의 처마 풍경 소리는 청보리밭 떠나고
지천명 사내 무릎처로 강 바람만 차더라

봄은 오고 지랄이야, 꽃 비는 오고 지랄
십리 벚길 환장해도 떠날 것들 떠나더라
무슨 강이 뛰어내릴 여울 하나 없더냐
악양천 수양 버들만 머리 풀어 감더라

법성포 소년 바람이 화개 장터에 놀고
반백의 이마 위로 무애의 취기가 논다
붉디 붉은 청춘의 노래 초록 강물에 주고
쌍계사 골짜기 위로 되새 떼만 날리더라

그 누가 날 부릅디까, 적멸 대숲에 묻고
양지녘 도랑 다리 위 순정 편지만 쓰더라
-〈섬진강 박시인〉의 노랫말

방 안 오디오에서는 자신의 주제가가 흐르는데, 시인은 오늘도 마당에 나가 꽃 소식에 귀를 기울인다. 화단에는 복수초 노란 꽃과 연분홍 노루귀가 피었고, 꽃대가 올라온 깽깽이풀이 다음 차례를 기다리고 있다. 개울가 청매화 꽃망울에 맺힌 빗방울들이 '인드라망'의 구슬 같다고 느끼는 순간, 엊그제 다녀간 소녀가 방명록에 남긴 문구가 눈에 들어온다. "활짝 핀 꽃들만 생각하며 살았습니다. 활짝 피기 전의 꽃이 이리 예쁜 줄 몰랐어요. 지금 내가 가장 예쁘다는 걸 몰랐네요."

©이정아

그
작가
집

가난의 세월을 예술로 승화시키다

©이정아

소설가
이외수의
감성마을

감성마을 가는 길은 새가 일러주었다.

경기도 포천에서 백운산을 넘은 다음 강원도 화천군 사내면 소재지에서 점심을 먹고 북쪽으로 길을 잡아 10여 분쯤 달렸을까. 다목초등학교 못 미쳐 나타난 군부대 앞에 자그마한 새 조형물이 있고, 그 새의 부리가 가리키는 왼쪽 방향으로 개울을 따라 올라가자 다리 건너에 건물들이 보였다. 근처에 인가는 없었고, 대여섯 마리 개가 먼저 방문객을 반겼다.

이곳은 작가 이외수의 공간인 감성마을. 야트막한 산으로 둘러싸인 아늑한 터에 화랑이나 카페처럼 보이는 시멘트 건물이 낮게 엎드려 있다. 화천군이 마련해준 이 거처에 작가가 들어온 것은 2006년 1월이었다. 이곳에서 그는《하악하악》,《청춘불패》,《아불류 시불류》 같은 에세이를 냈다. 방송에 출연하고 모델로 활동하는가 하면 트위터로 젊은이들과 소통하면서 연예인 급 인기를 누리게 된 것 또한 이곳에 와서다.

그러나 작가를 만나기까지는 조금 더 기다려야 했다. 자신의 표현마따나 주침야활(晝寢夜活)이 몸에 밴 그는 아직 기상 전이라고 했다. 그 대신 부인이 귤과 차 등으로 손들을 접대했다. 작가와 부인의 연출 사진들이 걸려 있는 거실에서 부인 전영자 씨는 감성마을의 깨끗한 환경을 칭찬했다. "백만 불짜리 공기는 천식이 있는 이 선생의 건강에 좋고, 햇빛에 비타민이 많아서 과일을 안 먹어도 될 정도"라고 그이는 자랑했다.

방세를 못 내서 쫓겨나는가 하면 문우들과 밤새워 술 마시고 떠드는 바람에 집주인에게 밉보여 1년이면 여섯 차례나 이사를 가기도 했던 결혼 초기의 일화를 얻어듣는 사이 드디어 주인장이 나타났다. 장소를 스튜디오로 옮겼다. 감성마을 작가의 거처는 거실과 스튜디오 그리고 가장 안쪽의 작업실로 삼분되어 있다. 거실은 손님을 맞는 구역이고, 스튜디오는 그림 작업을 하는 공간이며, 아이맥 27 컴퓨터가 놓인 맨 안쪽 작업실에서는 글을 쓰고 인터넷을 활용한다.

스튜디오에서 우선 눈에 들어오는 것은 한쪽 벽에 걸려 있는 크고 작은 수십 자루 붓과 젓가락에 페인트를 칠해 반구상 및 기하학적 문양으로 배치한 작품 액자들이었다. "냄비 하나에 젓가락 하나가 전부였던 가난의 세월을 예술적으로 승화시켜보려 한 작업"이라고 작가는 설명했다. 그에게 감성마을이라는 이름의 취지를 물었다.

"20세기까지의 세계를 이성이 주도했다면, 21세기에 중요한 것은 감성입니다. 인간끼리의 커뮤니케이션은 주로 두뇌를 활용한 이성 중심의 형태가 되겠지만, 우주나 자연과의 교감에는 감성이 필수예요. 감성마을에서는 인간만이 아니라 자연 역시 엄연한 주민입니다."

사람과 자연이
주민인 감성마을

작가의 거처가 삼분되어 있는 것처럼 감성마을 자체도 크게 보아 세 덩어리로 이루어졌다. 작가의 거처와 단체로 찾아온 독자들에게 강연을 하는 한옥 강의실 '모월당(慕月堂)', 그리고 문학전시관이 그것이다. 2012년 8월 개관한 전시관에는 작가의 친필 원고와 만년필, 그리고 타자기와 전설의 워드프로세서 르모3, 초기 286 컴퓨터 및 지금의 맥까지가 전시되어 그의 집필 도구 변천사를 한눈에 볼 수 있다. 그가 글쓰기 다음으로 주력하고 있는 예술 장르인 그림 작품이 걸려 있는가 하면, 전시장에 흐르는 배경음악 역시 그의 자작곡이다. 그는 이를 위해 한동안 작곡에 몰두하기도 했다. 작곡은 컴퓨터 음악 프로그램의 도움을 받았는데, 완성한 곡만 벌써 100여 곡이 넘는다. 이밖에 그가 출연한 각종 방송 영상물과 사진도 만날 수 있으며, 전시장 중정(中庭)에서는 그와 친분이 있는 연예인의 공연도 열린다.

"화천군은 이곳을 예술 체험, 감성 체험 공간으로 활용하고자 합니다. 저는 화천군 홍보대사이자 감성마을 촌장으로서 다른 곳에서는 시도할 수 없는, 경쟁력 있는 콘텐츠를 보여줄 생각입니다."

그가 궁극적으로 꿈꾸고 있는 것은 감성학교 건립이다.

"마음의 중요성을 깨닫고 더 나은 삶을 구가하면서 소외 계층을 따뜻한 마음으로 보듬고 세상을 아름답게 만들어갈 사람들을 양성하고 싶어요. 그러자면 건물과 교육과정, 유능한 교수진을 갖춰야겠지요."

2011년 출간한 에세이 《절대강자》에서도 그는 감성의 중요성을 특유의 경구적 문장에 담았다. 이런 식이다. "앎이 머리에 소장되어 있을 때는 지식이고, 앎이 가슴으로 내려오면 지성입니다. 그리고 지성이 사랑에 의해 발효되면 지혜가 됩니다." "이 세상에 학교 아닌 공간이 어디 있으며 스승 아닌 사물이 어디 있으랴. 천하는 모두 열려 있으되 사람의 마음만 굳게 닫혀 있구나."

그런데 그처럼 소중한 감성은 어떻게 해야 길러지는 것일까. 감성마을 촌장인 그에게 감성 훈련법에 대해 물어보았다.

"대한민국 교육은 유치원부터 대학원 졸업까지 오로지 머리 좋은 사람을 바람직한 인간으로 인식하도록 하는 교육입니다. 그러나 머리보다는 마음 좋은 사람이 많은 세상이 아름답고 살기 좋은 세상이지요. 머리로는 감동을 못 합니다. 감동하는 것은 역시 마음의 일이죠. 육안(肉眼)과 뇌안(腦眼)을 지나서 심안(心眼)과 영안(靈眼)으로 나아가야 합니다. 그 일을 우선 교육이 담당하고 종교와 예술이 거들어야 하죠. 개인적으로는 열심히 책 읽고, 예술 작품도 감상하고, 경전의 가르침을 실천하는 게 중요해요."

2008년 펴낸 《하악하악》에 이어 《절대강자》의 글도 대부분 그가 트위터에 쓴 내용을 간추리고 재배열한 것이다. 여느 작가들이 잡지를 주요 발표 매체로 삼는 것과 달리 이외수에게는 스마트폰과 인터넷이 원고지요 트위터가 잡지 구실을 한다. 2013년 6월 현재 그는 팔로어 160여 만을 거느린 최강의 트위터리언이다.

"PC통신 시절부터 채팅을 열심히 한 편이었죠. 직접 채팅방을 개설해 세대를 가리지 않고 자유롭게 대화를 나누었습니다. 지금도 제 독자를 중심으로 1만여 명을 팔로하고 있습니다. 어려운 처지에서 긴요한 조언을 구하는 분에게는 다이렉트로 메시지를 보내기도 해요. 잘 알려진 분 중에는 만화가 강풀, 가수 호란, 개그맨 김제동, 한국 최초 우주인 이소연 박사, 정신과 의사 정혜신 같은 이들을 맞팔하고 있어요."

소설가 이외수가
감성마을 마당에서
눈사람과 자세를 취하고 있다.
나무젓가락을 소재로 창작한 작품.
작가의 초상화.
그가 선화를 그릴 때 쓰는 붓들.

ⓒ이정아

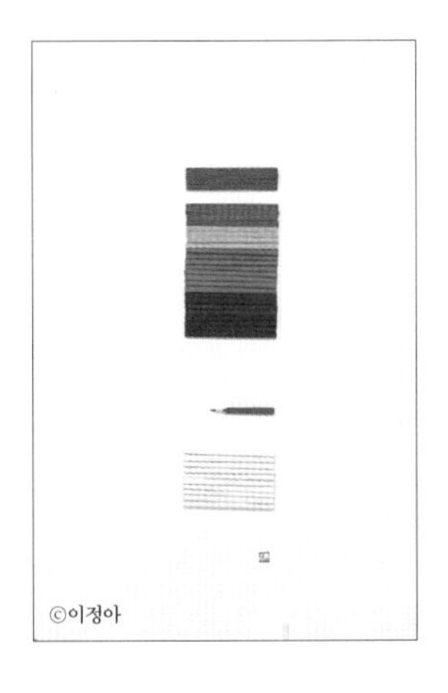
ⓒ이정아

ⓒ최재봉

ⓒ최재봉

'소통의 달인'으로 불리는 그에게 소통의 비결과 트위터의 매력을 물었다.

"우선 세대별 편견이나 거부감이 없어야 합니다. 그리고 하루하루의 삶에서 소중한 의미와 메시지를 찾는 일에 부지런해야 하죠. 저에게 트위터는 새로운 정보나 시대의 흐름을 앞서서 간파할 수 있는 공간이자 요긴한 메시지를 농축해서 전달하는 연습을 하는 공간이기도 합니다."

트위터와 방송 활동 등으로 그는 수많은 대중 독자를 얻었다. 서울에서 부지런히 달려도 두 시간 반은 족히 걸리는 거리인데도 한 달이면 400명 이상이 감성마을을 찾는다. 출판사나 서점 등에서 마련한 공식 행사 말고도 크고 작은 단위의 단체 손님과 개인 메일로 '면담'을 신청한 독자들을 그는 비교적 자유롭게 만나주는 편이다. 게다가 그는 '트위터 문학교실' 연수생 40여 명을 한 달에 한 번씩 감성마을에 불러 1박 2일 일정으로 글쓰기를 지도하고 있기도 하다. 그가 연수생을 두기 시작한 것은 감성마을로 오기 전 춘천 시절부터니 벌써 10여 년 전으로 거슬러 오른다. 춘천에서나 이곳 감성마을에서나 연수생들한테서 따로 돈을 받지는 않는다.

"제 책을 읽어준 독자에 대한 당연한 보답이라 생각해요. 시골의 상듣보잡 출신인 저 같은 사람이 이 나이까지 왕성하게 활동할 수 있는 게 다 조악한 사회 환경과 따뜻한 독자들 덕분 아니겠습니까? 평론가들이 제 문학을 그리 좋게 평가하지 않는 건 잘 알지만, 독자들 덕분에 외롭지는 않아요."

소통의 달인,
트위터 대통령

물론 모든 독자가 그를 지지하는 것은 아니다. 특히 최근 그가 정치·사회적으로 진보적이고 개혁적인 발언을 자주 하면서 그에 대한 악플과 비난의 글 또한 인터넷 공간에서 쉽게 만날 수 있다.《절대강자》에는 그런 험담꾼들을 겨냥한 듯한 글이 여럿 보인다.

"어떤 이들은 이외수의 책은 돈 주고 사 보기에는 돈이 너무 아깝다고 말합니다. 제기랄. 사랑합니다, 고객님."

"마음이 비뚤어지면 온 세상이 비뚤어져 보인다. 게다가 푸헐, 자기가 잘난 줄 안다."

《절대강자》에서 그가 강조하는 것이 '존버 정신'이다. '존버'란 '존나게 버티기'를 줄여 쓴 말. '존버 정신'이란 무엇이며 지금 이 시점에서 왜 필요한 것일까?

"정자 하나가 난자를 만나서 수정될 확률이 수억 분의 일이라잖아요? 게다가 태어났다고 해서 그냥 살아지는 것도 아니고, 갈수록 살아남기 어려운 세상인 것 같아요. 그런 최악의 환경에서 그래도 살아남았다는 건 거룩한 일이라고 생각합니다. 물론 삶이란 건 늘 기쁘거나 행복하기만 한 건 아니죠. 특히 젊은 세대는 미래가 불투명하고 사회는 불안정하기 때문에 기쁨과 행복을 누릴 겨를이 없는 것처럼 보이기도 합니다. 그렇지만 그런 환경에서도 악착같이 희망을 가지고 자신의 미래를 설계하고 모색해야 합니다. 그런 젊은이들에게 박수 쳐주고 격려해주고 싶은 심정으로 '존버 정신'을 제시했어요."

그는 지금 물 위를 걷는 사람 이야기를 다음 소설로 구상 중이다. 소설 배경인 화천강에서 춘천댐까지를 틈나는 대로 답사하고 있다. 트위터를 통해 글을 빨리 쓰는 연습을 충분히 했으니까, 일단 시작하면 금방 끝나지 않을까 생각한단다.

물 위를 걷는다는 설정에 뜨악해하는 이도 있겠지만, 이즈음 이외수의 소설을 읽은 이들에게라면 그다지 낯선 설정은 아니다. 감성적 문체로 유미주의적 세계를 추구한《꿈꾸는 식물》,《들개》,《칼》같은 소설로 1980년대를 풍미했던 이외수는 1992년 작《벽오금학도》를 기점으로 신비주의적 세계로 나아간다. 그런 기조는 소설로는 마지막 작품인 2005년 작《장외인간》까지 줄곧 이어지는데, 이 소설을 내고 마련한 기자간담회에서 그는 외계 지성체와 대화를 나눈다는 '채널링(channelling)'에 관해 매우 진지하게 설명함으로써 간담회 참석자들을 놀라게 만든 바 있다. 당시 그의 설명에 따르자면, 중국 인구 정도의 인원이 달 표면 아래에 시설을 갖춰놓고 지내며 미확인비행물체(UFO)로 지구까지 오는 데 3분 정도 걸린다는 것. 그는 그들 '달 인간'과 대화를 통해 노래〈아리랑〉의 출처,《정감록》같은 예언서에 등장하는 '궁궁을을(弓弓乙乙)'이라는 글자의 뜻, 심지어 인간의 달 착륙이 사실인지 여부 등을 묻고 대답을 들었으며, 영계(靈界)의 이순신 장군과도 달의 메신저를 거쳐 대화를 나누었다고 주장했다.

그때로부터 제법 시간이 지난 지금, 그는 전만큼 채널링을 자주 하지는 않는다고 했다. 당시만 해도 일주일에 한 번씩 하던 것이 지금은 1년에 너댓 번 정도로 줄었다고. "예전에는 신기하기도 하고 시시콜콜 물어보고 싶은 것도 많아서 자주 했지만, 지금은 주로 커다란 문제에 관해 대화를 나눈다"고. 최근에는 전 세계적으로 센세이션을 일으키고 있는 '2012년 지구 멸망설'에 관해 대화를 나누었단다.

"그들 말로는, 멸망은 아니고 다소 어려움은 겪을 것이라데요.

그래도 우리나라는 음의 흐름에서 양의 흐름으로 바뀌는 중이어서 나아질 거라고 합디다. 정치적으로는 혼란스럽겠지만, 국민은 분명한 변화를 원하고 있기 때문에 새로운 정치 질서가 들어설 거라고요."

채널링의 내용보다는 그 형식과 근거에 대해 여전히 의구심이 가시지 않는 기색을 보이자 그는 "그건 어떻게 말로 설명할 수가 없는 것"이라며 "사람들은 내 소설을 비현실·비과학이라고 하는데, 나에게는 그 세계가 현실인 걸 어떡하느냐"며 억울해했다.

트위터부터 채널링까지, 예정보다 길어진 인터뷰가 끝나고 거실로 나가 보니 다음 손님들이 기다리고 있었다. 시간은 네 시 반이 넘었고, 작가는 잠에서 깬 뒤로 오디 주스 한 잔을 마셨을 뿐이었다. 그는 "배가 고플 때, 하루 한 끼 정도만 먹는다"고 했다. 몇십 년 된 습관이라고. 밤을 새우면서 활동하기 때문에 이따금씩은 야식으로 라면도 끓여 먹는단다. 아침이 되어서야 잠자리에 들며, 잠은 하루 네 시간이면 충분하다고. 집 앞에 만들어놓은 눈사람 앞에서 '귀여운' 자세를 취해 보이는 작가의 배웅을 받으며 감성마을을 빠져나왔다. 12월의 끝물이었다.

떠도는 그대 영혼 더욱
쓸쓸하라고
눈이 내린다

닫혀 있는 거리
아직 예수님은 돌아오지 않고 종말처럼 날이 저문다

가난한 날에는

그리움도 죄가 되나니

그대 더욱 목메이라고

길이 막힌다

흑백 사진처럼 정지해 있는 시간

누군가 흐느끼고 있다

회개하라 회개하라 회개하라

폭설 속에 하늘이 무너지고 있다

이 한 해의 마지막 언덕길

지워지고 있다

–〈12월〉 전문

그
작가
집

ⓒ이정아

어머니 뱃속에서 나와 처음 세상 구경을 한 곳

ⓒ최재봉

소설가 유용주의 장수 고향 집

먼 바다를 떠돌던 연어가 제 태어난 모천으로 회귀하듯 유용주는 2011년 5월 고향 전북 장수로 돌아왔다. 열네 살 어린 나이에 입 하나 줄이자는 비원(悲願)에 떠밀리다시피 중국 음식점에 취직한 때로부터 딱 40년 만이었다.

아버지의 손을 놓고
돌아설 때에 부엉새는 울지 않았어
풍양빵 두 개를 들고
주먹으로 눈물을 훔치면서 도착한 곳은
이름도 그럴듯한 중국집 명월각
키가 크는 게 소원이었어
저놈의 자전거를 언제나 탈 수 있을까
선달그믐의 칼바람 속
언 손은 더욱 얼어 갈라 터지고
중학교 당직실은 별보다 멀리 있었어
그 별을 바라보면서 울고 있을 어머니보다

배가 너무 고파왔어
당직교사가 먹다 남긴 짜장면을
농협창고 뒤에서 숨어 먹으며
어서 키가 커야지
자전거만 탈 수 있다면
초등학교도 농협도 읍사무소도
씽씽 페달을 밟고
빨리 배달할 수 있을 텐데
월급도 삼천 원쯤 올라갈 수 있을 텐데
–〈조성에서 자전거타기〉 부분

그가 돌아온 곳은 40년 전 떠난 바로 그 고향 집 자리다. 떠나올 때 단칸 초가이던 집이 방 하나에 거실 하나인 조립식 경량 철골 주택으로 바뀌었을 뿐. 장수를 떠난 그가 명월각이 있던 보성을 거쳐 대전, 서울, 양평, 서산 등지로 떠도는 사이 한우 자금을 얻어 소를 키우던 부친이 사업에 실패하고 돌아가시자 집과 전답은 모두 남의 손에 넘어갔다. 1984년이었다. 4남 1녀 중 셋째 아들이었고, 열 살 차이 나는 막둥이가 태어나기 전에는 그 자신 막내 노릇을 했던 유용주가 막노동을 해서 번 돈으로 몇 해 뒤에 가까스로 집터를 되찾았다. 그러고도 곧바로 돌아오지는 못하고 시기를 기다렸다. 마침내 2011년 5월 짐을 싸서 내려왔다. 그 사이 가족들이 살던 집은 허물어져 없어지고 그 자리는 밭으로 바뀌어 있었다. 유용주는 우선 마을회관에서 기거하면서 밭을 갈아엎어 터를 다지고 석축을 쌓은 뒤 집을 앉혔다.

조립식 주택이니만큼 뼈대를 세우기까지는 신속했다. 2011년 6월 장마가 시작되기 전쯤 골조가 완성되었고, 유용주는 유리창도

달지 않은 집에 장판부터 깔고 들어와 살기 시작했다. 집에 들어온 첫날 그는 스티로폼 패널 위에 먹던 반찬을 진설하고 소주 한잔 부어놓고는 부모님께 인사부터 고했다. "셋째가 드디어 고향 집을 되찾았습니다. 너무 늦어서 죄송합니다." 그날, 전기 시설도 갖추지 않아 깜깜한 밤에 반딧불이 한 마리가 집터를 도는 게 보였다. 늦반딧불이였다. 그 모습이 흡사 순시를 도는 듯했다. '어머니의 영혼이 아닐까.' 혹시나 싶어 두 손을 벌리고 가만 있었더니, 신기하게도 반딧불이가 그 손에 앉아 한참을 머물다 떠나갔다. 그것이 1987년에 돌아가신 어머니의 영혼이었을 것으로 유용주는 믿고 있다.

그의 문학이
뼈와 살을 이룬 내력

노동자 출신 시인이자 소설가인 유용주의 고향은 전북 장수군 번암면 교동리, 속칭 다릿골이다. 장수에서 남원 방면으로 19번 국도를 달리다가 수분령(水分嶺) 고개를 넘자마자 오른쪽으로 나타나는 첫 번째 마을이다. 수분령은 신무산 뜬봉샘에서 발원한 물이 북쪽으로 흐르면 금강이 되고 남쪽으로 향하면 섬진강이 된다고 해서 이름 붙은 고개. 사진작가 강운구의 1970년대 '수분리 연작'으로 알려진 곳이기도 하다. 강운구가 수분리 일대를 카메라에 담을 무렵 유용주는 고개 너머 수분국민학교를 다녔다. 지금 그 학교는 폐교되었고, 그 자리에는 문학관 건물로 맞춤하다 싶은 뜬봉샘생태학교가 들어섰다.

신무산(神舞山) 자락이, 유용주의 강보였다. 별이 뜨기 시작하면, 이 산의 신들은, (…) 토끼며 노루, 호랑이며 반달곰, 참나무며 소나무, 재나무며 느릅나무 들이라는 유정(有情)의 기호들을 벗어, 신단수(神檀樹) 가지에 걸어 놓고, 이 나무를 둘러 돌며, 춤 추고 노래하여 잔치하는 것을, 유용주는, 그들 가운데서 보고 듣고 자랐다. 그러는 새 그도, 그들의 춤을 익히고, 그들의 노래를 배웠는데, 그의 운문적 정신은, 그렇게 살을 입었다. 별이 지기 시작하면, (…) 이 신들도, 벗어 뒀던 의상들을 다시 걸쳐 입고 들로 나가는데, 유용주는, 그들의 그 들에서의 고통과 슬픔을 또한 초롱히 지켜 보았으며, 함께 고통하고 슬퍼했더니, 그것이 그의 산문적 정신의 뼈를 만든 것이었다.

장수 출신 선배 작가 박상륭이 유용주의 두 번째 소설《어느 잡범에 대한 수사 보고》(2009)에 쓴 발문은 신무산을 중심으로 한 장수의 자연과 문화가 유용주 문학의 뼈와 살을 이룬 내력을 특유의 만연체 문장으로 더듬고 있다. 유용주 자신도 한 산문에서 여름 소나기가 내릴 때 하늘에서 우박처럼 쏟아지는 물고기며 산 위를 날아가는 거대한 산갈치, 동그란 귀가 달린 청사·홍사·백사, 그리고 호랑이와 흑곰 같은 어릴 적 고향의 신화적 동물들에 관해 열을 내어 말한 다음 이렇게 쓴 바 있다. "40년 동안 세상 밑바닥을 살아온 동안 단 하루도 고향을 잊은 적 없다. 내 모든 작품은 장수에서 나왔다. 내 모든 희로애락 오욕칠정은 모두 고향 땅에서 나왔다."

그럼에도 흥미로운 것은 장수가 정작 유용주의 출생지는 아니라는 사실이다. 1959년 5월 10일, 그가 세상 빛을 처음 본 곳은 사실 부산이었고, 장수는 조상 대대로 살아온 세거지지였다.

> 내가 어머니 뱃속에서 나와 처음 세상 구경을 한 곳, 어머니를 돌아가시게 할 정도로 속을 썩이면서 어긋나게 성장한 내가 태연하게 장례를 치르고 당감동 시립화장터에서 어머니를 화장한 뒤 산에다 뿌리면서 마지막으로 어머니 뼛가루를 몸에 바른 곳도 부산이었다.
>
> –《마린을 찾아서》에서

부산에서 태어나 어머니와 누나의 아낌없는 사랑을 받으며 행복한 유년기를 보내던 유용주가 아버지의 고향 장수로 올라온 것은 여섯 살 때였다. 뜨내기 잡부로 일하느라 수입이 일정치 않았던 아버지의 처지를 보다 못한 외할머니가 아버지에게 작은형과 누나, 그리고 당시만 해도 막내이던 유용주를 데리고 고향으로 가 땅이라도 부쳐 먹으라고 권한 데 따른 것이었다. 그러니까 태를 묻은 부산에서 여섯 해를 살던 어린 유용주는 어느 날 갑자기 장수로 뿌리를 옮겨 와서 낯선 전라도 말을 귀와 입에 익히다가는 다시 여덟 해 만에 고향에서도 떨려난 것이다. 그것은 또한 빵 공장 시다와 금은방 세공, 술집 웨이터, 우유 배달, 목수 등 갖은 직업으로 점철될 '노동자 유용주'의 출발이기도 했다.

"어머니와 떨어져 지내야 했던 데다 가난에 허덕이던 유년기였지만, 고향은 저에게 언제나 행복한 기억으로 남아 있습니다. 어린 시절 주식 삼아 먹어야 했던 보리밥이나 수제비를 대하면 지겹다는 생각보다는 그 시절에 대한 아련한 그리움에 사로잡히곤 하죠. 고향에 돌아오지 못하고 객지로 떠돌 땐 전주에만 들어서도 가슴에 무거운 돌덩이가 얹힌 것처럼 먹먹한 느낌이 들곤 했어요."

고향 장수로 돌아오기 전까지 그가 가장 오래 산 곳은 충남 서산이었다. 교사인 부인의 근무지가 그곳이었고, 한때는 문우인 소설가 한창훈과 같은 아파트 아래위 층에서 지내기도 했다. 20년 넘게 살면서 거의 고향처럼 여기던 서산을 떠나온 계기 중 하나는, 우습지만, 개였다.

옆집 개가 짖는다

바람 불어 나뭇잎 떨어져도 짖고
나뭇잎보다 미세하게 날개를 떨며 우는 매미 소리에도 짖고
까치 내려앉아 음식 쓰레기 뒤적여도 짖고
멋모르고 텃밭까지 내려온 고라니 되새김 소리에도 짖고
먹장구름 몰려와 소나기 지붕 위를 때려도 짖고
새벽 신문 배달하는 학생 발자국 소리에도 짖고
우유 아줌마 바지런한 자전거 소리에도 짖고
게이트볼장 어르신들 웃음소리에도 짖고

(…)

나는 아직까지 저 개새끼처럼
처절하게 깨어 있는 시인을 본 적이 없다
—〈개보다 못한 시인〉 부분

인용한 시에서는 '시인'으로까지 추어올렸지만, 이웃집 개들이 밤이고 낮이고 그악스럽게 짖어대는 소리는 그의 신경을 날카롭게 긁었다. 글을 쓰기 위해서는 조용한 공간이 필요했다. 개 주인과 언쟁을 벌이고 몸싸움도 불사했지만, 해답이 나오지 않았다. 서산에서 쓸 만한 글감은 다 썼다는 생각도 들었다. 무언가 변화가 필요했다. 그

ⓒ이정아

ⓒ최재봉

옛 집터에 새로 지은
조립식 주택 앞의 소설가 유용주.
작가의 책상과 노트.
어릴 적부터 자리를 지키고 있는 감나무.

ⓒ이정아

때 떠오른 것이 고향 장수의 집터였다. 마침 외동딸도 서울의 대학에 진학한 터라 운신이 자유로웠다. 결심이 섰다. '돌아갈 때가 되었다, 고향으로 가자!'

40년 만에
반백이 되어 고향에 돌아왔더니

눈이 침침한 동네 어르신들
몰라보신다

여수떡 아들이라고
셋째라고 귀에다 고함을 지르자
끄덕끄덕 하신다

그려, 여수떡, 사람 참 좋았는디…

이 풍신도 아들이라고
떡두꺼비 낳았다고
중흥 바닷가 외할매가 보내준 미역,
국 끓여 드셨겠지
땀 훔치며 드셨겠지
–〈여수떡〉 전문

여수 출신이라서 '여수떡(댁)'이라 불린 어머니는 행려병자처럼 타지를 떠돌다 행방불명 된 둘째 아들이 혹시라도 없어진 고향 집을 찾아올까 봐 마을 사람들에게 간곡히 당부했다. "아들 오면 밥 좀 해주소." 서른 살 즈음이던 1985년에 행방불명이 된 둘째 형은 끝내 돌아오지 않았고, 건달이던 큰형은 부친과의 불화로 그전에 이미 호적을 파서 나갔다. 셋째인 유용주가 졸지에 장남 노릇을 하게 된 저간의 사정이 그러했다.

평생을 고된 노동과 징그러운 가난에 시달리다 풀 길 없는 한을 품고 돌아가신 어머니를 위해 유용주는 한 가지 결심을 했다. '어머니, 제가 어머니를 대신해서 어떤 이가 오더라도 따순 밥을 해 먹이겠습니다.' 한때 서른여덟 가구이던 고향 마을은 지금은 열두 가구에 주민 스무 명 남짓으로 규모가 줄었다. 출향한 이들이 성묘나 벌초를 위해 고향을 찾는 일이 드물지 않다. 유용주는 기회가 닿는 대로 그들에게 밥을 해 먹이려 한다. 그렇게 하는 것이 어머니가 죽을 때까지 마음에 품고 있었을 채무감을 갚는 길이라고 믿는 까닭이다.

세상에 진 빚을
조금이라도 갚고 싶다

고향에 돌아온 유용주가 또 하나 주력한 것은 나무를 심는 일이었다. 그는 마당 둘레와 석축 사이사이, 그리고 진입로와 이웃 밭을 가리지 않고 100여 주의 나무를 심었다. '실수 많이 하는 유가'를 자처하는 그가 주로 심은 것은 호두며 대추, 밤, 은행, 감, 모과, 복숭아 등 유실수였다. 지금은 그저 작대기를 꽂아놓은 듯 볼품없는 모양새거나 기껏해야 잎이 한두 개 돋아난 정도에 불과하지만, 특유의 왕성한 생명력으로 머지않아 제법 볼만한 숲을 이룰 것으로 기대한다. 유실수 말고도 꽃사과며 자목련, 백목련, 수국 같은 꽃나무도 몇 그루 심었다. 서산 집에서 캐 온 매발톱과 바위취도 마당 한쪽에 자리를 잡았다. 석축 사이에는 영산홍과 철쭉도 심을 예정이다. '유실수' 씨가 말한다. "나무는 워낙 당대를 보고 심는 게 아니라 후손을 위해 심는 거랍니다. 제가 세상에 잘못한 것도 많고 빚진 것도 많으니 힘 닿는 대로 나무라도 많이 심어서 세상에 진 빚을 조금이라도 갚고 싶어요." '소극적 채식주의자'라는 그는 보통은 텃밭에 심은 상추며 치커리, 쑥갓 같은 채소, 그리고 주변 산자락에서 뜯은 산나물을 두어 가지 김치와 함께 비벼 먹는 것으로 끼니를 해결한다. 여기에다가 하루도 빼놓지 않고 운동을 하는 덕분에 90킬로그램을 상회하던 체중은 83킬로그램까지 줄었다.

전형적인 아침형 인간인 데다 나이가 들수록 아침잠이 없어져서인지 아무리 늦게 잠든 날이라도 새벽 네 시, 또는 늦어도 다섯 시 전에는 눈이 뜨인다. 차를 몰고 동네를 빠져나가서는 수분령에 받쳐놓고 장수 읍내 체육관까지 걸어서 간다. 산길은 12킬로미터, 강을 따라 가면 7~8킬로미터 거리다. 오전 일곱 시를 전후해 체육관에 도착해서는 수영과 헬스를 충분히 한 다음 군내 버스를 타고 수분령에서 차를 챙겨 돌아오면 열 시 반 정도. 집에 도착해서 아침 겸 점심을 먹고 나도 오전 열한 시를 넘지 않는다. "그때부터는 하루가 온전히 내 시간이어서 책을 읽든 글을 쓰든 산엘 가든 자유"라고 유용주는 말했다.

부족한 밤잠을 벌충하느라 한 시간 정도 낮잠을 자고 나면 때맞춰 우편으로 〈한겨레〉가 도착한다. 텔레비전을 없앤 대신 그는 신문은 1면부터 마지막 광고 면까지 샅샅이 훑어본다. 신문과 함께 도착한 책과 잡지, 또는 부인이 서산에서 챙겨다 준 책들을 읽으며 오후 시간을 소일한다. 다섯 시에서 여섯 시 사이에 이른 저녁을 제대로 챙겨 먹고 열심히 공부하다 보면 밤 열 시에서 열한 시. 몹시 배가 고파오면서 술도 당기기 시작한다. 갈등하다가 '소주 한 병만 먹자'고 스스로를 달랜다. 그렇지만 한 병만 마시는 경우는 드물고 대부분은 두 병, 많을 땐 네 병까지도 마신다. 당연히 독작이다. 안주는 고구마나 땅콩. 두 병 이상 마시면 여기저기 보고 싶은 사람들한테 전화를 돌리는 버릇이 있다.

하루라도 술을 마시지 않고는 잠을 이루지 못하게 된 지 벌써 오래다. 이런 그에게 부인은 알코올의존증이라는 진단을 내렸다. 아무려나 술기운에 멋진 문장이 폭포처럼 쏟아질 때도 있다. 행여나 놓칠세라 재빨리 책상으로 다가가 메모를 해놓지만, 아침에 일어나 확인해보고는 좌절하기 일쑤다. 밤과 낮의 감성은 그토록 다르다.

유용주의 휴대전화 컬러링은 이문세의 노래 〈광화문 연가〉다. 문학과 정면 승부하겠노라며 귀향한 그에게 서울과 도회에 대한 그리움이 남아 있다는 증거일까? 노래에 나오는 정동제일교회는 그가 다닌 야학이 있던 곳. 윤동주와 릴케를 처음 만난, 그의 문학적 고향과 같은 곳이다.

"길에서 일하다가 제 성질 못 이겨서 객사했을 수도 있는데, 어쩌다 결혼하고 아이도 낳고, 그 모진 세월 지나서 고향까지 거슬러 올라왔네요. 가족과 친지, 문단 동료 등 여러 분의 도움 덕분이었다는 걸 잘 알고 있습니다. 저에게 이런 판을 벌려준 분들에게 빚을 갚는 심정으로, 또 돌아가신 부모님을 생각해서라도 이제는 문학과 정면 승부를 해야겠다고 생각합니다. 더 이상 피할 데가 없는 거죠. 비장하게 말하자면 여기가 바로 제가 죽을 자리입니다. 허락하신다면 앞으로 20년 정도 최선을 다해 쓰고 마무리하고 싶어요."

장수에 내려온 1년 동안 시는 30편 가까이를 썼다. 지난 7년 동안 쓴 것보다 많은 숫자다. 소설은 우선 어느 잡지에 한 회를 연재하다 중단한 연작 장편 '맨 마지막에 가라앉는 것들'을 마무리할 생각이다. 그가 스스로 '콩가루 집안'이라 표현하는 형제들 이야기다. 나아가, 고향 장수의 자연과 사람들에 대해서도 쓸 계획이다. "박상륭 선생이 알맹이는 다 빼먹고 남은 건 쭉정이일 뿐"이라고는 해도 "작가는 자신의 고향에 대해 책임을 져야 한다고 생각하기 때문"이다.

"《어느 잡범에 대한 수사 보고》에도 조금 그려졌지만, 여태까지는 참 잘 못 살았지요. 그렇지만 어느새 저승꽃(=흰머리)이 이렇게 많이 도착했는데, 이제는 좀 잘 살아봐야 하지 않겠어요? 제가 롤모델로 삼고 싶은 권정생 선생이나 니어링 부부처럼 소박하면서 진실된 삶을 말이에요. 그렇게 잘 살다 보면 덩달아 좋은 작품도 나오지 않을까요?"

그
작가
집

©신소영

살아 있는 한 글을 쓰고,
글을 쓰는 한 살아 있으리

©최재봉

소설가
한승원의
'해산토굴'

소설가 한승원이 고향인 전남 장흥으로 내려온 것은 1997년이었다. 1980년 1월 식솔을 이끌고 서울에 입성한 지 17년 만의 일. 햇수로 13년에 걸친 교직 생활을 마감하고 전업 작가로 살겠노라는 비장한 결심을 하고 올라간 서울이었다. 다행히도 결과는 성공적이었다. 영화로 만들어지면서 베스트셀러가 된 《아제아제 바라아제》를 비롯해 책의 판매가 순조로웠다. 문학적으로 확고한 자기 세계를 구축했다는 평가도 얻었다. 그런데 그 모든 것을 뒤로하고 귀향을 택한 것이다.

"무엇보다 건강이 좋지 않았어요. 부정맥이 있었고 현기증도 심해 조금만 걸어도 어지러워 주저앉아야 했습니다. 위산과다로 속도 쓰렸고 변비도 심했지요. 체중이 60킬로그램에 미치지 못할 정도로 살도 빠졌어요. 어쩐지 고향의 물을 마시면 그 모든 병이 나을 것 같더군요."

그뿐이 아니었다. 시상식이나 출판기념회 같은 문단 행사에서 마주치는 선배들의 모습은 그로 하여금 자신의 미래를 심각하게 고민하게 만들었다. 문청 시절 우러러보던 선배들이 더 이상 새 작품은 쓰지 못하면서 '초상집 개처럼' 비루하게 이 자리 저 자리 찾아 다니는 모습이 남의 일로 보이지 않았다.

"문단에서도 권력에 따른 줄서기는 심각합니다. 저는 학교에 있으면서 문인 제자를 양성한 것도 아닌 데다, 신춘문예나 문학상 심사를 할 만큼 잘나가지도 못하고, 잡지에 후배들 작품을 실어줄 정도로 영향력이 있지도 않거든요. 나 같은 사람에게 서울은 있을 곳이 못 된다는 생각이 들더군요."

그가 보기에 몸의 탈과 마음의 불안은 둘이 아니었다. 서울이라는 이상한 도시의 속도를 따라잡느라 허우적거리며 달려온 결과였다. '모든 것은 탐욕에서 비롯된 것, 마음을 비우자'고 결심했다.

처음에는 천관산 아래 회진면 신상리 고향 마을로 갈 생각이었다. 그러나 여의치 않아 포기하고 근처를 수배하던 끝에 지금의 자리를 찾았다. 안양면 사촌리 율산마을. 득량만과 그 너머 소록도가 내려다보이는, 높지 않은 언덕 위의 집이다. 척 보기에 절터였다. 자신의 호 '해산(海山)'에다 스님의 수행처를 일컫는 '토굴'을 더해 '해산토굴'이라 이름 지었다.

"이름만 듣고 정말 굴을 파고 사는 걸로 오해하는 이도 있더군요. 부처님을 모셨느냐고 묻는가 하면 새우젓을 사겠다며 올라오는 이도 있었어요. 길 초입에 '한승원 창작실'이라 병기한 팻말을 세우고서야 그런 일이 없어졌어요."

새우젓용 토굴도 아니고 부처님을 모신 수행처도 아닌, 작가 한승원의 작업 공간이라는 사실을 알고서 찾아오는 이들도 많다. 사전에 예약한 이라면 당연히 환영이지만 지나는 길에 무턱대고 들어오는 독자는 경우가 다르다. 작가란 독자를 위해 그 정도 서비스는 해야 한다는 듯 막무가내로 들이닥쳐 작가의 얼굴을 보고 작가와 이야기를 나누겠다는 이들은 곤란하다. 그는 '한승원 창작실' 팻말

옆에 돌로 된 안내판을 하나 더 세우고 이런 글을 새겨놓았다. “당신의 출입이 저의 글쓰기를 방해할 수도 있습니다.” 그 뒤로 곤란한 훼방꾼이 줄었다.

몸과 마음을 수행하는 곳

해산토굴에서 그의 일과는 스님의 수행을 방불케 한다. 어둑살이 채 가시지 않은 여섯 시쯤 기상해서는 요가 동작을 흉내 낸 체조로 몸을 푼 다음 바닷가까지 40분 남짓 산책을 다녀온다. 엉덩이를 바닥에 붙이고 글을 쓰기 위해서는 지구력이 필요하다. 걷기는 지구력을 키우는 데 도움이 된다. 아침은 여덟 시에 먹는데, 죽이다. 호두, 잣, 현미, 표고버섯, 바지락, 키조개, 패주 따위를 갈아 쑨 죽을 먹은 다음, 사과 반 개와 오렌지 반 개를 곁들인다. 서울 살 때 그를 괴롭혔던 성인병이 재발하는 걸 막고자 부인이 처방한 식단이다.

아침을 먹은 뒤 열두 시 반까지 집필실 책상에 앉아 컴퓨터로 글을 쓴다. 새로 쓰는 작품도 있지만 이미 써놓은 소설을 수정 가필하는 일이 많다. 들여다볼 때마다 고칠 구석이 나타난다. 나이가 들면서 글도 따라 늙는 것을 언제나 경계한다. ‘늙음은 좋지만 낡음은 싫다’는 신조를 틈날 때마다 되새기곤 한다.

점심에는 포도주 한 잔을 곁들인다. 붉은 포도주를 선호한다. 포도주를 좋아한다는 소문이 난 탓인지 제자나 자식 들이 포도주만 사 보낸다. 부인은 싱싱한 게를 사서 냉동시켜놓았다가 가끔 꺼내서 게장을 만드는데, 식탁에 게장이 올라올 때면 포도주를 두세 잔 마신다. 싱싱한 안주에 포도주를 마시노라면 극도의 행복감이 치밀어 오른다. 쓰고 싶은 소설을 마음껏 쓰는 즐거움에다 끼니때면 싱싱한 해물 안주를 놓고 포도주를 마시는 즐거움을 어디에다 비길까. "아이고 맛있다!" 감탄을 연발하며 게장과 포도주를 연방 입으로 가져간다. 점심 뒤에는 조금 시간을 두었다가 잠깐 낮잠을 즐긴다. 밤에 잘 때도 그렇지만 낮잠을 잘 때에도 스승 동리 선생이나 먼저 세상 뜬 이문구, 이청준, 최하림 같은 문우들과 만나 무슨 말인가를 주고받는데, 깨고 나면 말의 구체적인 내용은 되살아나지 않는다.

오후에는 거실에서 뒹굴며 책을 읽거나 음악을 듣는다. 임방울의 소리를 즐기는데, 흥이 나면 북을 쳐가며 소리를 따라 하기도 한다. 오후에는 자주 차를 마신다. 역시 부인이 집 뒤 밭에 손수 재배해 직접 덖은 차다. 곡우에서 입하 사이에는 덖음차를 만들어 마시고, 그 뒤에는 발효차를 만든다. 햅차의 상큼한 맛도 좋지만 요즘 들어서는 발효된 황차를 더 자주 마신다. 여섯 시에 다시 포도주를 곁들인 저녁을 먹은 뒤에는 칼럼처럼 급한 원고가 있지 않으면 대체로 부인과 함께 텔레비전을 보며 소일한다. 9시 뉴스를 보면서 졸다가는 스포츠 뉴스가 끝날 때쯤 잠자리에 든다. 서울에서는 자주 불면증에 시달렸지만, 이곳에서는 잠도 아주 잘 잔다.

일주일에 하루는 초빙교수로 있는 조선대학교 문예창작과로 강의를 나간다. 운전을 하지 않는 그는 단골 택시를 불러 읍내 터미널까지 타고 간 다음 버스로 광주까지 가서 다시 택시를 이용해 학교로 간다. 강의가 끝난 뒤에는 거꾸로 순서를 밟아 돌아온다. 학교가 아닌 다른 지역에서 강연 요청이 있을 때에도 택시를 대절해 다녀온다.

토굴의 거실에는 그와 마찬가지로 장흥 출신인 김선두 화백의 그림을 바탕으로 한 칠판이 세워져 있는데, 작가는 그 칠판에 '狂氣

예고 없는 방문객은 출입을 삼가해 달라는
비석이 있는 '해산토굴' 입구.
'달 긷는 집' 현판.
득량만 바닷가를 걷는 작가.

(광기), 소리, 女神(여신)–江(강)'이라는 메모를 써놓았다. 지금 작업하고 있는 작품의 핵심을 화두처럼 적어놓은 것이다. 토굴 입구 벽에 걸린 스승 김동리의 글씨 '화광동진(和光同塵)' 액자, 그리고 벽에 붙여 세워놓은 선친과 어머니와 손주들의 사진은 그의 글쓰기를 감시하고 응원하는 존재들이다. 바닥엔 책이며 신문, 메모, 방명록, 편지 등이 무질서하게 흩어져 쌓여 있다. 그러나 집 주인은 그 가운데서도 필요한 것을 지체 없이 그리고 정확하게 찾아낸다. 무질서 속에 나름의 질서가 있음을 짐작하겠다.

오전에 집중된 작업 시간이 많지 않은 것처럼 보여도 하루 평균 원고지 10장 정도의 집필 리듬을 유지한다. 1년이면 웬만한 단행본 서너 권 분량을 쓰는 셈이다. 사실 그는 1968년 등단 이후 소설과 산문, 동화를 포함해 80권을 훌쩍 넘는 책을 펴낸 대표적인 '다산(多産)' 작가에 속한다. 2010년 《보리 닷 되》와 《피플 붓다》 두 장편을 내놓은 데 이어 2011년 3월 또 하나의 장편 《항항포포》를 출간한 뒤 그로서는 꽤 오랫동안 새 작품을 발표하지 않고 숨을 고르고 있는 셈이지만, 그렇다고 해서 그가 마냥 쉬고 있었던 것은 아니다.

그는 지금 적어도 단행본 3권 분량의 원고를 탈고했거나 막바지 작업을 하고 있다. 영산강 유역을 인문학적 관점에서 탐사한 책이 올해 안에 나올 예정이고, 명창 임방울을 주인공 삼은 소설 초고를 끝냈으며, 녹두장군 전봉준이 관군에 체포된 때부터 서울로 압송되어 처형당하기까지를 다룬 소설 역시 거의 탈고했다(영산강 책은 《강은 이야기하며 흐른다》는 제목으로, 전봉준 소설은 《겨울잠, 봄꿈》이라는 제목으로 각각 2012년과 2013년에 출간되었다. 임방울 소설은 2013년 6월 현재까지 책으로 나오지 않았다).

2000년대 이후 그는 일련의 역사 인물 소설에 집중해왔다. 《초의》(2003), 《흑산도 하늘길》(2005), 《소설 원효 1~3》(2006), 《추사 1,

책, 신문, 메모, 방명록, 편지 등이
무질서하게 쌓여 있는 모습.
가끔 북도 치고 그림도 그리는 작가.

2》(2007), 《다산 1, 2》(2008) 등이 그것으로, 이 작품들을 쓰기 위해 그는 사서삼경을 필두로 불교와 천주교, 한학, 그리고 차와 옛 그림에 관한 공부를 치열하게 해야 했다. 일찍이 1990년대 초에 7권짜리 대하소설 《동학제》를 내놓았지만 기대만큼의 반응을 얻지 못했던 기억은 그에게 작지 않은 상처로 남았다. 흔히 역사소설 하면 현실과 무관한 한가한 이야기로 치부하기 십상인데, 그것은 역사소설에 대한 잘못된 선입견일 뿐이라고 그는 강조했다. 자신은 "역사 인물소설을 쓸 때에도 이 작품이 이 시대에 무슨 의미가 있는지를 끊임없이 생각하며, 그 의미에 대한 확신이 서지 않으면 신명이 나지 않는다"는 것. 그런데도 우리 문단에는 역사적 소재를 다룬 소설을 일종의 문학적 외도로 깎아내리는 분위기가 있어서 서운하단다.

"저는 책 읽기와 글쓰기에 미쳐버렸다고 치부하고 삽니다. 제 안에는 시꺼먼 득량만 도깨비가 살고 있어요. 그 도깨비한테 영혼을 저당 잡힌 대가로 소설에만 매달리고 있습니다. 제 또래 작가 거의가 붓을 거두었는데도 제가 지금처럼 부지런히 쓸 수 있는 까닭도 다 그 도깨비 때문이라고 생각합니다."

'득량만 도깨비'와 그의 관계는 그러니까 메피스토펠레스와 파우스트 박사의 관계에 해당한다. 득량만 도깨비가 그의 영혼만 저당 잡은 것은 아닌 것이, 장흥은 유난히 많은 문인을 배출한 고장이다. 특히 2008년 작고한 소설가 미백 이청준은 그와 같은 해인 1939년에 역시 같은 회진면에서 출생한 동갑내기 작가로 잘 알려져 있다. 두 사람은 회진 포구를 사이에 두고 마주 보는 마을에서 태어나 자랐으나 등단하기 전까지 교류는 없었다. 다닌 학교가 다른 탓이다. 피차 깔끔한 성격 탓인지 미백이 타계하기까지 두 사람은 끝내 말을 놓지 않았다. 한승원은 해산토굴을 방문한 이들의 방명록을 보관하고 있는데, 그중에는 미백이 2003년 3월 29일 토굴을 방문해서 남긴 글귀도 있다. 한지에 먹으로 쓴 그 글은 이러하다. "어떻게 龍(용)이겠는가 / 이름을 넘어선 / 해산 형이여! / 해산이여! — 계미, 살구꽃 아래, 미백 삼가."

날마다 새 작품을 생산하는 곳

미백이 타계하기 직전인 2008년 6월에 간행된 한승원의 시집《달 긷는 집》말미에는 '미백 형에게'라는 부제를 단 시〈연(鳶)〉이 실려 있다. 이 시에서 한승원은 "상층 기류를 탄 까닭으로 짚더미에 기대 앉은 채 연줄을 잡고만 있어도 하늘 높이 잘 나는" 미백의 연에 비해 자신의 연이 조악한 까닭에 "줄을 잡아채면서 달음질치지 않으면 안 되기 때문에 날마다 죽을힘을 다하지 않을 수 없"노라고 미백에게 푸념하던 20여 년 전의 일화를 소개한다. 이에 대해 미백은 "그것은 나도 마찬가지지요"라고 대꾸하는데, 한승원은 그 일화를 적은 다음 "미백 형, 우리 아직 그 연줄 놓지 맙시다"라는 결구를 덧붙인 편지를 미백에게 보냈던 모양이다. 그리고 편지를 보낸 날 밤 한승원은 꿈을 꾸었다. 꿈속에서 다시 만나 술잔을 나누던 두 사람은 누가 누구랄 것도 없이 이런 대화를 나눈다. "결국은 그 연줄 놓고 가야겠지요." "그럼 우리 연들은 어디로 날아갈까요?" "글쎄, 어디로 갈까요." "어린 시절 별똥들 떨어져 쌓이던 천관산 천왕봉 억새 숲 어디일 터이지요."

이청준만이 아니라 소설가 송기숙과 이승우, 시인 위선환, 김영남, 이대흠 등 돌올한 이름들이 고향 장흥을 한국 현대문학의 지리부도 위에 확고하게 새겨놓았다. 이런 풍부한 인적 자원을 바탕으로 장흥은 2008년 정부로부터 '문학관광기행특구'로 지정받았다. 장흥군은 해산토굴 바로 아래에 '한승원 문학학교'(문학학교 이름이 '달 긷는 집'이다!)를 건립해 연간 1,500명 안팎에 이르는 방문객을 수용하고 있다. 편백나무 향이 은은한 이 건물 강당에서 한승원은 독자들에게 자신의 문학 세계에 대해 강연을 하곤 한다.

그런가 하면 그가 아침마다 걸음을 놓는 득량만 바닷가에는 그의 시들을 새긴 시비 30기가 늘어선 '한승원 산책로'가 조성돼 있다. 짠물과 민물의 드나듦을 관리하는 수문이 있다고 해서 '여닫이해변'이라 부르는 이 바닷가 산책로 역시 군에서 만들었다. 비에 새긴 글 가운데 그의 토굴살이 한 장면을 보여주는 〈어등(漁燈)〉을 옮겨 적는다.

> 꼭두새벽에 일어나 서재에서 글을 쓰다가 체증 같은 가슴 답답함 때문에 아아, 다들 자는데 나 홀로 이렇게 살아 어쩌겠다는 것인가, 하고 심호흡하며 응접실 유리창 앞에 선다. 수묵 빛 밤안개 자욱한 바다에 떠 깜박거리는 주꾸미 잡이 배의 등불. 하나 둘 셋… 아홉 열 열하나 열둘 열셋 열다섯. 어느 꼭두새벽 바다에서 그물 줄 당기다가 쓰러진 머시기네 어메 하늘나라로 떠났는데. 그래 그렇다. 산다는 것은 저렇게 깜깜한 밤을 반딧불로 비추면서 무엇인가를 잡는 것이다.

때로 체증 같은 답답함에 시달리지 않는 것은 아니지만, 그는 "살아 있는 한 글을 쓰고, 글을 쓰는 한 살아 있을 것"이라는 각오를 매 순간 다지곤 한다. 해산토굴 마당 한편에는 난데없는 상석이 하나 놓여 있는데, 한승원은 그것이 자신의 묘라고 했다. 배우가 무대에서 연기를 하다가 쓰러지듯 이 자리에서 글을 쓰다가 스러지겠노라는 다짐인 셈이다.

먼 앞날의 내 길 미리 닦아놓기

그 예수(豫修)를 늘 생각하던 나는 토굴의 마당 가장 자리에

장차 내가 돌아갈 무덤 하나를 만들고 삼층석탑 가장 자리에

철쭉꽃나무들을 에둘러 심고 그 앞에 상석을 놓고 그 옆에

나 돌아갈 곳이 어디인지 아십니까 내 고향 하늘(太虛)입니다

라고 새긴 돌 하나를 놓고

아들딸들을 불러 앉힌 다음

나 죽으면 화장을 하되 그 허망한 가루를

내가 아침마다 산책하던 바닷길에 뿌리고

한 줌만 남겨 가지고 와서 석탑 주위에 뿌리고

훗날 내가 보고 싶으면 상석 위에 꽃 한 송이만 놓아라

하고 말했다 어느 날 찾아온 친구에게 자랑하듯이

그 이야기를 했더니 그 친구가 말했다

자네 대단한 호사가로구만.

-〈호사〉 전문

"저 아래 득량만 바다를 보세요. ㄷ자처럼 안으로 깊숙이 들어온 게 자궁 모양을 하고 있지요? 노자가 말한 곡신(谷神)입니다. 우주 시원의 자궁 또는 뿌리 말이지요. 해산토굴이 저한테는 바로 그 곡신이요, 다른 말로 현빈(玄牝)입니다. 왜냐? 여기서 날마다 새 작품을 생산하고 있으니 말입니다."

ⓒ신소영

그 작가 집

설렘과 긴장이 함께 오는 번역의 매력

ⓒ최재봉

번역가 김석희의 제주 집

2012년이 유난히 비가 많은 해였는지는 모르겠지만, 공간의 주인공을 만나러 길을 나설 때마다 기다렸다는 듯 비가 내린 것은 사실이었다.

번역가 김석희의 제주 집을 찾는 여정 역시 세 개의 태풍 틈새를 뚫는 모험이었다. 본디 예정은 8월 말이었는데, 모양 빠지게 15호 볼라벤의 뒤꽁무니를 좇아온 14호 태풍 덴빈 때문에 비행기가 결항하면서 두 주 뒤로 늦춰야 했다. 2주를 기다렸다가 우산을 쓰고 간신히 제주 출장을 다녀오자 이번엔 16호 태풍 산바가 제주를 거쳐 한반도를 덮쳤다. 태풍에 갇힌 채 집 안에서 글을 쓰고 있자니 비와 함께한 지난 여정이 주마등처럼 스쳐 지나간다.

볼라벤과 덴빈이 연이어 할퀴고 간 지 열흘여 뒤, 제주에는 태풍이 남긴 상흔이 뚜렷했다. 건물의 대형 전광판이 파괴되었고, 길 곳곳의 신호등과 표지판이 망가졌으며, 비닐하우스는 보기 흉하게 찢긴 모습이었다. 영화 〈건축학개론〉의 '한가인 집' 역시 파괴되어 앙상하게 뼈대만 남았고, 집 앞 해안가 도로는 곳곳이 파이고 무너진 데다 바위와 경계석이 어지럽게 나뒹굴고 있어 위험해 보였다.

김석희가 살고 있는 애월 집에서도 태풍이 훑고 지나간 손길을 만날 수 있었다. 바다를 향하고 앉은 집의 뒤쪽 정원에 그는 수십 그루의 나무를 심었는데, 그중 키가 큰 향나무와 소나무는 한쪽으로 크게 기울어서 지지대를 설치해놓았다. 된바람이 밤새 마사지하고 지나간 두 나무의 잎들 역시 고산지대에서처럼 한쪽으로 쏠린 채 펴지지 않았다. 데크 기둥을 타고 오른 다래 줄기는 바람에 잎이 다 떨어져 내린 뒤 새롭게 올라온 어린 잎들이 앙증맞았다. 제주 사람인 김석희조차 "이번 태풍만큼 심한 바람은 평생 본 적이 없다"며 혀를 내둘렀다.

머리가 굵어진 뒤로는 줄곧 서울과 인천에서 살아온 김석희는 2009년 4월 6일 저녁, 이삿짐이 실린 배를 타고 인천을 출발해 이튿날 아침 제주항에 도착했다. 1970년 2월 말 대입 시험 재수를 위해 고향 제주를 떠난 뒤 햇수로 꼭 40년 만이었다. 제주시 출신인 그는 2000년 시내에서 조금 떨어진 서쪽 애월읍에 집터를 마련하고, 2008년 설계와 착공을 거쳐 2009년 집이 완공되는 시기에 맞추어 귀향을 결행했다.

"서울이나 인천에 살 때에도 객지에 뼈를 묻을 생각은 전혀 없었어요. 제주에는 아버지, 어머니와 누이들도 있으니까, 한쪽 귀는 늘 제주를 향해 열어놓은 셈이었죠. 원래는 예순이 넘어 돌아올 생각이었는데, 2006년 아버지가 돌아가시고 어머니가 홀로 되시면서 결행 시점을 앞당긴 것이죠. 그래도 막상 오랫동안 살아온 육지를 떠나려니까 많이 망설였는데, 일을 저지르듯 집을 짓게 되면서 완공 시점에 맞춰 돌아온 겁니다."

그렇게 40년의 육지살이를 뒤로한 채 고향으로 돌아온 것이 "아주 잘한 결정"이었노라고 그는 힘주어 말했다. "육지에서 살 때에는 극심한 만성 위궤양에 시달렸는데, 올초 건강검진을 받았더니 궤양

번역가 김석희와 '천둥이'.
책들이 가득한 서재.
소소한 장식품들.

이 자연 치유됐다는 거예요. 그만큼 여기서 사는 게 몸과 마음에 두루 좋았다는 뜻 아니겠어요?"

3개 언어 전문, 번역의 달인

외롭고 척박한 섬 제주에서 태어나 자란 소년 김석희가 바다 건너 뭍을 동경한 것은 어쩌면 당연한 일이었을 게다. 섬을 벗어나지 않고서는 주변에서 보이는 어른들의 답답한 삶을 답습할 것만 같았다. 그가 성장하던 1960, 70년대 당시 섬을 벗어날 방법은 두 가지뿐이었다. 대학 진학이 하나였고, 무단가출이 다른 하나였다. 다행히 "공부를 좀 했던" 그는 대학 진학을 방법으로 택할 수 있었다. 삼수를 해서 서울대학교 불어불문학과에 들어간 그는 국문학으로 방향을 틀어 대학원까지 다니다가 중퇴한 뒤 신춘문예에 당선해 소설을 쓰는 한편 번역가로도 활동해왔다.

그가 정말로 쓰고 싶은 것은 소설이었고, 번역은 생계 방편으로 병행하게 된 것이었다. 자신이 쓴 역자 후기를 모은 책 《번역가의 서재》(2008)의 표현에 따르면 "번역은 조강지처 같고 소설은 애인 같"은 삶이었다.

학생 신분을 벗어나 사회인이 된 뒤 용돈벌이 삼아 소소한 번역 작업은 몇 권 했지만, 김석희가 자신의 첫 번역 작품으로 꼽는 책은 재일동포 작가 김석범이 제주도 4·3항쟁을 소재로 쓴 소설 《화산도》다. 1987년 이 소설을 번역하는 한편 그는 '이번이 마지막'이라는 각오로 신춘문예에 낼 소설을 준비했다. 신춘문예에는 그동안 여섯 번을 응모했는데, 매번 예심은 통과했지만 본심에서 떨어졌다. 그게 더 사람을 약 올렸다. 이번에도 안 되면 산에 들어가거나 아예 제주로 내려간다는 각오로 응모했는데, 그런 오기가 전달됐던지 마침내 당선 통지를 받았다. 1988년 새해 벽두였고, 그해 4월 3일에 맞추어 《화산도》도 출간되었다. 그러니까 번역가 김석희와 소설가 김석희의 출발점은 동일했던 것. 소설도 쓰면서 번역도 하는 삶은 나름 행복했지만, 그런 양다리 걸치기가 10년쯤 이르자 더 늦기 전에 결단을 내려야 했다. 애인과 헤어지고 조강지처한테 돌아가기로 했다.

대부분의 번역가가 하나의 언어를 전문으로 삼는 반면 김석희는 영어와 일본어, 프랑스어 등 세 언어를 병행한다. 지금까지 300권 가까이 작업한 것으로 추산하는데, 그중 영어가 절반에 육박하고 일본어가 30퍼센트, 프랑스어가 20퍼센트 정도란다. 책에 따라 분량 차이가 없지 않겠지만, 대략 한 달에 한 권꼴. 매우 높은 생산성이다.

"너무 많이 한 것 아닌가 싶겠지만, 저로서는 먹고살기 위해 열심히 한 것일 뿐입니다. 그래도 적당히 하거나 얕은 꾀를 부리거나 하지 않고 그때그때 최선을 다했어요. 오래전 번역한 작품이 아직도 유통되고 있는 걸 보면 보람을 느낍니다."

그는 높은 생산성의 비밀이 '시간과의 싸움'에 있노라고 귀띔했다.

"번역은 두 가지 의미에서 시간 싸움이라고 할 수 있어요. 첫째, 엉덩이를 오래 붙이고 있으면 그만큼 많은 양을 할 수 있어요. 둘째, 오래할수록 질도 높아지죠. 사실 제가 젊은 시절에 번역한 책 중에는 지금 보면 설익었다 싶은 것도 없지 않아요."

'김석희 번역'의 생산성에 감추어진 또 다른 비밀은 그가 부인과 함께 작업한다는 데에 있다. 그의 애월 집은 1층에 거실과 침실 등이 있고 2층 양끝에 두 개의 작업실이 있는데, 그와 부인 조혜경 씨가 각각 쓰는 방이다. 부인은 영어와 일본어를 하는데, 부인이 초고를 잡은 번역 역시 최종적으로는 김석희의 감수를 거쳐 그의 이름으로 나온다. 어떤 페미니스트들의 눈에는 불편하게 보일 이런 '시스템'은 물론 부인의 전적인 동의 아래 굴러가고 있다. "처음에는 소설가인 내 이름으로 나오는 게 책 판매에 도움이 될 거라는 이유 때문이었는데, 지금도 아내는 자신의 이름을 내세우는 데 관심이 없다"고 김석희는 설명했다.

김석희의 '대표' 번역 목록을 꼽기란 쉽지 않은 일이다. 1997년 제1회 한국번역상 대상을 받은 시오노 나나미의 《로마인 이야기》(전 15권)가 대중적으로 가장 널리 알려진 책이라면, 그에게 애월 집터를 살 수 있는 번역 인세를 안겨준 힐러리 클린턴의 자서전 《살아 있는 역사》는 수입이 가장 좋았던 책으로 기억한다. 여기에다가 홋타 요시에의 《고야》와 《몽테뉴》, 알렉상드르 뒤마의 《삼총사》, 존 파울스의 《프랑스 중위의 여자》, 허먼 멜빌의 《모비딕》 그리고 《해저 2만리》, 《80일간의 세계일주》 같은 '쥘 베른 컬렉션' 등 굵직한 타이틀만도 여럿이다. 2012년 여름에도 에리히 프롬의 《자유로부터의 도피》와 일본 작가 사토 겐이치의 《소설 프랑스혁명》(4권)이 그의 이름으로 번역돼 나왔다. 그중에서도 그가 첫손에 꼽는 작품은 2011년 나온 《모비딕》이다.

"우선 시간이 많이 걸렸어요. 까다롭기는 또 얼마나 까다로운지, 코피가 안 터진 게 다행이었을 정도예요. 고래 및 포경과 관련한 특수 어휘는 애교라 해도, 정규교육을 받지 않은 멜빌이 구사하는 독특한 표현, 그리고 셰익스피어나 성서에서 유래한 숱한 비유가 번역자에게는 일종의 시험이 되었죠. 일본어 번역과 프랑스어 번역을 참조한 게 큰 도움이 되었어요. 그런 경험을 보더라도 번역을 하려는 사람은 자신의 주 언어가 아닌 다른 언어도 한둘은 알고 있는 게 좋다고 봅니다."

번역은
고통 속 쾌락

그렇게 힘들게 한 번역이니만큼 "나 아닌 다른 사람이라면 하지 못했을 것"이라는 자부심이 있지만, 번역 인생을 마무리할 때쯤 더 높은 완성도로 개정판을 내고 싶은 욕심도 있단다. "이런 위대한 작품을 번역 정본으로 하나 남긴다면 그것만으로도 의미와 보람이 있지 않겠어요?"

부인과 공동 작업을 한다는 점 말고도 김석희 번역에는 몇 가지 특징이 있다. 우선, 그는 번역하기 전 전체 텍스트를 통독하지 않는다. "다 읽고 나면 막상 번역할 때 긴장과 재미가 떨어지기 때문"이라고. 보통은 전체를 통독하면서 작품의 분위기와 어조를 잡은 다음 실제 번역에 들어가게 마련인데, 김석희 정도의 경험과 내공이라면 이런 방식도 가능한가 보다. 그 덕분에 번역하는 동안 앞뒤로 몇 번씩 오가면서 어법과 말투를 고치기 일쑤지만, 독자로서 재미를 놓치고 싶지 않아 이런 방식을 고집한다.

다음으로, 그는 반드시 역자 후기를 쓰는 것으로 유명하다. 역자 후기를 모은 책 《북마니아를 위한 에필로그 60》(1997)과 《번역가의 서재》는 그 결과물의 일부다.

"역자 후기는 우선 저자와 책에 대한 예의라 할 수 있어요. 책의 내용을 독자에게 친절하고 정확하게 알리는 것을 포함해서 말이에요. 다음으로, 역자 후기는 번역자로서 저의 흔적을 의미 있게 남기는 방식이기도 하죠. 역자 후기를 쓰면 절반 정도는 저의 책이 되는 듯한 느낌이 들어요."

그는 좋은 번역 책을 고르는 기준으로 '공들여 쓴 역자 후기'를 꼽았다. "내 경험상 공들여 번역한 책에는 역자 후기도 그만큼 공을 들여 쓰기 때문"이라고 했다.

그는 번역을 '장미밭에서 춤추기'에 견주곤 한다. 요컨대 고통 속의 쾌락이 번역의 본질이라는 것이다.

"번역은 지겹다면 아주 지겨운 작업이에요. 그래도 거기에 재미가 없지는 않죠. 무엇보다, 저처럼 소설가를 지망했다가 좌절한 사람에게는 글쓰기의 욕망을 달래주는 효과가 있어요. 그리고 번역은 항상 새로운 얼굴을 만나는 재미가 있죠. 문체나 주제나 세계나 새로운 무언가를 만날 때면 항상 설렘과 긴장이 함께 오는 거예요. 그런 게 번역의 매력입니다."

그럼에도 번역을 하나의 직업으로서 권할 수 있겠느냐는 질문에 그는 일단 회의적인 답변을 내놓았다.

"현실적인 문제가 있죠. 번역으로 처자식을 먹여살리기 쉽지 않은 게 현실이에요. 그 실력이면 다른 일을 하는 게 낫죠. 외국어 좀 안다고 누구나 번역할 수 있는 건 아니고요. 글쓰기 실력이 겸비돼야 하죠. 이런 상황을 감안하고라도, 소박하게 글쓰기를 겸해서 한다면 굉장히 재미있는 일이 번역이에요. 어느 정도 신망이 쌓이면 먹고살 만한 수입도 기대할 수 있고요. 우리는 지식과 정보를 생산하기보다는 수입에 더 많이 의존하는 나라니까 번역에 대한 수요도 앞으로 더 많아질 거예요. 그런 점에서는 전망이 있는 셈이죠."

올빼미 체질인 그는 새벽 네다섯 시에 잠자리에 들었다가 정오 무렵에 일어난다. 20년 전부터 하루 한 끼만 먹어 버릇했다는 그는 공복 상태로 책을 읽거나 번역 작업을 하다가 오후 네다섯 시에 하루의 유일한 끼니를 챙겨 먹는다. 밥을 먹고 나면 집 서쪽 소나무밭이 그늘을 드리운 정원에 나가 나무에 물도 주고 잡초도 뽑으며 한두 시간 노동을 한다. 두 살 반 된 '강아지' 천둥이와 놀아주는 것도 이 시간이다. 지인들과 술 약속이 있으면 약속 장소로 나가고, 약속이 없으면 다시 2층 작업실로 올라가 책을 읽고 번역을 한다. 자정 무렵 눈이 침침해지면 1층 거실로 내려가 텔레비전 채널을 돌려 보다가 마음에 드는 영화가 있으면 보기도 한다. 이때 홍초에 물과 소주를 타서 먹는 '홍초 칵테일'을 홀짝이며 떡이나 과일 같은 군음식을 챙겨 먹거나 아예 라면을 끓여 먹기도 한다. 텔레비전 시청이 끝나면 다시 2층으로 올라가 잠들기 전까지 작업을 이어간다.

그는 지금 4권 이후로도 계속 이어지는 《소설 프랑스혁명》과 살만 루시디의 어린이물 《루카와 생명의 불》을 번역하고 있다(《소설 프랑스혁명》 5권과 6권이 2012년 9월에, 《루카와 생명의 불》은 같은 해 10월에 각각 출간되었다). 2013년까지는 작업 일정이 꽉 차 있는데, 그중에는 셜록 홈스 청소년판도 포함되어 있다. "손자를 보고 나니까 이 아이가 크면서 읽을 책을 번역하고 싶더라"고 그는 말했다.

2011년 9월 17일 태어난 손자는 마침 돌잔치를 앞두고 애월 집에 와 있었다. 필살의 눈웃음이 매력적인 이 작은 생명체에게 할아버지 김석희는 푹 빠져 있었다. 물에 닦인 보석처럼 빛나라는 뜻을 담은 한자 이름 '하진(河珍)'도 직접 지어주었다는 그는 돌잔치의 주인공에게 주는 편지를 쓰느라 고심 중이노라고 했다. 2011년 회갑을 맞기도 한 그는 "나름 들끓는 삶이었지만, 손익을 계산해보면 크게는 안 남아도 그럭저럭 잘 살았구나 싶다"면서 "가장 크게 남은 게 바로 이 집과 손자"라고 말했다.

예순여섯 살 즈음 '직업으로서의 번역'에서 은퇴할 예정이라는 그는 은퇴 뒤의 계획으로 크게 두 가지를 소개했다. 서당을 여는 게 그 하나고, 위키피디아 한글판을 위한 번역 자원봉사를 하고 싶다는 게 그 둘이다.

"서당이라고 해서 공자 왈 맹자 왈 하는 게 아니라, 중학생들을 모아 책도 읽히고 글도 쓰게 하고 싶어요. 아이들이 문학적 소양을 지니고 성장하도록 돕고 그 가운데서 시인과 소설가라도 나온다면 얼마나 좋겠어요? 위키피디아는 영어판과 일본어판의 항목을 번역해서 한글판에 싣는 일을 하고 싶어요. 제가 번역하면서 영어판과 일본어판 위키피디아의 신세를 많이 졌으니까 그 빚을 갚는다는 의미도 있을 것 같고요."

3부

그 작가

길

그
작가
길

나는 네가
어디서 오는지 몰랐지

시인
황인숙의
해방촌
골목

"야옹아, 이거 먹어. 괜찮아, 이리 와!"

황인숙 시인이 낮은 목소리로 길고양이들을 부른다. 오후 두 시의 해방촌 골목. 연립주택 담 옆으로 주차된 차량 아래 먹이통에 사료와 물을 놓아둔 시인이 몸을 일으키며 주위를 둘러본다. 주차된 차 옆 낮은 시멘트 담 안쪽에 작고 예쁜 고양이 한 마리가 웅크리고 있다. 태어난 지 두어 달이나 되었을까. 어린 짐승 특유의 무구한 표정에 경계의 기미가 서려 있다. 내가 시인과 함께 다가가자 몸을 움찔한다. 여차하면 도망칠 기세다.

"사람으로 치면 서너 살짜리나 될까요? 어린아이가 혼자 살아가는 게 대견하지요. 이 골목에 또래가 네다섯 마리쯤 되는데 그중에서 가장 똘똘한 녀석이야. 우리가 가고 나면 먹을 거예요. 물러납시다."

시인의 말을 좇아 뒷걸음질치며 물러나는 일행을 시종 주시하고 있던 녀석이 어느 정도 거리가 확보되었다 싶자 비로소 먹이통 앞으로 다가든다. 조심스레 먹이를 먹으면서도 수시로 차량 바깥을 관찰하며 긴장을 늦추지 않는 모습이다. 오토바이나 행인이 지날 때마다 그 작은 몸의 근육이 수축과 이완을 반복하는 게 멀리서도 보인다.

또 다른 골목으로 옮긴다. "여긴 사료는 마다하고 간식 캔만 밝히는 '캔 귀신'의 구역이에요. 어쩔 때는 캔을 달라고 울면서 내내 쫓아오기도 한다니까요. 할 수 없이 입막음용으로 비상 캔 하나씩은 꼭 가지고 다녀요."

길고양이들의 대모

시인의 말이 떨어지기 무섭게 어디선가 고양이 한 마리가 나타난다. 바로 '캔 귀신'이었다. 기다렸다는 투다. 노랑색 털을 한 이 녀석은 다른 길고양이들에 비한다면 경계심이 아예 없어 보였다. 거리낌 없이 시인의 발치를 쫓으며 간식을 달라고 울어댄다. 할 수 없다는 듯 시인이 천 가방에서 간식 캔을 꺼낸다. 다랑어와 닭 가슴살 등을 섞은 통조림이다. 역시 주차된 차량 아래 먹이통에 놓아준 간식을 먹는 동안 시인이 다가가서 몸을 쓰다듬어도 도망치거나 경계하는 눈치를 보이지 않는다. 시인이 자리를 옮겨 그 옆 가로등 아래에 다른 고양이를 위한 먹이를 놓고 있는데, 어느새 간식을 다 먹은 '캔 귀신'이 거기까지 따라와 더 달라고 보챈다. 그 모습을 가로등 옆 담 위에서 검은 털 고양이가 내려다보고 있다.

해방촌 오거리에서 남영동 쪽으로 내려오면서 작은 골목과 주차장을 하나하나 챙기며 고양이 먹이를 놓아주던 시인이 외국인 학교 앞마당에 이르자 사료 한 움큼을 바닥에 뿌린다. 길고양이가 이

후암동 골목에서
길고양이에게 사료를 주는
황인숙 시인.

렇게 탁 트인 곳에서도 먹이를 먹나? 궁금해하던 순간 비둘기 한 무리가 날아온다. 아하, 이번엔 비둘기용이었다!

"비둘기는 고양이 밥 주기의 오적(五賊) 가운데 하나예요. 고양이 먹이를 먹어치울 뿐 아니라, 그 비둘기들이 사람들 눈에 거슬리면서 이중 삼중으로 말이 나게 되거든요. 먹이를 줄 때도, 적게 주면 약한 아이들이 못 먹을까 걱정이고, 많이 주면 남아서 비둘기들이 꼬일까 봐 걱정이 돼요."

황인숙 시인이 이렇듯 길고양이들의 밥을 챙기기 시작한 것은 5년 전이다.

"그냥 동네에서 길고양이 한 마리랑 마주쳐서 한 번 먹이를 주고 나니까 마음에 걸려서 계속 주고, 그러자니 다른 아이들도 마음에 걸려서 주고 하던 게 이렇게 됐네요."

그는 남산 아래 해방촌 오거리부터 남영동 건너편에 이르는 후암동의 골목골목을 누비며 하루 두 차례씩 길고양이들의 먹이를 챙긴다. 그가 놓아두는 먹이를 먹는 고양이가 얼추 서른 마리 정도 될 것으로 추정하고 있다. 하루도 빼놓지 않고 5년을 계속하다 보니 어느덧 이 일은 그에게 가장 중요한 일과가 되었다. 그 사이 고양이 사룟값으로 든 돈이 1,500만 원 정도. 옥탑방에 혼자 살면서 그 흔한 문학 강연도 하지 않고 오로지 원고료 수입만으로 생활하는 가난한 시인에게는 제법 부담 되는 액수다.

"돈도 돈이지만, 어디 마음 놓고 여행조차 갈 수 없다는 게 가장 힘들어요. 마지막으로 긴 여행을 한 게 2년 전이네요. 그땐 그래도 이 일을 대신 해줄 착한 이웃이 있었지요. 지금은 주변에 아무도 없어서 혼자서 챙겨야 해요."

누가 시키는 일도 아니고, 잘했다고 상을 주는 일도 아니다. 상은커녕 싫어하는 이웃들의 눈치를 보아가며 죄 지은 듯 해야 하는 일이다. 길고양이가 음식 쓰레기를 뒤지고 여기저기 똥을 누는가 하면 흉칙한 소리를 낸다며 질색하는 이들은 그가 놓아둔 먹이통을 없애거나 심지어 시인이 먹이 주러 오기를 기다렸다가 한바탕 퍼부어대기도 한다.

"고양이들한테 적대적인 이웃을 마주치지 않는 게 가장 큰 소원이에요. 때론 저도 감정적으로 대응하기도 하지만, 돌아서면 후회하지요. 지금은, 그이들이 돈을 많이 벌어서 다른 부자 동네로 이사 갔으면 좋겠다 싶어요. 다음 소원은 좋은 이웃을 만나서 잠시라도 이 일을 맡길 수 있었으면 하는 거고요."

고양이에 대한 시인의 사랑은 이미 문단 안팎에 호가 나 있다. 그의 1984년 신춘문예 등단작부터가 〈나는 고양이로 태어나리라〉다. "이 다음에 나는 고양이로 태어나리라. / 윤기 잘잘 흐르는 까망 얼룩 고양이로 / 태어나리라. / 사뿐사뿐 뛸 때면 커다란 까치 같고 / 공처럼 둥굴릴 줄도 아는 / 작은 고양이로 태어나리라"로 시작하는 작품이다.

"그때만 해도 고양이에 대해 막연한 이미지만 있을 때였죠. 이쁘고 도도하고 자유로우며 앙큼한. 고양이는 우선 생김새가 매력적이잖아요? 강아지랑 비교해서 사람을 안 따른다고들 하지만, 개묘차(個猫差, 고양이라는 종으로서의 공통점과 달리 고양이 한 마리 한 마리마다 지니는 성격의 차이)가 있어요. 경계심이 강하고 독립적인 고양이는 그것대로 매력 있지만, 고양이가 애기처럼 순정적인 눈빛으로 쳐다볼 때면 얼마나 예쁘다고요."

화제가 고양이인 한 시인은 세상 누구보다 열성적인 다변가가 된다. 그는 지금 길고양이 세 마리를 입양해 옥탑방에서 키우고 있다. 고양이를 싫어하는 이웃이 놓은 덫에 걸려서 양주의 동물구조협회로 보내져 지옥 같은 철창에 갇혀 있던 '란아'를 구출해와서는 반려로 삼은 것을 시작으로 그 뒤 '보꼬'와 '명랑이'가 합류했다. 더 키우면 좋겠지만, 여러모로 능력에 부치는 노릇이어서 먹이를 놓아주는 정도에서 만족하고 있다. 란아와 보꼬와 명랑이는 각자 시인에게 입양된 사연도 다르고 모습도 성격도 제각각이다. 시인은 그 세 '아이'뿐 아니라 자신이 밥을 챙겨주는 길고양이들과 다른 집 고양이들 하나하나의 시시콜콜한 이야기를 지치지도 않고 주워섬긴다.

"왜, 주부들이 아이와 살림에만 묶여서 세계가 좁아진다고 하잖아요? 제가 딱 그짝인 것 같아요. 1년 365일 고양이들을 챙기고 고양이 생각만 하다 보니까 사람을 만나서도 하는 얘기가 고양이를 벗어나지 못하네요. 음악도 듣고 소풍도 다니고, 다른 것에도 신경을 나누어야지 하고 생각은 하지만, 그게 뜻대로 되질 않네요."

황인숙 시인이 무슨 거창한 이론이나 신념에서 길고양이 먹이주기에 나선 것은 아니다. 그저 고양이 역시 사람과 마찬가지로 못 먹으면 굶어 죽고 추우면 얼어 죽는 생명이라는 사실이 그로 하여금 행동에 나서게 했을 터였다.

그는 "길고양이들을 입양해서 키워보니 걔네들이 얼마나 장난을 좋아하는지 알겠더라"면서 "여전히 길에 있는 아이들은 그 좋아하는 장난이나 쳐보는지 생각하면 안타깝다"고 말했다.

거의 무조건적이라 할 길고양이들에 대한 그의 연민을 두고 친한 친구들조차 강박증이니 편집증이니 하며 종종 핀잔을 놓는 모양이다. 그와 특히 가까운 사이인 소설가 겸 언론인 고종석 역시 자신의 책 《고종석의 여자들》(2009) 중 '황인숙' 편에서 황인숙에게 예의 길고양이에 관해 싫은 소리를 한 이야기를 들려준다. 고종석은 황인숙의 선행이 아름답긴 해도 옥탑방에서 보살핌을 받는 세 녀석과 해방촌 골목의 몇십 마리를 뺀 나머지 길고양이의 불운에 대해서는 속수무책이 아니냐는 투로 짐짓 시비를 걸어보았단다. 그에 대한 황인숙의 대답인즉, "그게 내 한계야"였다고. 황인숙의 그런 솔직한 대답은 역설적으로 그의 행동이 그야말로 순수한 동기에서 비롯된 것이었음을 알게 해준다.

세상을 좀 안다고 생각하는 이들은 구조적이며 근본적인 해결 운운하면서 개인 차원의 선행을 무시하거나 비웃기도 한다. 그러나 고종석의 고백마따나 "팔레스타인 아이들의 비참이 우리 동네 길고양이들의 비참과 본질적으로 다르지 않"다는 사실이야말로 황인숙의 조건 없는 선행이 우리 모두에게 전해주는 커다란 가르침이라 하겠다.

고양이,
문학적 화두가 되다

고양이에 대한 관심과 애정은 고스란히 글쓰기로 이어졌다. 등단작을 비롯해 〈밤과 고양이〉, 〈시와 고양이와 나〉, 〈란아, 내 고양이였던〉 등 그동안 고양이를 소재로 쓴 시만도 40여 편이 된다. 그 시들은 고양이에 대한 시인의 변함없는 애정과 고양이의 다함없는 매력을 다채롭게 노래한다.

고양이가 운다
자기 울음에 스스로 반한 듯
부드럽게
고양이가 길게 울어서
고양이처럼 밤은

부드럽고 까실까실한 혀로

고양이를 핥고

그래서 고양이가 또 운다.

–〈밤과 고양이〉 전문

나는 네가 어디서 오는지 몰랐지

항상 홀연히

너는 나타났지

주위에 아무도 없는 시간

그 무엇도 누구의 것이 아닌 시간

셋집 옥상 위를 서성이면

내 마음 속에서인 듯

달 언저리에서인 듯

반 토막 작은 울음소리와 함께

네가 나타났지

–〈란아, 내 고양이였던〉 앞부분

2010년에는 고양이들과 웃고 울며 부대끼는 일상을 산문집 《해방촌 고양이》에 담아 펴냈고, 2011년에는 첫 소설 《도둑괭이 공주》도 출간했다. 스무 살 처녀 화열을 주인공으로 한 소설에는 해방촌 골목 길고양이들에게 밥을 챙겨주는 시인 자신의 이야기가 오롯이 담겼다. "밥 주는 거 한 번만 더 내 눈에 띄면 요절을 낼 거여!"라 위협하는 주민과 숨바꼭질을 해야 하는 화열의 이야기는 고스란히 체험에서 우러나온 것들이다. "쓰면서도 이게 소설인지 수필인지 수기인지 알 수 없었다"는 시인의 말대로다.

소설 첫 장면에서 주인공의 애를 태우던 길고양이 '베티'의 손주인 '미향이'는 다행히 한강대로 92길 세탁소에 입양되었다. 잠은 세탁소에서 자고 밥은 건너편 수선집 아주머니한테서 얻어먹는 이 녀석은 오랜만에 찾아온 시인을 보자 반가워하면서 시인의 다리에 온몸을 문지른다. 길고양이의 자유 대신 집고양이의 안락을 얻은 미향이의 표정은 편안하고 나른해 보였다.

"고양이 얘기라면 지긋지긋해서 이제 더는 안 쓰려 하는데, 매일 이렇게 살다 보니 나오느니 고양이 얘기네요."

다음에 낼 책들 역시 고양이를 소재로 한 동화와 에세이다(2013년에 에세이 《우다다, 삼냥이》가 출간되었다). 소설도 더 쓰려 하는데, 아직 구체적인 구상이 있는 건 아니란다.

"'길고양이들과 인연을 맺은 이래 불행감을 맛보지 않은 날이 드물다'고 《도둑괭이 공주》 후기에 썼지만, 생각해보니 고양이들이 밥값은 하는 거네요! 이렇게 많은 글감을 주잖아요? 하하!"

ⓒ김태형

그
작가
길

시놉시스를 쓰는 일이 소설의 시작

ⓒ김태형

소설가
정유정의
지리산
암자

지리산으로 향한 것은 태풍 예보가 있던 날이었다. 서해를 따라 북상할 예정인 태풍은 특히 지리산 일대에 많은 비를 뿌릴 것이라 했다. 걱정이 되면서도 한편에서는 모종의 기대감 또한 움터 올랐다. 지리산에서 태풍과 대면한다! 부러 계획을 세워서라도 한 번쯤 경험해보고 싶은 일 아니겠는가. 《7년의 밤》의 작가 정유정을 만나러 가는 길은 이렇듯 태풍의 한가운데로 나아가는 길이기도 했다. 정유정과 태풍, 어쩐지 어울리는 짝이다 싶었다.

정유정이 들어 있는 지리산 암자까지는 남원에서 차로 30분 남짓 걸렸다. 산중에서는 귀할 것 같아 제과점에 들러 빵과 냉커피를 사고 그가 따로 부탁한 담배도 한 갑 챙겼다. 차가 시내를 벗어나는가 했더니 곧바로 커다란 계곡과 가파른 산길이 나타났다. 포장도로긴 했지만 경사가 제법 심해서 채 몇 굽이를 돌기도 전에 깊은 산속에 들어왔다는 느낌을 주었다. 그러나 막상 암자가 있는 동네는 제법 너른 평지여서 산중이라는 생각이 들지 않았다. 해발 700미터라는데, 인근에는 식당과 펜션을 품은 규모 있는 마을도 있었다. 태풍은 아직 제주도 남쪽 해상에 머물고 있었다.

암자 바로 앞으로도 아스팔트 포장도로가 나 있었다. 암자 이름이 쓰여 있는 돌비석이 도로와 암자의 경계를 나누었고, 안쪽으로 커다란 돌탑 두 개가 서 있었다. 고시 공부를 위해 와 있는 이가 많다더니 마당의 연못 주위에도 돌 위에 돌을 올려 만든 작은 탑이 여럿 보였다. 부처님을 모신 법당이 암자의 중심을 이루었고, 보살 두 분이 거처하는 그 옆 요사채와의 사이 공간을 방으로 꾸민 곳이 작가의 거처였다. 법당과 요사채가 있는 공간과는 조금 떨어져서 고시생들이 머문다는 별도의 건물이 있었다. 소나무 숲이 팔을 벌려 암자를 감싸 안는 모습이었고, 암자 옆으로는 논과 밭도 있었다. 안본 사이 머리를 짧게 자른 작가가 헐렁한 셔츠와 편한 운동복 차림으로 일행을 맞이했다.

가톨릭 신자인 그가 이곳에 들어온 것은 2012년 6월 13일. 소설을 쓰기 위해 9월 말까지를 기약하고 온 것인데, 여의치 않으면 10월 말까지 연장될 수도 있다고 했다. 2011년 3월 발표한 《7년의 밤》으로 일약 스타 작가로 발돋움한 정유정은 인수공통전염병을 소재로 한 다음 소설을 쓰고 있다. 서울 외곽 도시 '화양'을 무대로 삼아, 개에게서 시작된 질병이 사람들에게까지 확산되면서 도시 전체가 폐쇄된 가운데 삶과 죽음을 둘러싼 사투와 절망에서 비롯된 광기, 그리고 생명과 사랑을 위한 28일간의 몸부림이 복합적으로 펼쳐질 예정이다(2013년 6월 《28》이라는 제목으로 출간되었다).

"이 소설을 처음 착상한 것은 2010년 12월이었어요. 《7년의 밤》을 끝내기 한두 달 전이었는데, 구제역으로 소와 돼지들이 생매장된다는 뉴스를 보면서 엄청 울었어요. 소와 돼지는 가축이니까 생매장한다지만, 반려동물인 개나 고양이였다면 어떻게 했을까요? 생각하다 보니 인간이라는 종에 회의도 생기더군요. 하룻밤 사이에 시놉시스를 썼지요."

시놉시스를 쓰는 일이 이 작가에게는 일의 시작일 뿐이다. 일종의 작업용 메모라고 해도 좋겠다. 다음 단계는 소설 쓰기에 필요한 공부. 책을 통한 이론 공부부터 전문가를 상대로 한 인터뷰, 현장 취재와 직접 체험 등이 여기에 해당한다. 그가 가장 공을 들이는 대목이다. 소설의 사실성을 높일 뿐 아니라 창의성을 발휘하는 데도 큰 도움이 된다고 믿는다. 《7년의 밤》 출간에 따른 각종 프로모션 행사를 얼추 마친 뒤부터 반년 남짓을 이런 공부에 할애했다. 그렇게 어느 정도 공부가 끝난 뒤에야 초고 작성에 들어가는데, 그 역시 어려운 일은 아니다.

장면 묘사를 위해
스케치 작업까지

2011년 11월 초 목포 앞의 섬 증도에 들어가 한 달 동안 지내면서 초고의 3분의 1을 썼고, 섬에서 나와 광주 집에서 연말까지 나머지를 마무리했다. 원고지 1,800장 분량의 초고를 두 달 만에 끝낸 것이다. 하루에 담배를 네 갑씩 피워가면서 '초집중'한 결과였지만, 그에게 초고란 본격적으로 원고를 쓰기 위한 근거 내지는 자료에 지나지 않는다. 초고에서 최종 탈고까지 적어도 열댓 번은 고쳐 쓰는 것이 그의 '고약한'(?) 버릇이다. "초고의 흔적이 탈고 때까지 남아 있으면 그 소설은 실패"라고 믿는 그는 지독할 정도로 고치고 또 고친다.

"지금은 초고를 가지고 세부 장면을 구축하는 중이에요. 가장 힘든 단계죠. 소설 전체로 보자면 도입부에서 전개부로 넘어가는 대목이에요. 도입부가 원고지로 400장 정도인데, 그걸 쓰는 데 한 달이 걸렸네요. 전개부는 좀 더 빨라질 거예요. 도입부에서 인물들의 캐릭터도 잡아야 하고 인물들이 서로 얽히게도 만들어야 해서 언제나 도입부가 가장 힘들어요. 등산으로 치자면 초입에 깔딱고개가 있는 셈이죠. 독자들이 정유정 소설은 앞부분이 읽기 힘들다고 말하는 것도 그 때문인 것 같아요."

초고를 완전 원고로 바꾸는 '장면 구축' 대목에서 그는 보통 하나의 장면을 놓고 두서너 개의 서로 다른 버전을 써본 다음 그중 가장 마음에 드는 걸 고르는 방식을 택한다. 공정이 더딜 수밖에 없는데, 작업 속도를 늦추는 '범인'이 그런 글쓰기 버릇만은 아니다. 그는 소설을 쓸 때 장면 묘사를 위해 스케치북에 해당 장면을 몇 번이고 그림으로 그려본 뒤에야 비로소 글로 옮기곤 한다.

"이를테면 119 구조대가 전염병이 발생한 현장에 출동하는 장면이라 쳐요. 우선 현장에 이르는 도로를 보여주는 그림이 필요하겠죠? 현장이 오래된 아파트라서 낡은 아파트의 내부 구조 그림도 필요하고요. 그건 인터넷에서 확인해서 그렸어요. 그다음, 구조대원들이 문을 따고 아파트에 들어가는 순간, 안방문 뒤에 숨어 있던 개가 갑자기 뛰어올라서 문 밖으로 뛰쳐 나가는 장면을 쓸 때도 아파트 내부 구조를 그림으로 그려놓아야 좀 더 정교한 묘사가 가능해지는 거예요. 여자라서 공간 감각이 떨어지기 때문인지는 몰라도 그림으로 여러 번 그려봐야 제 머리에도 확실히 각인되고 독자들에게도 장면을 정확하게 전달할 수 있는 것 같아요."

말을 듣고 보니 그가 글을 쓰는 방 안 책상 위에는 크고 작은 스케치북이 여러 권 보였다. 그 스케치북에는 소설 속 활자로 몸을 바꿀 장면들이 색색의 그림으로 들어앉아 있었다. 도로는 주황색, 숲

지리산 자락 암자.
개 '원화'와 함께 있는 정유정 작가.
작가가 소설 속 장면을
미리 그려둔 그림.

은 초록, 건물은 회색식으로 색을 구분해서 쓰는데, 특히 중요한 대목에는 보라색을 택한다고. 인물에 관한 메모에는 포스트잇을 붙여서 얼른 찾아보기 쉽도록 했는데 주인공은 파란색, 적대자는 빨간색식으로 표시한다. 책상 정면 벽에는 화양의 모델이 된 의정부시 전도가 붙어 있고, 책꽂이 위에는 그에게 중요한 글쓰기 도구인 색연필 통도 보인다. 공간을 스케치북에 그림으로 나타낸다면, 시간은 노트 달력에 날짜별로 꼼꼼히 적어넣는다. 이밖에도 자료 조사와 공부 결과를 담은 두툼한 자료 카드와 몇 권의 플롯 노트, 인물과 사건의 세부를 메모한 작은 노트, 포스트잇 등 다양한 자료 공책이 우등생의 비법 노트처럼 책상 주변에 펼쳐져 있었다. 《바이러스 습격사건》, 《수의역학 및 인수공통전염병학》, 《의학약어》, 《퍼펙트 수의학 영문용어》, 《개 해부 길라잡이》 같은 책도 보였다.

그가 이런 번거로운 방식을 쓰기는 두 번째 소설인 《이별보다 슬픈 약속》(2002)에서부터였다. 첫 소설 《열한 살 정은이》(2000) 때는 안 그랬는데, 두 번째 소설을 쓰면서는 단색 연필로 연습장에 그림을 그리기 시작했다. 1980년 5월 광주를 배경으로 한 세 번째 소설 《마법의 시간》(2004)을 쓸 때도 광주 시내를 연필로 스케치했으며, 제1회 세계청소년문학상 수상작인 《내 인생의 스프링 캠프》(2007)에서는 그림에 색깔을 입히는 단계로 나아갔다. 제5회 세계문학상 수상작 《내 심장을 쏴라》(2009) 작업 때는 "거의 애니메이션 원화를 그리듯" 그렸고, 《7년의 밤》에서 오영제와 최현수가 싸우는 장면은 동작 하나하나를 그림으로 그렸다. 아들과 직접 실연까지 해가면서, 그 장면에서만 스무 컷 정도의 그림을 그렸다고. "누구한테 배운 건 아니고, 글을 쓰다 보니 스스로 필요하다 싶어 개발한 방식인데, 이제 와서 바꾸기가 힘드네요. 오히려 갈수록 그 공정이 길어지는 것 같아요."

이렇게 힘들고 복잡한 과정을 거쳐 원고를 끝낸다 해도 '완성'까지는 아직 갈 길이 멀다. 일단 탈고한 원고는 수의학자 우희종 서울대 교수의 감수를 받아야 하고, 그 뒤에도 몇 번에 걸쳐 꼼꼼히 문장을 손볼 예정이다. 감수와 문장 손질 같은 작업은 집에서도 할 수 있을 것으로 생각한다.

"저는 본래 여행을 싫어하고 집에 틀어박혀 있는 체질이에요. 해외 여행은 해본 적도 없고 고향 전라도 밖으로도 거의 나가보질 않았을 정도예요. 글도 제 방에서 썼지요. 2009년까지는 제 방이 세상으로부터 저를 고립시키는 '감옥' 구실을 했어요. 그런데 《7년의 밤》을 낸 뒤 프로모션 등으로 대외 활동을 하다 보니까 어느 순간 제 방이 감옥이 아닌 로비가 돼 있더군요. 전화도 잦고 방문객도 찾아오고. 제 자신을 가두고 가라앉히는 게 쉽지 않았어요."

그래서 남편에게 부탁해 찾아낸 게 목포 앞 섬 증도의 펜션, 그리고 이 암자였다. "전에는 집을 떠나서 글을 쓰는 작가를 이해하지 못했는데, 저 역시 앞으로는 계속 이런 방식이 될 것 같네요."

늦깎이 작가의
불타는 창작열

정유정은 새벽 서너 시면 잠에서 깬다. 암자의 일과에 맞춘 것이 아니다. 다른 많은 작가처럼 그 역시 낮과 밤을 바꾸어 살기 일쑤였다. 그러다가 '예술가의 창의적인 호르몬이 가장 활발히 분출되는 시간대가 오전'이라는 주장을 담은 책을 읽은 뒤로 생활 습관을 바꾸었다. 그게 2005년 무렵이었고, 그렇게 '아침형 인간'이 되고 나서 쓴 첫 책이 《내 인생의 스프링 캠프》다. 그 책의 성공은 이 방식에 대한 그의 확신을 높여 주었다. 잠에서 깨면 커피를 한 잔 마시고 자욱한 안개 속으로 산책을 나간다. 산중이라서인지 열흘 중 이레 정도는 안개가 끼는데, 어느덧 그 분위기에 맛을 들여서 계속 나가게 된다고. 암자를 중심으로 3킬로미터쯤 산책을 마치고 돌아와서는 한 시간쯤 일을 하다가 일곱 시에 목탁 소리를 신호로 아침 공양을 한다. 그 뒤로도 계속 글쓰기에 집중하다가 열두 시에 점심 공양, 다시 글쓰기를 하다가 여섯 시에 저녁 공양을 마치고는 '고시 총각'들과 함께 8킬로미터를 거의 매일 걷는다. 산책을 마친 뒤 씻고는 아홉 시가 되기 전에 잠자리에 든다. 텔레비전은 아예 안 본다. 술은 끊었고, 담배도 전자담배로 바꾸었다. 《7년의 밤》에서 전직 포수 최현수를 주인공으로 등장시킬 정도로 소문난 야구광인 그는 "야구를 끊는 게 가장 힘들었다"고 말했다.

이렇게 독할 정도로 자신을 채찍질해가며 소설에 전력투구하는 것은 그가 남보다 늦게 출발했기 때문인지도 모른다. 어려서부터 책 읽기와 글쓰기를 좋아한 그는 어머니의 반대로 작가의 꿈을 뒤로 미룬 채 간호대학에 진학해야 했다. 집이 가난하지는 않았는데, 어머니는 딸이 의사 같은 전문직으로 제 밥벌이를 해야 한다는 신념을 굽히지 않았다. 명문 대학을 나와서 희곡을 습작하다가 등단도 못한 채 마흔 전에 요절한 오빠의 사례가 어머니에게는 뼈아픈 교훈이 된 모양이었다. 외삼촌은 중학교 시절 그가 쓴 테오도르 슈토름의 소설 《황태자의 첫사랑》 독후감을 빨간 사인펜으로 고친 다음 "멋내지 마라"는 문장 지침을 일러주었다. 수식어와 접속사를 없애고 간결하고 정확하게 쓰라는, 멋부리는 문장이 가장 나쁜 문장이라는 외삼촌의 가르침은 정유정의 문장관에 절대적 영향을 끼쳤다.

초등학교 시절부터 고등학교 때까지 상이란 상은 모조리 휩쓸다시피 문재(文才)를 발휘했음에도 원하는 문학을 전공할 수 없었던 정유정이 오랜 우회로를 거쳐 글쓰기로 돌아오기까지 결정적으로 도움을 준 이가 간호대학 시절 교양국어 외래강사로 나왔던 고 정익섭 교수(전남대 국문과)다. 중간고사 때 제출한 글에서 정유정을 '발견'한 정 교수는 그의 습작 노트를 마저 받아 읽고는 작가의 꿈을 포기하지 말라고 격려해주었다. 그로부터 십수 년 뒤, 병원 중환자실과 건강보험심사평가원을 거쳐 마침내 전업 작가가 되기까지 그는 정 교수의 말씀을 성경 구절처럼 가슴에 품고 그 세월을 견딜 수 있었다.

외삼촌과 정 교수에 이어 그가 마음속 스승으로 여기는 또 한 사람이 미국 작가 스티븐 킹이다. 대학에서 문학을 전공한 것도 아니고 기성 작가에게 따로 글쓰기를 배우지도 않은 그가 혼자 쓴 소설들로 몇 군데 공모전에 응모했다가 쓴맛을 본 뒤였다. 본심에 오른 그의 작품에 심사위원이었던 중견 소설가가 혹독한 평을 내린 어느 날, 낙담한 채 광주의 헌책방 거리를 무작정 거닐다가 만난 스티븐 킹의 소설《스탠 바이 미》가 그에게 충격을 주었다.

"그 소설의 첫 문장을 읽는 순간, 흉벽 안에서 큰 소리가 울렸어요. '가장 중요한 일은 가장 말하기 어렵다. 부끄러워서 말할 수가 없다. 왜냐하면 말이 그것들을 위축시키기 때문이다'라는 것이었죠. 이야기의 실체를 처음으로 알게 된 기분이었어요."

그 뒤로 스티븐 킹 전작주의자를 자처하며 그의 모든 소설을 구해 읽은 그는 지금도 킹을 '교주'로 모시고 있다. 킹과 마찬가지로 정유정 역시 이른바 순문학과 장르 문학의 경계를 허문 작가로 얘기된다. 그러나 그 자신은 이런 경계 허물기에 관심 없다는 투다. '소설은 이야기의 예술'이라 믿는 그는 평론가들의 평가에 연연하지 않겠노라 말한다. 그렇다고 독자가 좋아할 만한 소설을 쓰지도 않겠단다. "내가 쓴 소설을 독자가 좋아해주는 것"이 이 독립적인 작가의 욕심이다.

"제가 대학에서 문학을 전공했더라면, 또는 첫 소설을 발표하자마자 잘됐더라면 오히려 좋은 작가가 되지 못했을지도 몰라요. 오랜 기다림과 시련을 거쳤기 때문에 제 장단점을 제대로 파악할 수 있었던 것 같아요. 지금 생각해보면, 간호사 생활 5년 남짓도 소설을 쓰는 데 큰 도움이 되었어요. 지금 쓰는 소설만 해도 제가 간호학 전공이기 때문에 다른 작가보다는 그래도 수월하게 접근할 수 있는 측면이 있거든요."

시간 가는 줄 모르고 그의 말에 빠져 있는 사이 지리산은 태풍의 영향권에 들었고, 저녁 먹을 무렵부터는 세찬 장대비가 쏟아졌다. 잠자리는 암자 인근 숙소에 마련했는데, 밤새 강풍이 불고 빗줄기가 창을 두드려대는 통에 자다가도 자주 깨어야 했다. 신화 속 거인이 내가 누워 있는 방을 두 손으로 마구 흔들어대는 느낌이었다. 아침에 일어나 보니 마당에 서 있던 항아리가 바람에 넘어져 깨져 있었다. 태풍의 밤이 지난 오전, 작가와 함께 노고단을 올랐다. 10미터 앞이 보이지 않을 정도로 뿌연 비안개를 뚫고 노고단에 오른 작가는 돌탑에 돌 하나를 가만히 얹었다. 물어보지 않아도 알 수 있었다. 이번 소설을 잘 쓸 수 있게 해주십사. 복분자주를 곁들인 산채비빔밥으로 점심을 먹은 다음 속세로 내려왔다. 태풍이 물러간 하늘에는 뭉게구름이 어여뻤고, 열린 차창으로는 2012년의 첫 매미 울음이 들려왔다.

그
작가
길

이 눈부신 착란의 찬란

시인
김선우의
강릉
복사꽃밭

터널을 지나자 비의 나라였다. 뿌연 안개가 그물처럼 덮쳐 왔다. 일정한 방향 없이 바람에 휘몰아치는 비가 차창을 마구 때렸다. 차단막이 쳐진 듯 시야가 불량했다. 비상등 깜박이를 켜고 차의 속도를 뚝 떨어뜨렸다.

믿기 힘들 정도로 갑작스러운 변화였다. 터널에 들어서기 전까지 날씨는 화창했다. 춘천의 하늘은, 천국의 날씨가 있다면 이렇겠다 싶을 정도로 환상적이었다. 파란 하늘에 치밀한 미학적 계산의 결과인 양 떠 있던 몇 점 구름, 세상 전부가 내게 안겨 오듯 탁 트인 시야, 쾌적한 온도와 습도, 그리고 대기 중의 꽃향기까지. 그런 춘천에서 의암호와 중도를 내려다보며 마시는 커피 맛조차 황홀했다. 오늘의 주인공인 시인 겸 소설가 김선우의 헐렁하면서 알록달록한 퀼트 바지 차림새가 들뜬 봄 소풍의 분위기를 대변하는 듯했다. 횡성 시내를 통과한 뒤 대관령을 향해 고도를 높여갈수록 늦게 핀 산벚꽃들 또한 나들이의 기대를 높여주었다.

떴다 비행기, 콜타르 같은

인간의 마을은 아득한데
아, 허공은 따뜻하구나
시속 팔백, 구백 킬로미터로
시든 어머니께 꽃 따 드리러 가는 길
스러지며 타닥, 초록 불씨를 지피는
산벚꽃나무 봄산에 만발하였네
—〈떴다, 비행기〉 부분

오늘의 목적지가 강원도 횡성 둔내 즈음의 산벚꽃 만발한 야산이었다면 좋았을 게다. 그러나 우리가 가야 할 곳은 따로 있었다. 강릉시 주문진읍 장덕리 복사꽃마을이 그곳이었고, 그리로 가기 위해 터널을 통과하는 동안 세계는 그렇게 얼굴을 바꾼 것이었다. 흡사 세계가 터널 이쪽과 저쪽, 아니 터널 이전과 이후로 나뉜 것 같았다. 일단 터널을 지나 온 다음에는 터널 반대쪽으로 돌아가기란 불가능한 게 아닐까 하는 불안감조차 스멀스멀 피어올랐다. 영(嶺)의 동쪽에 비가 올 거라는 일기예보를 듣고 나선 길이었음에도 차마 믿고 싶지 않은 현실이었다. 대한민국까지 갈 것도 없이 강원도가 참으로 넓고 다채롭구나 하는 속절없는 상념만 곱씹을 따름이었다.

다시 고도가 낮아지면서 비바람은 조금 수그러들었지만, 영 너머에서 만났던 쨍한 햇빛을 기대하기는 어려워 보였다. 흐린 날씨와 복사꽃은 아무래도 어울리지 않는데…. 복사꽃 아래서 술 한잔 하자면 날씨가 도와줘야 할 텐데…. 아니, 이런 날씨면 아예 복사꽃이 다 져버리진 않았을까? 만발한 복사꽃밭을 겨냥한 취재 자체가 불가능해지는 건 아닐까? 추상적인 불안이 아닌 현실적 불안이 엄습해왔다. 때는 5월 초. 남쪽의 복사꽃은 벌써 진 뒤였다. 그래도 이곳은 위도가 높아 기대할 만하다며 나선 길이었다. 복사꽃마을의 축

복사꽃과 함께한 김선우 시인.
돌배나무꽃 아래의 작가.
춘천 의암호.

제도 바로 엊그제 아니었던가. 애써 불안감을 다독이며 남은 길을 재촉했다.

그러나, 아뿔싸! 한발 늦었다. 예감은 현실이 되었다. 장덕리 야트막한 언덕바지의 복사꽃밭은 황량했다. 꽃들은 대부분 져 내리고, 꽃받침과 암술 수술만이 열매를 기약하고 있었다. 야속했다. 친구들이 다 진 뒤에도 늦게까지 남아 지각한 여행객을 맞이해주는 몇 송이 복사꽃이 눈물겹도록 고마웠다. 복사꽃만 꽃이냐며, 여기도 한번 보라는 듯 활짝 핀 사과꽃과 돌배나무꽃이 반가우면서도 얄미웠다.

"2011년에도 어머니를 모시고 왔었는데, 그땐 축제 기간이고 꽃도 한창일 때라서 사람이 많았어요. 꽃나무 아래 돗자리 펴고 앉아 음식도 먹으면서 한나절 잘 놀았는데…."

김선우의 말끝에 진한 아쉬움이 묻어났다. 앙상한 복숭아나무 가지에 작년에 보았던 만개한 꽃을 피우기라도 하려는 듯 그의 눈길이 아련해졌다.

복사꽃을
탐하다

동쪽 바다 가는 길 도화 만발했길래 과수원에 들어 색(色)을 탐했네

온 마음 모아 색을 쓰는 도화 어여쁘니 요절을 꿈꾸던 내 청춘이 갔음을 아네

가담하지 않아도 무거워지는 죄가 있다는 것은 얼마

나 온당한가

이 봄에도 이 별엔 분분한 포화, 바람에 실려 송화처럼 진창을 떠다니고

나는 바다로 가는 길을 물으며 길을 잃고 싶었으나

절정을 향한 꽃들의 노동, 이토록 무욕한 꽃의 투쟁이

안으로 닫아건 내 상처를 짓무르게 하였네 전생애를 걸고 끝끝내

아름다움을 욕망한 늙은 복숭아나무 기어이 피워낸 몇 날 도화 아래

묘혈을 파고 눕네

–〈도화 아래 잠들다〉 부분

두 번째 시집의 표제작이기도 한 〈도화 아래 잠들다〉는 사실 장덕리 복사꽃밭에서 쓴 작품이 아니다. 이 시의 무대는 장덕리보다 더 유명한 영덕 복사꽃밭이다. 미국이 이라크를 침략한 2003년 봄 여행길에 영덕 복사꽃밭을 지나는데, 그 고적한 아름다움과 아침 텔레비전 뉴스로 본 전쟁의 참상이 겹쳐지면서 하염없이 눈물이 나더라고 시인은 돌이켜 말했다. 복사꽃의 화사함과는 어울리지 않아 보이는 포화와 죄, 무덤 같은 낱말이 등장하는 것은 그런 배경 때문일 것이다. 그때 거의 같이 쓰인 시 〈피어라, 석유!〉는 석유로 대표되는 인간의 탐욕과 꽃의 무욕한 아름다움을 한층 극적으로 대비시킨다.

할 수만 있다면 어머니, 나를 꽃 피워주세요

당신의 몸 깊은 곳 오래도록 유전해온

검고 끈적한 이 핏방울

이 몸으로 인해 더러운 전쟁이 그치지 않아요
탐욕이 탐욕을 불러요 탐욕하는 자의 눈 앞에
무용한 꽃이 되게 해주세요
무력한 꽃이 되게 해주세요
온몸으로 꽃이어서 꽃의 운하여서
힘이 아닌 아름다움을 탐할 수 있었으면
–〈피어라, 석유!〉 부분

이 시에서도 그렇지만 김선우의 시와 산문에서는 불교에 대한 깊은 친연성(親緣性)이 보인다. 그의 아홉 살 위 언니가 일찌감치 출가해 비구니강원에서 가르치고 있다는 사실이 그와 무관하지 않을 것이다. 그 때문인지 김선우에게도 출가에 대한 생각을 묻는 질문이 종종 들어온다. "나는 이제 세상에 이해 못할 사람이 없다는 걸 알면서도 / 아직 그 모두를 사랑할 자신은 없어서 / 편협한 사랑이 용서되는 시인으로 남기로 한다"는 시 〈마흔〉의 한 대목은 그런 질문에 대한 그의 대답이다. 그는, 적어도 아직은, 세속에 몸을 담근 채 일상 속의 구도행을 좇고자 한다.

복사꽃은 요염하다. 어느 꽃인들 그렇지 않겠는가마는, 복사꽃은 보는 이의 기분을 지상 50센티미터쯤 위로 들어올리는 부력을 지니고 있는 듯하다. 복사꽃이 만개한 과수원에 들어 있으면 어쩐지 꿈속을 거니는 듯 아득한 느낌에 사로잡히게 된다. 옛사람들이 지상에 없는 낙원의 표상으로 무릉도원을 꿈꾼 것도 그런 까닭이었을 터다. 그러나 김선우가 도화를 탐하는 것이 반드시 복사꽃의 요염함과 아득함 때문만은 아니다. 그것이 반드시 도화가 아니더라도 모든 꽃은 현실의 더러운 욕망과 구분되는 무욕한 아름다움을 대리한다는 것이 그의 생각이다. 그가 서너 편에 하나쓸일 만큼 꽃에 관한 시를 유난히 많이 쓰는 까닭이 그런 생각과 무관하지 않다.

"물론 복사꽃에는 특별함이 있죠. 예컨대, 〈도화 아래 잠들다〉를 쓸 때 저는 '도화살'이라는 말에 들어 있는 부정적 편견을 흐트러뜨리고 싶은 생각도 있었어요. 적극적으로 색을 탐하는 생의 에너지에 대해 쓰고 싶었던 거죠. 저는 도덕주의자라기보다는 쾌락주의자에 가까워요. 인간이란 그저 이 별에 잠깐 왔다 가는 존재고, 그렇다면 내게 주어진 시간과 가능성을 소중하게, 남김 없이 다 쓰고 가자는 게 제 생각이에요."

첫 시집 《내 혀가 입 속에 갇혀 있길 거부한다면》(2000)부터 김선우의 시가 관능적이라는 평가와 함께 생태적 페미니즘의 관점에서 해석된 배경을 짐작할 만하다. 첫 시집과 두 번째 시집에는 또한 어머니를 다룬 시가 적지 않은데, 김선우에게 복사꽃이 지니는 두 번째, 각별한 의미가 바로 어머니와의 이야기에 있다.

예순 넘은 엄마는 병들어 누웠어도
춘삼월만 오면 꽃 질라 아까워라
꽃구경 가자 꽃구경 가자 일곱살바기 아이처럼 졸라대고
–〈거꾸로 가는 생〉 부분

앞서 인용한 시 〈떴다, 비행기〉에서도 보았지만, 김선우는 해마다 봄이면 어머니를 모시고 꽃을 보러 다닌다. 장덕리 복사꽃마을에서 만개한 복사꽃을 보며 음식을 먹은 뒤 가까운 온천에서 같이 목욕하고, 좀 더 여유가 있으면 소금강과 진고개를 둘러보고 강릉 집으로 돌아오는 여정이다. 팔순의 어머니는 예순 살에 뇌졸중을 앓은데 이어 5, 6년 전부터는 치매까지 찾아와 지금은 "스무 살 전후의 꽃다운 나이를 살고 계시다." 그 어머니가 나무에 연두물이 오르는 봄이면 밖으로 꽃구경을 가고 싶다며 딸에게 보채는 것.

늙고 병든 어머니와 함께 찾는 장덕리 도화원에 무덤 두어 기가 자연스럽게 안겨 있는 모습은 퍽 상징적이다. 복사꽃이 뿜어내는 강렬한 생의 에너지와 고적하고 평화로운 죽음의 세계가 함께 있는 그 풍경이 조금도 이물스럽지가 않다. 그 풍경은 어쩐지 김선우의 첫 시집에 실린 〈내력〉이라는 작품을 떠오르게 한다.

몸져누운 어머니의 예순여섯 생신날
고향에 가 소변을 받아드리다 보았네
한때 무성한 숲이었을 음부
더운 이슬 고인 밤 풀여치들의
사랑이 농익어 달 부풀던 그곳에
황토먼지 날리는 된비알이 있었네

(…)

경성드뭇한 산비알
열매가 꽃으로 씨앗으로 흙으로
되돌아가는 소슬한 평화를 보았네
부끄러워 무릎을 꿍, 세우는
어머니의 비알밭은 어린 여자아이의
밋밋하고 앳된 잠지를 닮아 있었네
돌아갈 채비를 끝내고 있었네
–〈내력〉 부분

이제는 몸과 마음이 두루 허약해진 어머니를, 스스로 어머니가 된

양 차에 태워 꽃놀이를 다니던 '효녀' 김선우가 2012년에는 그 연례 행사를 치르지 못했다. 3월 초에 네 번째 시집《나의 무한한 혁명에게》가 나온 데다, 2011년 한진중공업 김진숙 구하기부터 시작해 해를 넘겨서는 강정 구럼비바위 살리기와 쌍용자동차 싸움까지 여러 사회적 의제에 매달리다 보니 그만 시기를 놓치고 만 것. 이날의 나들이는 그로서도 올봄 처음이자 마지막 꽃놀이였는데, 낙담이 컸을 게다.

"사실 새 정부가 들어선 뒤로는 봄에도 온전히 기쁜 마음으로 꽃을 즐기기 힘들었어요. 다 잊고 좋은 사람들과 봄꽃 아래서 술 한 잔 하고 싶어도, '세상이 어떤 지경인데, 내가 지금 이래도 되나' 싶은 생각이 들어서 움츠러들곤 했죠. 비록 늦긴 했지만, 그리고 날씨도 도와주지 않긴 하지만, 그래도 이렇게 복사꽃 그늘 아래 서 있자니 무언가 할 일을 한 듯한 뿌듯함은 있네요."

시인의 희망가
'춤추면서 싸우자'

김선우는 2010년 12월 중순 인도의 생태 및 영성 공동체 오로빌로 건너갔다가 이듬해 1월 말에 귀국했다(오로빌에서 그가 보고 겪고 느낀 것들은《어디 아픈 데 없냐고 당신이 물었다》(2011)는 책에 담겨 있다). 그가 김진숙의 크레인 농성에 관해 처음 들은 것은 3월 초였다. '집단행동에 대한 어색함'을 누르고 동료 시인 송경동이 제안한 희망버스에 탑승한 것은 물론, 개인적으로도 여러 번 영도를 찾았다. 칼럼 등을 통해 시민들의 관심과 참여를 촉구하기도 했다. 김진숙이 크레인에서 무사히 내려온 뒤에는 곧바로 강정 구럼비바위 살리기 싸움에 뛰어들었다. 2012년 3월부터 연재하기로 한 소설 때문에 움직이지 못하고 있는 동안 구럼비바위 폭파가 시작되었다는 소식을 듣고 펑펑 울었다. 한국작가회의가 항의 단식 농성단을 모집한다는 메일을 받고 곧바로 응했더니 '1번 타자'가 되었다. 2012년 3월 31일 홍대앞 인문 카페 창비, 그리고 4월 27일 명동 가톨릭회관에서는 강정마을을 후원하기 위한 시·노래 콘서트를 직접 조직했고, 지금은 3차 콘서트를 준비 중이다. 4월 11일에는 쌍용자동차 문화제에서 동료 시인 송경동, 진은영, 심보선과 함께 연대시를 낭송하기도 했다.

김선우에게는 미학과 실천과 구도행이 대체로 갈등 없이 공존하는 듯하다. "인간이 어떻게 아름답게 존재할 수 있는지를 탐구하는 게 문학이고 예술이고 종교"라고 생각하는 그는 "일상에서 끊임없이 깨어 있는 자세, 말하자면 '일상의 미학적 경영'이 소중하며 또한 지속적인 가치를 지닌다"고 믿는다.

"저는 사실 인류라는 종의 미래에 대해서는 매우 비관적이에요. 지금처럼 살다가는 지구에서 추방되거나 지구 멸망을 앞당기게 될 거라고 생각해요. 그렇지만 절망하더라도 살아야 하니까, 있는 힘껏 희망을 만들어보려고 노력하는 건 일종의 생존 전략이라 할 수도 있을 거예요. '춤추면서 싸우자!'는 공허한 레토릭이 아니에요. 춤추듯이 즐겁게 싸우다 보면 진짜로 낙관의 힘이 생기고 생을 포기하지 않게 되죠."

'2011년을 기억함'이라는 부제를 단, 네 번째 시집의 표제작 〈나의 무한한 혁명에게〉는 김선우의 최근 경험과 사유를 집약적으로 담고 있다.

가녀린 떨림들이 서로의 요람이 되었다
구해야 할 것은 모두 안에 있었다
뜨거운 심장을 구근으로 묻은 철골 크레인
세상 모든 종교의 구도행은 아마도
맨 끝 회랑에 이르러 우리가 서로의 신이 되는 길

(…)

태어난 모든 것은 실은 죽어가는 것이지만
우리는 말한다
살아가고 있다!
이 눈부신 착란의 찬란,
이토록 혁명적인 낙관에 대하여
—〈나의 무한한 혁명에게〉 부분

태어난 모든 것이 죽을 운명인 것처럼, 만개했던 복사꽃이 속절없이 떨어져 내리는 사태를 막을 수는 없을 것이다. 그럼에도 우리는 한 송이 꽃이 저를 피우고자 필사적으로 몸부림치는 '찬란한 착란'에 박수를 보내야 한다. 착란이 찬란하다면, 난관은 낙관으로 돌파할 수 있을 것이었다. 착란과 찬란, 난관과 낙관의 말장난 같은 관계에서 꽃과 예술가는 닮았다. 기대했던바 만개한 복사꽃밭을 보지 못하고 돌아오는 길, '아름다움에의 의지'와 '일상의 미학적 경영'을 힘주어 말하는 김선우의 얼굴에 장덕리 복사꽃밭의 붉은 꽃물이 어룽져 보였다. 또 하나의 봄이, 이렇게, 갔다.

그
작가
길

원래 자리인 소설로 돌아오는 길

소설가
이순원의
강릉바우길

강원도에는 왕릉이 둘 있다. 숙부인 세조에게 쫓겨나 억울하게 죽은 단종의 영월 장릉, 그리고 영동고속도로 강릉휴게소에서 멀지 않은 성산면 보광리 산자락에 있는 명주군왕릉이다. 명주군왕(溟州郡王)은 신라 태종 무열왕의 6대손이자 강릉 김씨의 시조인 김주원의 묘소다. 선덕여왕이 후사가 없이 죽자 김주원이 왕으로 추대되었지만 경주로 가는 중 큰비가 내려 강을 건너지 못하는 바람에 신하들이 김경신(훗날 원성왕)을 왕으로 옹립했고, 김주원은 지금의 강릉에 해당하는 명주로 와서 중앙에 맞서는 독자 세력을 형성하여 '명주군왕'으로 봉해졌다.

명주군왕릉은 강릉바우길 3개 구간의 기점이자 종점에 해당한다. 보광리 바우길 게스트하우스부터 이곳까지 12.5킬로미터에 이르는 3구간 '어명을 받은 소나무길', 이곳에서 출발해 사천해변공원까지 가는 18킬로미터짜리 4구간 '사천 둑방길', 그리고 역시 명주군왕릉에서 출발해 송양초등학교에 이르는 11킬로미터 길이의 10구간 '심스테파노길'이 그것이다.

바우길이란 대관령과 강릉 일대의 산과 들, 호수, 해변 등을 모두 20개 구간으로 나누어 걸을 수 있도록 조성한 트레킹 코스를 부르는 이름이다. '바우'는 바위를 가리키는 강원도 사투리인데, 흔히 강원도 사람들을 친근하게 부를 때 '감자바우'라 하듯이 인간 친화적이며 자연 친화적인 트레킹 코스라는 뜻을 이름에 담았다. 2009년 6월 조성을 시작한 이 길의 중심에 소설가 이순원이 있다. 단편 〈은비령〉과 장편 《아들과 함께 걷는 길》, 《워낭》, 연작 장편 《수색, 그 물빛 무늬》 등의 작가 이순원은 바로 이곳 강릉 출신이다.

"2009년 봄쯤 고향 선배들을 만났더니, 제주 올레길이며 스페인 산티아고 길 등에 관한 얘기 끝에 강릉 주변에도 걷는 길을 만들면 좋겠다면서 저더러 일을 맡아보라는 거예요. 처음엔 고사했죠. 작가는 작품을 쓰는 게 정말 고향을 위하는 길이다, 나는 내 소설에서 고향 이야기를 충분히 하고 있다, 게다가 나는 지금 강릉을 떠나 살지 않느냐면서 말이죠. 그런데 한 선배가 따지듯 묻기를, 니가 강릉을 문학에 이용만 했지 현실적으로 강릉을 위해 한 일은 없지 않냐는 거예요. 그 말이 저에게 화두로 다가왔어요. 그 말을 붙들고 한동안 고민하다가 결국 일을 벌이기로 했지요."

처음엔 짧으면 6개월, 길어도 1년이면 될 줄 알았다. 고향을 위한 의무 복무라 생각하고 열심히 한 뒤 자신의 자리인 문학으로 돌아올 생각이었다. 그런데 상황이 뜻한 대로 돌아가지는 않았다. 코스를 정하고 길을 닦는 데 생각보다 많은 시간이 걸렸다. 자동차 도로가 뚫리기 전 마을과 마을을 이어주던 예전의 산길을 다시 찾아내 복원하고 이정표와 표식을 세우는 것은 생각처럼 만만한 일이 아니었다. 산악인 출신 이기호 대장과 탐사 대원들이 포수 마스크 같은 프로텍터와 헬멧을 착용하고 예초기를 든 채 풀숲에 파묻힌 길을 부지런히 '복원'하는 노력을 펼쳤음에도 그러했다.

"2012년 6월 강릉원주대학교 안 해람지에서 강릉원주대학교 총

장관사에 이르는 10.5킬로미터 거리의 16구간이 개통되면서 바우길은 일단 20개 코스로 마무리되었습니다(대관령 바우길 2개 구간과 울트라 바우길, 계곡 바우길 포함). 앞으로 한두 개 코스가 더 늘 수도 있겠지만, 사실상 지금 상태로 완성된 셈이죠. 저는 처음 바우길 개척하던 2년 동안은 단 한 주도 빼놓지 않고 주말마다 강릉엘 왔어요. 처음 3개월은 아예 와서 살다시피 했죠. 만 3년이 지나니까 어느 정도 자리가 잡힌 것 같네요. 길도 안정되고 시스템도 정비가 되어서 이제는 제가 없어도 알아서 돌아가게끔 된 거예요."

강릉바우길의 개척자

일산에 사는 이순원과 함께 대관령으로 향한 것은 그가 그토록 열심히 매달려 조성한 바우길을 걸어보고 싶어서다. 첫 목적지는 바우길 2구간 '대관령 옛길'. 옛 영동고속도로 대관령 하행 휴게소에서 국사성황당과 반정을 지나 바우길 게스트하우스에 이르는 14킬로미터 구간이다.

이순원의 소설 《아들과 함께 걷는 길》의 무대기도 한 이 길은 신사임당이 어린 율곡의 손을 잡고 친정어머니를 그리워하며 걷던 길이자, 〈관동별곡〉의 지은이 송강 정철이 넘던 길이며, 단원 김홍도가 대관령의 경치를 화폭에 옮기던 길이기도 하다.

> 늙으신 어머님을 강릉에 두고
> 외로이 서울로 가는 이 마음

때때로 머리 돌려 북촌을 보니
흰 구름은 날아 내리고 저녁 산만 푸르네
– 신사임당 〈대관령을 넘으며 친정을 바라보다〉

신사임당이 강릉에 와서 친정어머니를 뵙고 한양으로 가는 길에 이 시를 지었다면, 1996년 작인 《아들과 함께 걷는 길》은 작가 자신이 아버지의 부름을 받고 아들과 함께 대관령을 넘어 고향 집을 찾아가는 과정을 소설에 담았다. 그 무렵 "집안의 오래된 상처에 관한 이야기"를 소설로 낸(제목이나 내용이 구체적으로 나오지는 않지만 《수색, 그 물빛 무늬》가 그 작품으로 짐작된다) 작가는 열두 살 아들과 함께 50리에 이르는 대관령 옛길을 걸어서 넘으며 이런저런 이야기를 나눈다. 작가로서 글을 쓸 때의 마음, 청소년 시절의 방황, 아이의 길과 어른의 길, 사랑과 우정, 삶과 죽음 등 이야기의 소재는 다채롭지만, 저변에 깔린 것은 아무래도 부모님을 불편하게 하고 작가 자신에게도 죄스러움을 안겨준 최근의 소설에 대한 걱정이었다. 때가 때이고 자리가 자리이니만큼 아버지와 아들의 이야기는 고향과 아버지라는 핵심으로 수렴되고, 어두워진 뒤에야 도착하는 아들과 손주를 동구 밖까지 나와 기다리던 늙은 아버지와 만나는 장면으로 소설은 마무리된다. '아버지라는 자리'라는 소설의 주제를 함축적으로 보여주는 결말이다.

서울에서 작가와 함께 출발할 때 날은 조금 흐렸지만 비가 오지는 않았다. 그러나 동쪽을 향해 길을 줄여나갈수록 구름이 짙어졌고, 진부를 지나 횡계 즈음부터는 결국 빗방울이 떨어지기 시작했다. 대관령과 그 너머의 변화무쌍한 날씨에 크게 덴 일이 떠오르면서 불안감이 엄습했다. 작가가 대관령 너머 사단법인 강릉바우길 실무자에게 전화로 날씨를 확인했다. 비가 온다고 했다. 그것도 주룩주룩. 아뿔싸!

그래도 다른 방법이 없었다. 사진기자는 오늘 중에 사진을 찍고 서울로 돌아가야 했다. 일단은 가보는 수밖에. 대관령휴게소에 오르자 한 치 앞이 보이지 않을 정도로 뿌연 비안개가 시야를 가렸다. 엉금엉금 차를 몰아 국사성황당으로 향했다. 국사성황당은 강릉 단오제의 주신인 범일국사를 모신 사당이다. 진부의 '도서관 작가' 김도연의 소설《아흔아홉》에서도 주요 무대로 등장한다. 그사이 빗발은 조금 가늘어졌지만 그칠 기미는 보이지 않았다. 그 빗속에서도 성황당과 그 위쪽 산신각에는 음식을 싸 들고 와 치성을 드리는 이들의 발길이 이어지고 있었다.

등산 조끼 위에 노란색 우비를 겹쳐 입은 작가를 빗줄기 속에 세워두고 급하게 사진 몇 장을 찍었다. 빗속에 길을 걷기에는 아무래도 무리였다. 다시 차량으로 반정으로 이동해 '대관령 옛길' 표지석을 배경으로 사진 몇 장을 더 찍었다. 그러고는 2구간 종점인 게스트하우스까지 다시 차량으로 이동. 걸어서 올 길을 차에 실려 내려오자니 마음이 편하지 않았다. 사진기자를 먼저 보내고, 저녁에는 영 너머의 김도연이 합류해 게스트하우스 식당에서 이순원과 함께 술을 나누었다. 고향 선후배 작가의 대화는 허물없어서 푸근했다. 자리를 파하고 나와 보니 하늘에는 별들이 제법 보였다. 내일은 걸을 수 있겠구나! 마음이 한결 가벼워졌다.

그렇게 아쉬움 반 기대 반으로 게스트하우스에서 하룻밤을 묵은 다음 이른 곳이 이곳 명주군왕릉이다. 바우길을 만들기 시작하면서 처음으로 등산복을 입고 등산화도 신어보았다는 작가는 이제 등산 차림이 무척 자연스러워 보였다. 명주군왕릉에서 우리가 잡은 길은 10구간 '심스테파노길'이었다. 길의 중간쯤에 있는 골아우 마을에서 심스테파노라는 인물이 신앙 생활을 하다가 병인박해(1866)

때 한양에서 직접 내려온 포도청 포졸들에게 잡혀가 순교했다는 사실을 확인하면서 그의 이름을 길에 붙였다. 아쉽지만 구간 전부를 걷지는 못하고 영동고속도로 강릉휴게소까지 30분 남짓 거리를 걸었다.

바우길이 대부분 그러하듯 이 길에도 붉은색 줄기의 금강소나무들이 시위하듯 도열해 있었다. 마른 솔잎이 푹신하게 깔린 길은 걷기에 더없이 좋았다. 평일 오전이어서인지 다른 걷기꾼은 보이지 않았다. 잘 알려진 제주 올레길에 비한다면 길의 자취는 희미한 편이었다. 풀숲에 덮여 지워질 듯한 곳도 있어서 오히려 자연에 가깝다는 느낌을 주었다. 성당 교우들이 다녀가면서 남긴 리본이 길을 안내했다. 풀 줄기에 맺힌 빗방울이 발길에 차였고, 길 곳곳을 거미줄이 가로지르고 있었다. 잠자리 한 마리가 작가의 어깨에 내려와 앉았다.

이 구간의 종점인 송양초등학교는 다름 아닌 이순원의 모교다. 제주 올레 6코스에 서명숙 제주올레 이사장의 모교인 서귀포초등학교가 포함된 것처럼 이순원의 모교가 바우길에 포함된 것이 흥미로웠다. 물론 서명숙도 이순원도 단순히 애교심에만 휘둘린 것은 아닐 터였다. 이순원은 "송양초등학교가 있는 내 고향 마을 위촌리는 450년 역사의 대동계와 향약을 이어오는 우리나라 유일의 촌장 마을"이라고 설명했다. 어쨌거나 위촌리는 이순원의 여러 소설에 '우추리'라는 현지 발음 그대로 등장하는 작품의 무대기도 하다.

바우길 구간을 알리는 솟대 표지판.
소설가 이순원이
바우길을 걷고 있다.

걸어서 금강산 가는 길 만들고 싶다

사단법인 강릉바우길 이사장으로서 바우길 조성을 이끈 이순원은 2011년 8월 제주 올레, 지리산 둘레길, 통영 이야깃길 등 전국의 20여 개 길 관련 단체가 모여 만든 '한국길모임'의 초대 상임 대표를 겸하게 됐다(2013년 5월 강릉바우길 이사회에서 그는 이사장직을 내놓고 고문으로 물러났다). 제주 올레 이후 이곳저곳에서 우후죽순 격으로 생기고 있는 길 모임끼리 정보도 교환하고 바람직한 걷기 문화를 모색하고자 만든 단체가 한국길모임이다. 이순원의 관심이 바우길을 넘어 '금강산 길'을 향하는 데에는 그런 배경이 있어 보였다.

"배와 버스로 가던 금강산 길마저 지금은 막힌 상태인데, 그 길이 다시 뚫리더라도 걸어서 금강산 가는 길을 따로 만들어야 합니다. 비무장지대를 횡으로 걷는 식의 답사 프로그램도 좋지만, 휴전선과 비무장지대를 종으로 통과하는 통일 지향적인 길이 필요해요. 세계 어디에도 없는 길이기 때문에 외국 관광객을 유치하기에도 좋다고 봅니다."

금강산 길은 아직 먼 얘기라 해도, 당장 바우길에 중국 관광객을 유치한다는 계획은 가시권에 들어온 모양이었다.

"여행 관련 업체들과 협력해서 2013년 봄부터 중국의 신혼여행객을 바우길에 오게 할 계획입니다. 바우길의 26만 주 붉은 금강소나무가 중국 사람들이 보기에는 아주 놀라운 장관이라고 해요. 5구간 '바다 호숫길'의 해송 숲에서 결혼 사진이나 동영상을 찍으면 한 편의 영화처럼 환상적인 장면을 연출할 수 있습니다."

그 말도 확인할 겸 이번에는 5구간을 걸어보기로 했다. 김도연이 운전하는 차에 편승해 바다 쪽으로 내려갔다. 선교장과 경포호를 지나 송정 해변으로 향했다. 이번에도 코스 전부를 걷지는 못하고 송정에서 강문까지 3.6킬로미터의 해변 솔숲 길을 걸었다. 동양 최대의 해송 숲이라고 했다. 오른쪽으로 푸른 바다를 두고 울창한 솔숲을 걷는 기분은 그만이었다. 과연 중국 신혼여행객을 홀릴 만해 보였다.

이순원이 중국의 신혼여행객에 관심을 쏟는 까닭은 민간 단체인 강릉바우길을 안정적이고 효율적으로 꾸려가기 위해서다. 그는 바우길을 사회적 기업으로 만들어 직장 연수와 수학여행, 치유 프로그램 등을 운영하는 한편 '바우길'을 상표로 등록해 지역 특산품을 유통하는 일에도 나설 계획이라고 밝혔다. 대학에서 경영학을 공부한 것이 그런 일에 도움이 되더라고도 했다. 바우길을 사랑하는 사람들이 만든 인터넷 카페 회원이 5,000명이 넘고, 강릉에도 바우길을 걷는 택시 기사 모임이 생길 정도로 바우길은 비교적 짧은 시간에 확고히 자리를 잡았다. 바우길 자체가 지닌 매력이 큰 몫을 했겠지만, 단체 대표로서 이순원이 쏟아부은 시간과 노력이 그 매력을 극대화한 것 역시 엄연한 사실이다.

이렇듯 성공을 거둔 일임에도 정작 그의 부인은 바우길에 그다지 호의적이지 않단다. 소설 쓸 시간을 빼앗긴다는 이유에서라고. 사실 그는 바우길을 한창 개척하던 2010년 1월 장편소설 《워낭》을 낸 뒤 아직까지 신작을 내놓지 못하고 있다. 누구 못지않게 바지런한 전업 작가인 그로서는 이례적으로 오랜 침묵이다(2012년에 우화소설 《고래바위》를, 2013년에는 짧은 소설집 《소년이 별을 주울 때》를 펴냈다).

"바우길을 만들고 운영 체계를 잡는 데 생각보다 오랜 시간이 걸렸네요. 이제는 어느 정도 자리가 잡힌 만큼 저도 저의 원래 자리인 소설로 돌아오려 합니다. 사실 올봄부터 다시 글을 쓰고 있어요.

단편도 다시 쓰고 있고요, 머지않아 장편도 낼 계획입니다. 지금 3분의 1쯤 썼는데, 길을 주제로 한 작품이에요. 다섯 살 때 처음 걸은 길에서 시작해 학창 시절의 소풍, 군대의 행군 그리고 청년기의 밤 도망 등 길에 얽힌 이야기를 통해 삶 자체에 대해 성찰해보려고요."

비록 처음부터 의도한 것은 아니지만, 바우길을 만들고 걸으면서 이순원은 작가로서의 길 역시 새롭게 열어나가고 있는 듯했다.

ⓒ이정아

그
작가
길

포도밭은 원고지다,
받아 적기만 하면 된다

ⓒ최재봉

시인
류기봉의
포도밭

이제 그만!

멈추어 달라고,

들풀들이 일제히 흐느낀다.

오늘은 제초제를 뿌리지 않기로 했다.

–〈들풀들의 데모〉 전문

경기도 남양주시 진접읍 장현리에서 포도 농사를 짓는 시인 류기봉에게는 크게 두 가지 삶의 전기가 있었다. 하나가 어느 해 여름 포도밭에 제초제를 뿌리던 중 듣게 된 들풀들의 아우성이었다.

"여느 때처럼 분무기를 들고 제초제를 뿌렸어요. 분무기가 뿜어내는 제초제의 물살에 풀들이 흐늘거리더군요. 그런데 그날따라 그걸 보는 느낌이 달랐어요. 풀들이 흐늘거리는 모습이 꼭 흐느끼면서 항의하는 것처럼 보이더군요. 포도나무에 해로운 잡초로만 알았던 풀들도 나름대로 소중하고 가치 있는 생명이라는 깨달음이 퍼뜩 왔어요. 그날 이후로 제초제를 뿌리지 않기로 했습니다."

그와 비슷한 무렵에 그는 '자연 농법'과 만났다. 충북 괴산의 자연농업학교에 입교해 일주일 동안 교육을 받게 된 것이다. 동네의 포도작목반 총무로서 의무적으로 참여해야 하는 농협 교육 프로그램인 터라 처음에는 시큰둥하게 임했다. 그러나 첫날 강의를 들어보니 그게 아니었다. 별 쓸모 없을 거라 생각한 쑥이며 미나리, 냉이, 포도순 등이 훌륭한 자연 비료가 될 수 있다는 사실을 알게 됐다. 음식물 찌꺼기나 바닷물도 잘 발효시키면 포도나무의 먹이로 손색이 없었다. 이렇듯 자연의 재료를 활용하면 화학비료를 쓸 때에 비해 비용도 줄고, 친환경 농산물로 높은 값을 받을 수 있을 터였다.

"집에 오자마자 큰 항아리를 준비했어요. 항아리에 음식물 찌꺼기를 모아 흑설탕을 뿌렸습니다. 그런 방법을 반복해서 항아리가 어느 정도 차면 주둥이를 창호지로 막아 숨을 쉬면서 발효가 되도록 해서 액비를 만들고 그걸 포도나무에 뿌려주었어요. 쑥, 미나리, 냉이를 비롯해 각종 풀로도 엑기스를 만들어 비료 대신 포도나무와 흙에 뿌렸습니다. 그리고 매일 제기동 약령시장으로 달려가 한약 찌꺼기를 가져다 나무 아래 놓아두었어요. 포도나무에 좋은 밥이 될 거라고 생각한 것이죠."

그렇게 가꾼 그의 포도밭은 지렁이 천국이다. 그는 몇 만에 이르는 지렁이들의 대장을 자임한다. 그 지렁이들은 갈반병, 잿빛곰팡이병, 새눈무늬병 같은 포도나무 잎 병을 물리치는 용감한 병사들이다. 그는 병에 걸린 나무들에 약을 치는 대신 지렁이를 믿고 견디라고 당부한다. 그가 하는 일은 흙에 천연 거름을 주고 풀을 뜯어서 덮어주는 일뿐이다. 그렇게 하면 지렁이들이 알아서 먹고 배설하면서 흙을 건강하게 만든다. 그렇게 건강한 흙에 뿌리를 내린 나무들은 병충해에도 강한 내성을 지닐 것이라고 그는 믿는다.

나무에게 밥을 주었습니다.

돼지똥하고 톱밥

을 발효시킨 퇴비,

지하 40미터에서

캔 석회 가루, 한약 가공 공장에서 부스러기로 나온

한약 가루를 나무에 뿌렸습니다.

뼈, 돼지뼈, 달걀 껍질 가루를 뿌렸습니다.

약간의 화학비료도 주고 싶어하시는

아버지의 눈치를 모른 척하였습니다.

-〈나무의 밥〉 앞부분

'시인 류기봉 포도'라는 브랜드를 단 그의 포도는 농림수산식품부의 유기농 인증을 받은 유기농 포도다. '류기봉'이라는 이름부터가 유기농을 떠오르게도 하지만, 그가 처음부터 유기농을 택한 것은 아니다. 그는 대학을 졸업하면서 아버지를 도와 포도 농사를 짓기 시작했는데, 아버지는 다른 많은 농부들처럼 농약과 제초제, 화학비료를 사용하는 화학 농법 또는 관습 농법을 고수하고 있었다. 농사에는 뜻이 없이 시인이 될 생각에만 사로잡혀 있던 그 역시 아버지의 농사 방식을 별 반성 없이 따라 했다.

포도 농사와 습작을 병행하다

"중·고등학교 시절부터 절실하게 시를 쓰고 싶었습니다. 대학을 졸업하고도 시인이 되겠다는 꿈을 포기하지 않았어요. 부모님은 대학도 나왔으니 취직하고 결혼도 하라셨지만, 저는 취직이나 결혼보다는 시가 우선이었어요. 결국 시인으로 등단할 때까지만 포도 농사를 돕기로 아버지와 합의를 했지요. 최소한으로 일을 도와드리면서 나머지 시간은 도서관에 가서 책을 읽고 시를 습작했지요."

〈꽃〉의 시인 김춘수를 만난 것이 이 무렵이었다. 문학 강연에서 처음 뵙고 인사를 드린 뒤부터 그는 자식처럼 김춘수 시인을 모셨다. 마침 시인은 그의 동네에서 차로 30분 거리에 살고 계셨다. 적어도 일주일에 한 번은 만나 같이 산책을 하고 가까운 거리로 드라이브를 하기도 했다. 시인한테서 시 쓰기에 관해 직접적으로 지도를 받은 것은 아니었지만, 곁에서 무심히 던지는 말씀을 새겨듣는 것만으로도 큰 공부가 되었다. 함께한 경험이 시로 발표된 것을 보면서 경험이 어떻게 시로 바뀌는지 확인할 수 있었다. 결국 김춘수의 추천으로《현대시학》을 통해 등단한다. 1993년이었다.

그토록 바라던 등단도 했으니, 아버지와 약속한 대로라면 이제 취직을 해야 했다(결혼은 그 사이에 했다). 그런데 생각이 달라졌다.

"김춘수 선생님을 자주 뵙고 문학과 삶에 대해 배울 기회를 잃어버리고 싶지 않았어요. 취직하면 선생님을 가까이에서 모시기는 어려워질 것 아니겠어요? 그 때문에 부모님과도 껄끄러웠죠. 저부터도 취직을 해야 할지 아니면 아버지의 뒤를 이어 농사를 지어야 할지를 놓고 고민하던 차에 들풀들의 아우성을 들은 거예요. 그 일이 계기가 되어 포도 농사를, 그것도 화학 농법이 아니라 자연 농법으로 짓기로 마음먹은 거죠."

그렇게 스스로 깨달은 것과 자연농업학교에서 배운 것을 토대로 유기농과 자연 농법에 의한 포도 농사를 지으려니 어려움이 한두 가지가 아니었다. 우선 해결해야 할 문제가 오랫동안 화학 농법

류기봉 시인의 포도밭.
포도 농사와 문학에 대해
이야기하는 시인.

ⓒ이정아

ⓒ이정아

ⓒ이정아

으로 농사를 지어온 아버지를 설득하는 일이었다. 약간의 비용만 지출하면 농약과 비료 등으로 손쉽게 농사를 지을 수 있는데, 어렵게 전통 자연 방식을 고집하는 아들을 아버지는 이해하기 어려웠다. 아들과 아버지가 밭을 나눠서 각자의 방식을 시도해보기도 여러 해였다. 그러나 늙어서 기력이 쇠한 데다 눈도 침침해진 아버지는 마지못한 듯 서서히 아들의 방식을 따라왔다. 포도 농사꾼의 상징과도 같은 전정 가위를 3년 전 아들에게 넘기는 것으로 아버지는 포도 농사에 관한 전권을 아들에게 위임했다.

"말이 좋아 유기농이고 자연 농법이지 어려움과 시행착오가 이만저만이 아니었지요. 좋은 것들을 열심히 먹인다고 먹였는데 나무만 살찌고 열매는 안 열리질 않나, 화학 농법에서 자연 농법으로 바꾸는 게 하루아침에 되는 게 아니라 시기를 두고 조금씩 바꿔야 하는데 의욕만 앞서다 보니까 계속 실패했죠. 하지만 이제는 어느 정도 적응이 됐습니다. 약을 안 치고 비료도 안 주는데, 소출이 화학 농법의 3분의 1 수준은 되니까요. 2013년엔 그 수준을 절반 정도로까지 끌어올릴 수 있을 것으로 봅니다. 그러면 성공인 거죠."

그의 포도 과수원 바닥에는 온갖 들풀이 수북이 자라 있다. 흙을 헤집으면 지렁이들이 우글거린다. 폭우에 대비한 반가림막이 쳐진 가운데 포도밭 곳곳에는 유인 살충제용 병과 해충 포획기가 놓여 있다. 방가지똥, 애기똥풀 등 살충 효과가 있는 풀들을 현미식초와 흑설탕과 함께 넣은 병을 나무에 걸어 벌레들이 빠지면 그것을 발효시켜서 흙에 뿌린다. 해충도 잡고 거름도 되고 일석이조다. 해충 포획기 역시 마찬가지다. 한동안은 나무들에게 바흐며 모차르트 같은 음악을 들려주었지만, 얼마 전부터는 그것도 그만두었다. 그 대신 새소리와 바람 소리, 빗소리를 듣게 했다. '자연 그대로'라는 자연 농법의 대원칙에 충실하고자 한 결과다.

류기봉의 삶의 두 번째 계기는 김춘수 시인의 말씀이었다.

"구제금융 여파로 포도 판매가 줄어든 1998년 봄이었습니다. 선생님과 산책을 하던 중 제가 투정부리듯 사정 말씀을 드렸더니 선생님께서 이런 말씀을 하시더군요. '예전에 프랑스의 어느 작은 포도 마을에 가봤더니, 그 포도밭에서 포도만 파는 게 아니라 그림도 걸어놓고 음악회도 열고 시 낭송도 하면서 각종 문화 축제를 벌이더군. 마침 류 군도 시를 쓰면서 농사를 지으니 그런 문화 행사를 곁들이면 어떻겠나? 나도 힘 닿는 데까지 돕겠네.'"

포도밭에
시와 그림과 음악이 있다

2012년으로 15회째에 이른 '포도밭예술제'가 그렇게 해서 탄생했다. 햇포도를 수확하는 9월 첫째 토요일을 전후해서 열리는 이 행사에서는 시인들이 무명천에 직접 쓴 시가 포도나무에 걸리고, 포도밭의 사계를 담은 사진전이 열리며, 음악회와 포도주 시음 등의 프로그램이 이어진다. 처음에는 자비를 들여 치른 이 행사를 지금은 남양주시와 대산농촌문화재단이 후원한다. 그만큼 문화예술계와 지역사회에서 인정받고 있다는 뜻이겠다.

> 남양주시 장현리 시인 류기봉 포도밭에는 두 개의 시가 열립니다. 하늘과 바람과 비와 구름이 한결같이 보살펴줘 알 굵고 실한 자연이 쓴 포도가 그 첫째요, 가슴과 영혼과 삶이 구슬구슬 깃든 시인의 육필이 무명천에 맺혀 포

도나무에 걸리는, 사람이 쓴 시가 그 둘째입니다. (…) 아름다운 시들의 합창에 초대합니다.

– 2012년 제15회 포도밭예술제 초청장에서

류기봉의 포도밭에는 작고한 김춘수, 박완서를 비롯해 정현종, 정진규, 이수익, 서정춘, 노향림, 이문재 등 시인의 나무 20여 그루가 자라고 있다. 농업과 문화가 만나는 아름다운 광경이다.

"저는 포도는 음식이 아니라 문화라고 믿습니다. 밭에 있는 포도는 먹을거리지만, 포도밭에 시가 있고 그림이 있고 음악이 있으면 포도는 문화가 되는 것입니다. 포도밭예술제는 포도를 문화로 승화시키는 자리인 셈이죠."

이런 취지에서 그는 자신의 농사에 '문화 농법'이라는 이름을 붙였다. 그는 해가 뜨기 전인 새벽 다섯 시에서 아침 일곱 시 사이에 포도를 수확하는데, 포도를 따는 그만의 기준이 따로 있다. 다름 아니라 스승인 김춘수 시인의 〈꽃〉을 마음속으로 음미하는 것이다.

내가 그의 이름을 불러주었을 때
그는 나에게로 와서
꽃이 되었다
내가 그의 이름을 불러준 것처럼
나의 이 빛깔과 향기에 알맞은
누가 나의 이름을 불러다오

포도 송이를 둘러싼 봉지를 살짝 열었을 때 알맞은 빛깔과 향기를 내뿜는 포도를 골라 그는 "포도!"라 이름 부르면서 거두어들인다.

자신의 포도밭에서 그가 스승의 시를 읊조리거나 동료 시인의 시를 나뭇가지에 매달기만 하는 것은 아니다. 시인인 그는 무엇보다 자신의 농사와 시업(詩業)을 일치시키는 일에 게으르지 않다.

포도밭은 원고지다
내가 풀을 베면 시가 짧아진다
그대로 놔두면 시가 시끼리 엉켜 덥수룩해진다
휑하게 자라게 두고
덥수룩해지면 지루하지 말라고 쳐 주곤 한다
가지를 팍팍 쳐 주라고들 한다
줄기를 뻗다 말고 뱀딸기가 멈칫한다

오늘 아침에 순서대로 햇빛, 바람, 삽, 운반기, 의료보험고지서가 왔다
어제 왔던 햇빛, 오늘 온 햇빛, 내일 지나가는 햇빛이 다르다
그것들이 와서 하는 말을 받아 적는다
받아 적기만 하면 된다
그것들은 오자 탈자가 없는 완벽한 시를 쓴다
–〈즐거운 받아쓰기〉 부분

그렇게 포도밭에서 받아 쓴 시들로 그는 시집 《장현리 포도밭》(2000), 《자주 내리는 비는 소녀 이빨처럼 희다》(2004)와 포도 시선집 《포도 눈물》(2005), 그리고 산문집 《포도밭 편지》(2006)를 냈다. 스승 김춘수 시인이 돌아가신 2004년 이후 새 시를 쓰지 못하던 그였는데, 2012년 드디어 다시 시가 왔다. 하루에 예닐곱 편을 한꺼번에 쓰기도 했다. 횡재한 기분이었다. 그렇게 다시 쓴 시 가운데 36편

을 묶어 소시집《이제 모자를 벗으세요》를 펴냈다. 그러나 이 시집을 시중 서점에서 구할 수는 없다. 비매품이기 때문이다. 그의 포도를 마트에서 살 수 없는 것과 같은 이치다. '시인 류기봉 포도'는 대부분 직거래로 소비자를 만나는데, 그의 비매품 시집 1,000부는 그 포도 상자에 담겨 소비자 겸 독자를 찾아간다.

장현리 유기봉군 포도는
하얀 봉지에 검은 곰팡이가 가득하다
날파리들이 날아오르고
비가 오면 하나, 둘, 알들
옆구리가 터진다.
포도는 서로 둥그러지면서 맛이
드는 법인데
유기농을 찾으시면서
유기봉 포도를 저리 치워 버리고
모양 좋고 빛깔 예쁘고 큰 것만 고르시는 김 여사님!
아시죠
아시죠
좋은 것에는 항상 번외 된 과일이 있습니다.
못난이 유기봉 포도같이,

–〈유기봉군(君) 포도같이〉 전문

포도 수확은 9월 하순까지 이어지고, 한 해 동안 고생한 포도나무에 '감사 퇴비'를 주고 나면 이듬해 1월까지는 농부 류기봉이 아닌 시인 류기봉의 시간으로 오롯하다. 그 시간 동안 그는 여행도 가고 책도 읽으며 더 좋은 시를 쓰고자 노력한다. 2013년 가을께에는 세 번째 시집을 낼 계획이다. 이번에는 서점에서 누구나 구할 수 있는 시판용 시집이다. 이렇게, 지금처럼 열심히 포도 농사를 짓고 예술제를 치르면서 시업에도 정진하는 것이 포도 농사꾼 시인 류기봉의 소박한 꿈이다. 그런 그가 틈날 때마다 곱씹는 또 하나의 야무진 꿈이 있다. 문학관에 대한 생각이 그것이다.

"예술제가 어느덧 15회째에 이르고 있느니만큼 해마다 시인들이 써서 나무에 걸던 육필 시가 있는 데다, 김춘수 선생님은 돌아가셨어도 선생님 나무는 그대로 있고, 포도밭 자체가 문학관으로 구실하기에 충분하지요. 더 욕심을 낸다면 소박한 건물을 따로 지어서 김춘수 선생님이 제게 맡기신 귀중한 자료를 전시할 수 있었으면 하는 거예요. 선생님이 일본 유학 시절에 보던 책들, 어렸을 때 호주 선교사가 읽었다는 성경책, 경북대와 경남대에서 강의할 때 작성하신 노트, 동료 문인한테서 서명받은 책, 여기에다가 선생님께서 1950년대에 시집 《꽃의 소묘》를 목차부터 시작해 작품 전체를 시집 형태로 노트에 적어놓으신 원고까지 저한테 고스란히 있어요. 이런 것들을 제대로 보관하고 전시할 공간이 있었으면 하는 게 바람입니다. 선생님의 10주기가 되는 2014년에는 저희 포도밭에서 작은 추모 행사라도 하고 싶어요."

그
작가
길

섬은 광활한 수평의 세상을 버티고 있는 수직의 장소

소설가
한창훈의
거문도

엑스포 바람은 거문도에까지 불어와 있었다. 10년 만에 다시 찾은 거문도에서 예전의 쇠락한 느낌은 찾기 힘들었다. 전에 없던 높고 번듯한 건물이 여럿 보였다. 항만에는 새 터미널 공사가 한창이었고, 방학과 휴가철을 맞아 섬은 인파로 북적였다. 승용차며 크고 작은 트럭들이 좁은 길을 분주하게 오갔다. 식당과 가게, 민박집 등의 간판이 모두 도심의 오피스텔 상가처럼 깔끔한 디자인으로 탈바꿈한 것이 인상적이었다. '엑스포 민박'이라는 이름도 보였다. 10년 전 처음 왔을 때에 비하면 한결 활기차고 생동하는 느낌을 주었다.

여수에서 배를 타고 두 시간 정도 걸리는 거문도에 첫발을 디딘 것은 소설가 한창훈 덕분이었다. 2003년 3월 그의 주선으로 동료 문인 20여 명과 함께 거문도로 '한창훈 문학 기행'을 다녀온 것. 그로부터 10년 뒤의 두 번째 거문도행 역시 한창훈을 만나기 위한 것이었다. 한창훈은 2006년부터 고향인 거문도에 들어와 혼자 살고 있다.

어느 순간 나는 무한정의 적막(寂寞)과 맞대면을 해버리기로 마음먹었고 고립을 찾아 저 먼 섬으로 들어갔다. 마을을 버리고 고개 너머에서 홀로 살았다. 적막은 내 눈을 되돌려 스스로의 내부를 들여다보게 했다. 그리고 자신을 빤히 바라본다는 게 변방의 삶과 죽음을 통해 세상을 궁리하는 것과 다르지 않다는 것을 문득 깨닫고 보니 햇수로 두 해가 지나갔다.

인용한 글은 그의 연작 소설집 《섬: 나는 세상 끝을 산다》(2003)에 붙인 '작가의 말'의 일부다. 소설로 출간되기는 했어도 이 책은 한창훈이 1999년부터 2000년에 걸쳐 2년 가까이 거문도에 홀로 살던 무렵 실제로 있었던 이야기를 다룬 에세이에 가깝다. 그때의 심정과 2006년 두 번째로 혼자서 거문도로 들어올 때의 마음이 크게 다르지 않았을 것으로 짐작한다.

섬은 푸른 바다 한가운데 익사 모면할 정도의 몇 뼘 땅. 광활한 수평의 세상을 버티고 있는 수직의 장소. 방파제를 넘어 달려드는 거대한 파도와 초속 삼십 미터의 강풍. 어부의 죽음, 가지가 한쪽으로만 늘어나 버린 팽나무. 단 한 뿌리라도 더 캐려다가 비탈에서 떨어져 버린 아낙, 살아남은 자들의 깊은 주름. 급경사의 밭. 끝없이 이어지는 일. 이젠 됐다 툭, 떨어지는 동백꽃.

그가 어느 산문에서 인상주의풍으로 점묘한 섬의 특징적 면모다. 한창훈은 1963년 이곳 거문도에서 태어나 자라다가 초등학교 4학년이던 열 살에 여수로 나갔다. 중학교까지 여수에서 다니다가 고등학교는 광주로 진학했다. 거문도에서 여수로, 다시 광주로 점점 크고 번화한 동네로 근거지를 옮겨 간 셈인데, 1980년 5·18민주화운동을 전후로 한 고교 시절은 2011년에 나온 장편 《꽃의 나라》에서 짐작할 수 있다. 고교 졸업 뒤에는 곧바로 대학에 진학하지 않고 떠돌아다니는 삶을 택했다. 돈이 필요하면 농가에서든 벽돌 공장에서든 닥치는 대로 품을 팔았다. 길을 가다가 건설 현장이 보이면 다가가서 "여기 사람 필요하지 않나요?" 묻는 삶이었다. 바닷가 음악 주점에서 DJ를 한 날들도 있었다.

그 사이 방위 근무까지 마치고 대학은 뒤늦게, 대전 한남대학교 지역개발학과 86학번으로 입학했다. 그러나 이듬해인 1987년 6월항쟁을 거치면서 이마저도 그만두고 다시 여수의 수산물 가공 공장을 전전했다. 1998년 제3회 한겨레문학상 수상작인 장편 《홍합》은 이 시절의 산물이다. 작가가 되자고 처음으로 마음먹은 것이 이 무렵, 어느 공장 골방에서였다.

"더 늦기 전에 무언가 직업을 선택해야겠는데, 뭐가 좋을까 궁리하다 보니 작가라는 게 떠오르더군요. 돈을 많이 벌지 않아도 욕을 안 먹을 것 같고, 나의 자세를 훼손당하지 않을 수 있을 것 같았어요. 또 태어나서 언어와 정서를 배운 섬에 대한 기억이 워낙 강렬한 탓도 있어요. 아웃사이더의 삶과 풍경, 말을 소설로 기록해놓고 싶다는 생각이 들었죠."

그러니까 '소설가 한창훈'은 태생부터 숙명적으로 섬과 이어져 있는 셈이다. 문제는 어떻게 해야 소설가가 되는지 도무지 아는 게 없었다는 것. 대학에 문예창작과라는 게 있다는 것도 몰랐다. "글재주가 없지는 않았을 텐데, 주변 어른들 눈에 띄어 재능을 '발견'당할 기회가 없었다"고 그는 말했다. 그나마 학교에 가야 무언가 길을 찾을 수 있을 것 같았다. 일단 대학에 복학해서는 '문학'이라는 글자가 들어간 과목은 불문곡직하고 수강했다. 그러다가 글패를 만들려는 친구들을 만나고, 드디어 동료 문학 지망생들과 합평회라는 것을 하게 되었다.

숙명과 같은
섬으로 회귀하다

1991년 여름에 졸업하고 이듬해 〈대전일보〉 신춘문예로 등단했다. "타이틀보다는 상금이 필요해서 100퍼센트 당선 가능성이 있는 지역 신문을" 노렸다. 대학 졸업 뒤에도 계속 막노동으로 생계를 해결하던 중이었다. 지역 신문 신춘문예에 당선했다고 해서 하루아침에 처지가 바뀌는 것은 아니었다. 소설가 타이틀을 딴 뒤에도 노동을 그만둘 수는 없었다. 1994년께 명망 있는 중견 평론가가 신문 월평에서 그의 작품을 언급한 뒤부터 '중앙'의 비중 있는 문예지들에서 청탁이 오기 시작했다.

1993년 거처를 충남 서산으로 옮기고 결혼까지 한 뒤 만 5년을 서산에서 살았다. 비슷한 처지이던 시인 유용주와 아파트 아래위층에 살며 '환상의 콤비'로 활동하던 시절이었다. 1996년에 첫 소설집 《바다가 아름다운 이유》를 냈고, 1998년에는 두 번째 소설집 《가던 새 본다》와 연작 장편 《홍합》을 잇따라 내놓았다. 그렇게 나름 잘나가던 그가 어느 날 문득 고향 거문도로 숨어든 거였다. 그것도 귀신 나온다는 소문이 있던 버려진 외딴집이었다.

마을은 동그랗게 모여 서로 옆구리 비비며 긴밀함을 주고

저무는 해를 배경으로 한 소설가 한창훈.
거문슈퍼 앞에 앉아 있는 작가.
자택 앞 창고를 개조해 만든
작은 도서관.

받고 있는데 이곳은 외따로 뚝 떨어져, 등대가 있는 섬과 끝 간 데 없는 바다만 보이는 곳이다. 파도를 울타리로 하고 바람을 손님으로 삼고 하늘을 지붕으로 삼는 곳. 그러나 나는 그게 맘에 들었다. 글쎄 나는 나를 유배시켜 놓으려고 이곳을 찾아들었던 것이다. 외로운 섬에, 그것도 귀신 나온다는 흉가에 스스로를 유배시켜 놓고 한세상 보내 보려고 한 거였다.

—《섬: 나는 세상 끝을 산다》에서

10여 년 전의 거처와는 다르지만, 지금 한창훈이 살고 있는 집 역시 마을에서 떨어져 있기는 매한가지다. 행정구역상 여수시 삼산면에 해당하는 거문도는 동도와 서도, 고도 세 개 섬으로 이루어져 있다. 동도와 서도 사이에 있는 작은 섬 고도가 면 소재지이자 여객선 터미널과 거문항이 있는 중심부. 원래 무인도이던 고도는 1885~87년 러시아를 견제하고자 거문도를 점령한 영국 해군이 처음 막사를 짓고 살기 시작하면서 유인도가 되었다. 고도와 서도는 차량이 오갈 수 있는 다리로 연결되어 있지만, 동도는 배로만 통행이 가능하다. 한창훈의 거처는 서도에 있는 유림해수욕장 옆 외딴집. 주변에 다른 인가는 없어서 해수욕장을 독차지하고 있는 모양새다. 유일한 동반자는 한 살 된 암컷 개 '이루'.

아침 여섯 시쯤이면 눈이 뜨인다. 오전엔 커피를 마시고 담배를 피우며 책을 읽거나 원고를 쓰려 노력한다. 어쨌든 집에 붙어 있는 편이다. 점심을 먹은 뒤 오후에는 낚시를 가거나 동네 마실을 나간다. 고도 중심부, 항만의 동네 슈퍼 앞 작은 평상이 그의 자리다. "거기 앉아 있으면 섬 돌아가는 게 다 보인다"고 그는 말했다. 때로는 슈퍼가 아니라 후배가 하는 식당 앞 파라솔 아래 앉아 있기도 하는

데, 그가 지나다니는 동네 사람들을 구경하는 것처럼 사람들은 거꾸로 그런 그를 구경한다. 이렇게 멍하니 앉아서 사람들을 지켜보고 그들이 나누는 대화를 엿듣는 게 그에게는 엄연한 취재다.

"섬사람들은 만나면 일단 날씨 이야기부터 나눕니다. 컴퓨터를 켜도 기상청 사이트에 먼저 들어가죠. 날씨를 알아야 그날 스케줄이 정해지기 때문이에요. 여기서 날씨 다음으로 가장 큰 뉴스는 누가 아파서 구급용 헬기가 떴다더라, 또는 관광객이 술 마시고 싸웠다더라 같은 얘깁니다. 슈퍼나 식당 앞에 앉아 있으면 지나가는 이가 합류해서 별 시시콜콜한 이야기를 다 나누죠."

심상한 척 그런 대화에 귀를 쫑긋 세우고 있다가 쓸모 있어 보이는 이야기나 표현이 나오면 문자를 보내는 척하면서 휴대폰 메모장에 기록한다. "나이가 들어서인지 메모를 안 하면 금방 잊어버리는데, 그렇다고 종이 수첩과 펜을 들고 적으면 이상하게 보이기 때문"이란다.

그렇게 '수집'한 사연과 표현은 《세상의 끝으로 간 사람》(2001), 《청춘가를 불러요》(2005), 《나는 여기가 좋다》(2009) 같은 소설과 《한창훈의 향연》(2009), 《인생이 허기질 때 바다로 가라》(2010) 같은 산문, 《열여섯의 섬》(2003), 《검은섬의 전설》(2005) 같은 어린이·청소년물 등에 착실히 갈무리되었다. 2013년 6월에 낸 새 소설집 《그 남자의 연애사》에 실린 이야기들도 대부분이 거문도로 짐작되는 섬을 무대로 삼은 것들이다. 제목부터 거문도와 섬의 느낌을 물씬 풍기는 숱한 작품을 내놓았음에도 한창훈은 여전히 이 섬에서 쓸 거리가 많다고 말한다.

"아직도 섬과 바다에 대해 쓸 얘기가 남았느냐는 질문을 종종 받는데, 도시에서 살며 도시 이야기를 쓰는 작가들에게는 그런 질문을 하지 않잖아요? 작가 전체를 놓고 보면 섬과 바다에 대해 쓰는 이는 아주 드뭅니다. 저라도 쓰지 않으면 그나마 아예 없어질지 도 몰라요."

한창훈은 한국 문학의 전체 지형도 속에서 자신의 위치와 의미를 냉정하게 직시하고 있었다. 그가 고독과 소외를 감수하면서까지 고향 거문도로 들어온 까닭이 거기에 있었다. 2009년에 낸 산문집 《한창훈의 향연》에는 그런 그의 문학관을 엿볼 수 있는 글이 실려 있다.

> 가난과 외곽을 그리는 소설은 의미를 잃은 시대에 나는 소설가로 살고 있다. 변방의 삶을 그들의 언어로 쓴 소설이 나오면 으레 고색스러운 방 하나에 한꺼번에 모아놓고 체크인 해 버리는 게 요즘 풍토이다.
> 토속적이다, 질펀하다, 한 마디 내뱉어 주면 된다고 여긴다. 평론가들의 모국어 기피, 근친혐오. 그 배경 속에서 쓰고 있다.
> 도시에서 살기 때문에 욕망과 만나고, 그렇기 때문에 우울하고, 우울하기 때문에 웬만한 책임은 피할 수 있는 소설이 대부분이다. 대중 속의 고독도 사람의 일이라 작가가 그곳으로 손을 뻗지 않으면 안 되지만, 너무 많이들 어두운 카페로 걸어들어가 버렸다.

섬과 바다를 그리는 소설가

같은 책에서 그는 "사람과 함께 태어나 함께 살다가 함께 스러져간 변방의 말과 노래"에 대한 애정과 모종의 사명감을 토로하고 있거니와, 한창훈이 고향 거문도와 그곳 사람들을 단순히 글의 소재로만 간주하는 것은 아니다. 그는 자신의 거처 방 한 칸을 도서관으로 꾸며놓고 지역민에게 개방했다. 아직은 30, 40대 아낙 몇이 이용객의 전부지만, 여름과 겨울에는 방학을 맞아 귀향한 고등학생과 대학생들도 이 도서관을 요긴하게 이용한다. 어쩌면 그는 공동체 정신이 살아 있던 지난 시절에 대한 그리움의 힘으로 살아가고 있는지도 모르겠다.

고향이란 대체로 애증의 양가감정을 낳게 마련이다. 머리가 굵어지면서 증오와 회한도 생기는 법. 그러나 한창훈은 "어린 나이에 고향 거문도를 떠났기 때문에 고향에 대해서는 좋은 감정만 남아 있다"고 말했다. "열 살 나이에 여수로 이사하기 전까지 친구들과 재미있게 놀던 기억이 여전히 생생하다"고.

"어려서 떠난 고향에 몇십 년 만에 돌아와 보면 공동체가 무너져가는 과정이 보이는 것 같아요. 섬의 주 산업인 어업도 갈수록 첨단화하는 바람에 자금이 있는 이들은 살아남고 그렇지 못한 이들은 도태되죠. 예전에는 비슷한 규모의 배를 굴리는 소박한 어부들이 있었다면, 지금은 어업 역시 양극화한 거예요. 슈퍼 앞 평상이나 식당 앞 파라솔 아래 앉아서 저는 그렇게 공동체가 무너져가는 과정을 지켜보고 있는 겁니다."

그렇다고 해서 그가 소극적인 관찰자 내지는 방관자의 자리에 머물러 있는 것은 아니다. 지금 거문도는 어업 못지않게 관광이 중요한 경제활동의 일부가 되어 있는데, 나이 든 관광객이 단체로 왔다가 백도와 거문도 등대 같은 뻔한 관광지만 서둘러 둘러보고 빠져나가는 데에 그는 아쉬움을 표했다. 젊은 여행자들을 끌어들일 만한 문화적 유인(誘因)이 있어야겠다는 생각에 궁리해낸 게 '작가 레지던시' 구상이다.

"서도 변촌마을에 젊은 예술인을 위한 레지던시를 꾸미려고 주민의 동의를 얻어 신청서를 제출한 상태입니다. 문학만이 아니라 예술 전반을 대상으로, 기성 작가보다는 학부와 대학원생을 포함하는 젊은 예술가들에게 기회를 주고 싶어요. 그들의 젊은 기억에 섬과 바다를 깊이 새겨놓는다면 언젠가 거문도가 빼어난 예술 작품으로 거듭날 수 있겠죠."

작가 레지던시 사업이 한창훈에게 특별한 도움이 되는 것은 아니다. 도움이 되기는커녕 아마도 그로서는 성가신 일만 늘 것이다. "그렇지만 거문도의 미래를 위해서는 꼭 필요한 일"이라고 그는 강조했다.

고3 수험생인 딸을 만나러 한 달에 한 번꼴로 육지로 나가는 것 말고는 그는 주로 섬에 웅크려 있다. 다른 볼일도 월 1회 육지행 일정에 맞추고자 한다. 그를 만나겠다는 바깥 '손님'들도 되도록 오지 못하게 막는다. 피치 못할 경우에 한해 두어 달에 한 번 정도 손님을 맞이한다. 글쓰기에 방해가 될뿐더러 섬에 들어와서 나가기까지 일일이 챙기자면 귀찮기 짝이 없기 때문이란다. 외롭지 않냐는 질문에는 "외로움과 심심함을 못 견디면 섬에서 살기 힘들다"는 답이 돌아왔다. "남녀노소를 막론하고 쓸쓸하다고 느끼면 오래 버티기 힘든 게 섬인데, 다행히도 나는 체질적으로 외로움을 잘 견딘다"고 그는 덧붙였다.

섬과 바다란 어느 정도는 식량을 제공해주기 때문에 생활비가 그다지 많이 들지는 않는다. 많지 않은 원고료와 인세로도 제 앞가림을 하고 딸 앞으로 적금 부을 정도는 된다고. 지금 사는 집은 남의 명의지만 "죽을 때까지 내 집을 소유하지 않겠다는 결심을 했기 때문에 아무런 문제가 없다"고 그는 말했다.

"거문도에 들어온 건 일종의 회귀본능과 같아요. 말하자면 도 닦으러 들어온 셈이죠. 언제까지라는 각오는 딱히 없지만, 큰 변수가 없으면 계속 여기서 살 생각이에요."

나가며

최재봉의 공간

앞에서 밝혔다시피 이 책의 출발은 '최재봉의 공간'이라는 연재 기사였다. 제목은 그랬지만 기사는 물론 최 아무개의 공간이 아니라 그의 눈에 비친 작가들의 공간을 다룬 것이었다. 기자라는 직업의 편리함 두 가지는 독자를 핑계 댈 수 있다는 것, 그리고 기사 뒤로 숨을 수 있다는 것이라고 생각한다. 독자 핑계를 대고서 평소 궁금했던 작가들의 공간으로 쳐들어갔다. 그러면서도 "어디까지나 기사니까"라면서 되도록 자신의 이야기는 숨기려 했다.

연재 도중에도 이따금씩 그런 반응을 만났다. "작가들의 공간에 관한 이야기는 잘 들었다. 그런데 최 아무개 당신의 공간은 어디고 어떤 의미를 지니는 곳인가?" 독자의 추궁은 어느 정도 피해 갈 수 있었다. 기자의 신앙은 사실과 객관성이지 자신의 견해나 사생활을 노출시켜서는 안 된다는 것이 적어도 고전적인 기자관이니까. 그러나 연재물을 책으로 묶게 되면서 편집자가 같은 궁금증을 표하며 '자백'을 다그치는 데에는 도리가 없었다. 이번에는 기자와 독자 관계가 아니라 저자와 편집자의 관계니까. 그러니 여기 늘어놓는 최 아무개의 공간에 대한 이야기는 편집자에 대한 예의이자 도리 차원에서 쓰는 것이라 이해해주시기 바란다. 읽어보면 알겠지만, 별 보잘것없는 곳이고 지리멸렬한 이야기일 뿐이다. 내가 찾아간 작가들의 아름다운 공간의 의미와 가치에 누가 되지나 않을까 심히 저어된다.

월급쟁이이자 생활인으로서 나의 공간은 크게 두 곳으로 나눌 수 있겠다. 신문사의 내 자리와 집. 내가 일하는 신문사는 공덕동 로터리에서 서울역으로 넘어가는 만리재 언덕 못 미쳐 오른쪽에 있고, 8층짜리 건물의 6층에 문화부가 있다(편집국은 7층이다). 방의 모양을 ㄴ자 꼴이라 치면 그 글자의 맨 끄트머리가 내 자리다. 내가 속한 '책지성팀' 구성원 5명이 한데 모여 있는데, 팀원들을 등지거나 왼쪽 옆에 두고 나는 작은 창을 통해 이웃 아파트 단지를 내다보고 앉아 있다(밀폐되고 복잡한 사무실에서 그나마 눈과 코를 바깥으로 향할 수 있는 창이 있는 자리라는 것은 큰 행운이라 생각한다).

좁은 책상 위에 노트북컴퓨터와 전화기, 그리고 커피와 차를 마실 수 있는 도구들과 10여 권의 책이 옹색하게 놓여 있다. 책상 오른쪽, 벽에 붙어서는 내 몫으로 책장이 하나 서 있다. 자료로 쓰는 책들이 거기 어지럽게 꽂혀 있으며, 책상과 책장 사이 바닥에도 책들이 수십 권 쌓여 있다. 문화부 기자의 일은 대체로 주 단위로 반복되는 경향이 있는데, 문학 담당에게 오는 신간이 한 주에만 수십 권이 되기 때문에 새로 도착한 책들을 쌓았다가 허무는 게 나의 주요 업무(?) 중 하나다.

신문사에 처음 와보는 이들은 온갖 자료와 책들이 크고 작은 산을 이루어 흡사 쓰레기 하치장처럼 보이는 편집국의 모습에 크게 놀라곤 한다. 외양이 어수선할 뿐 아니라 사람들의 목소리와 움직임 역시 크고 시끄러운 곳이 편집국이다. 그나마 상대적으로 조용하고 우아한(?) 부서가 문화부라고는 해도 문화부 역시 매일의 뉴스를 다루는 곳이니만큼 최소한의 소음을 피하기란 불가능한 노릇이다. 가령 출판사 편집 사무실과 비교해도 신문사 문화부는 매우 산만하고 시끄럽다. 그 안에서 책을 읽고 기사를 쓰는 모습을 목격한 출판사 편집자들은 고개를 저으며 혀를 내두르곤 한다. 그 표정인즉, "사람이 아니무니다"라는 말을 감추고 있는 것처럼 보인다.

어쨌든 이 어수선한 공간에서 나는 하루 일과의 대부분을 보낸다. 인터뷰나 기자 간담회 또는 다른 취재 약속이 있지 않은 한 아침에 이곳으로 출근했다가 저녁에 퇴근하는 일과의 반복이다. 이런 열악한 환경에서 책 읽기나 기사 쓰기에 집중하기 위해 내가 쓰는 방법이 있다. 바로 이어폰이다. 집중해서 책을 읽거나 글을 쓸 때 나는 노트북컴퓨터를 플레이어 삼아 이어폰으로 음악을 듣는다. 그런 나를 보고 남들은 '최 아무개가 음악을 꽤나 좋아하는구나' 생각하는데, 큰 오해다. 음악을 싫어하는 건 아니지만, 이때의 음악은 바깥 소음을 차단하기 위한 장막에 가깝다. 당연히 가사가 있는 노래가 아니라 기악 연주 음악을 주로 듣는다. 피곤한 오후에는 의자에 기대앉은 채 낮잠을 즐기기도 하는데, 이때는 〈녹턴〉류의 느리고 잔잔한 음악을 귀에 흘려 넣는다.

급한 마감이 없는 오후에는 신문사 근처 효창공원을 찾는다. 책상 아래 놓아둔 운동화로 갈아 신고 공원을 한 바퀴 도는 것이다. 신문사에서 출발해 공원을 돌고 자리로 돌아오기까지 30~40분 걸린다(근처에 사는 백낙청 선생님과 마주칠 때도 있다). 공원을 도는 방법은 여러 가지다. 크게 원을 그리며 한 바퀴 도는 방법도 있지만, 나는 지그재그로 들락거리며 동선을 최대한 길게 잡는다. 걸을 때 두 손은 손바닥 지압용 나무 조각을 움켜쥔 상태다. 작은 수류탄 모양에 뾰족한 돌기가 있는 것인데, 2005년 남북작가회담 취재차 북에 갔을 때 묘향산에서 산 것이다.

손바닥 지압까지 해가며 공원을 도는 것은 물론 일차적으로는 건강을 생각해서지만, 건강이 목적의 전부는 아니다. 공원에 가면 계절의 변화를 생생하게 느낄 수 있다. 긴 겨울이 지나고 새봄이 올 때 산수유며 개불알꽃 같은 봄꽃과 처음 인사하는 곳도 공원이고, 여름의 녹음과 가을 단풍, 겨울의 설경을 가장 손쉽게 만날 수 있는 곳 역시 공원이다. 사무실의 탁한 공기에 시달린 폐 속 깊이 신선한 초록 공기를 들이마실 수 있다는 점도 빼놓을 수 없는 매력이다. 일터 가까이에 이런 공원이 있다는 것은 큰 축복이라고 생각한다.

공원 산책의 효과가 건강 관리나 자연과의 만남에만 있는 것은 아니다. 아무 목적 없이 느긋하게 공원 안을 거니노라면 복잡하던 머릿속이 말끔하게 정리되고 때로 참신한 아이디어가 떠오르기도 한다. 글을 쓰다가 막히거나 일이 복잡하게 꼬여서 정리가 필요할 때 공원 산책은 막힌 혈로를 일거에 뚫어주는 효과를 지닌다. 이 책에서 소개한 작가들이 자신만의 공간에서 각자의 방식으로 걷기를 즐기는 까닭을 이해할 만하다.

다음은 집. 집의 가장 큰 문제는 책에 비해 공간이 부족하다는 점이다. 문학 담당 기자를 오래하다 보니 자연히 집에 책이 쌓이게 되었다. 시간이 지나면서 책은 기하급수적으로 느는데 공간은 그에 맞춰 확장되지 않으니 양쪽 사이에 불균형이 발생한다. 책이 골칫거리가 되었다. 당장 읽지 않는 책은 종이 상자에 담아 창고에 넣어두기도 했는데, 필요할 때 꺼내서 보는 게 만만치 않았다.

지금 사는 집으로 이사하면서 한 가지 꾀를 내었다. 거실에 이중 책장을 짜 넣기로 한 것이다. 비디오 대여점에 있는 것처럼 책장을 밀어서 옮기면 뒤쪽 책장의 책들 역시 손쉽게 꺼내 볼 수 있겠다 싶었다. 책장을 설치하고 역사, 인물, 문학이론, 종교, 철학, 예술, 과학 등 주제별로 책들을 정리해 꽂았다. 내 방에도 책장을 짜 넣었다. 한

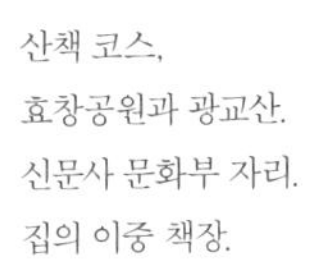
산책 코스,
효창공원과 광교산.
신문사 문화부 자리.
집의 이중 책장.

국 소설과 시, 작가론 등 당장의 기사와 관련한 책들을 저자 이름순으로 꽂았다. 안방 책장에는 외국 소설들을 언어권별로 정리해 넣었고, 베란다에도 따로 책장을 만들어서 원서와 전집류 등을 갈무리했다.

처음에는 이중 책장 시스템이 훌륭하게 작동하는 듯싶었다. 책들이 주제별로 가지런히 꽂혀 있는 모양이 흐뭇해서 일 없이도 이 책 저 책을 꺼내 들춰 보고는 했다. 그러나 시스템의 효과는 오래가지 못했다. 책이란 줄지 않고 계속 느는 속성을 지닌 것이어서, 책장에는 어느덧 두 겹으로 책이 쌓이게 되었다. 다행히 책장 깊이는 두 겹의 책을 소화할 정도로 깊었지만 문제는 무게였다. 책이 두 겹으로 빼곡하게 꽂히고 쌓인 책장은 무게가 만만치 않았다. 도저히 밀어서 한쪽으로 옮길 수가 없었다. 뒤쪽 책장의 책을 꺼내기 위해 앞쪽 책장을 밀려면 두 겹으로 쌓인 책들을 덜어내야 했다. 번거로운 일이 아닐 수 없었다. 자연히 뒤쪽 책장의 책들은 자주 꺼내 보지 않게 되었다. '비우는 게 남는 것'이라는 신조에 따라 틈나는 대로 책을 정리해 내다 버리고는 있지만, 계속해서 새로 들어오는 책들 때문에 거의 아무런 효과도 보지 못하는 실정이다.

이렇게 책의 무게가 육중하게 짓누르는 듯한 거실의 이중 책장 앞에 갈색 소파가 놓여 있다. 퇴근한 뒤나 주말에 나는 그 소파에 길게 누워서 책을 읽곤 한다. 지금 군에 가 있는 아이의 방에는 번듯한 책상이 있고 거실 바닥에도 책상으로 쓸 수 있는 앉은뱅이 상이 있지만, 내가 책을 읽는 공간은 어디까지나 소파 위다. 전문가들은 그렇게 누워서 책을 읽는 자세가 좋지 않다고 하는데, 나로서는 가장 편안한 독서 자세가 바로 그것이니 어쩔 수가 없다. 글을 쓸 때는 할 수 없이 책상 앞 의자나 거실 바닥에 앉는데, 그럴 때면 누워서 글을 쓸 수는 없을까 하는 궁리를 종종 하고는 한다.

주말이면 집 근처 산을 찾는다. 내가 사는 수원의 진산(鎭山)은 광교산이다. 수원과 의왕, 용인 등의 경계를 이루는 500미터 정도 되는 산인데, 그 한쪽 자락이 집에서 걸어갈 수 있는 거리다. 일요일보다는 토요일에 가는 것을 원칙으로 삼는데, 토요일에 비가 오거나 다른 사정이 생기면 일요일에라도 다녀온다. 늦은 아침을 먹고 난 뒤 집을 나서서 중간 봉우리까지 세 시간 정도 걷다 오는 주말 산행이 내가 건강 유지 차원에서 하는 거의 유일한 운동이다. 배낭은 물론 물병도 없이 등산용 지팡이만 들고 한달음에 다녀온다. 가끔 아내가 동행할 때도 있지만 대개는 혼자서 간다.

높지 않은 산이어도 등산로 양쪽으로 소나무가 밀생해 있어 가벼운 트레킹 장소로는 나무랄 데가 없다. 되도록 사람들로 붐비지 않는 코스를 잡아 다녀오는데, 호젓한 산길을 혼자서 걷노라면 내가 세상에서 가장 큰 정원을 소유한 부자처럼 생각돼 여간 흐뭇한 것이 아니다. 반환점인 봉우리에 오르면 지팡이를 활용한 체조를 20~30분 한다. 내가 멋대로 고안한 방식으로, 일주일 동안 굳어졌던 목과 허리, 다리 근육을 풀어주는 효과가 탁월하다. 올라갈 때에 비해 한결 가뿐해진 몸으로 산을 내려올 땐 일주일 치의 건강을 보장받은 듯 뿌듯한 마음이 된다.

신문사 근처 효창공원의 경우처럼, 산에 오르는 목적 역시 순전히 건강 관리에만 있는 것은 아니다. 땀을 흘리며 산길을 오르내리노라면 달콤한 피로감과 아울러 모종의 쾌감이 몸과 마음을 휘감는다. 복잡하던 머릿속이 정리되면서 마음은 한껏 느긋해진다. 바쁘고 성가신 일이 있어도 잘 해결할 수 있겠다는 자신감이 샘솟는다. 글감이 떠오르고 번뜩이는 기사 아이디어를 얻기도 한다. 자연의 치유 효과는 정말이지 놀랍다는 사실을 매번 깨닫곤 한다.

마지막으로, 출퇴근길의 버스와 지하철 역시 나에게는 썩 요긴한 공간이다. 빨리 읽어야 할 책이 있을 때는 움직이는 차량 안에서 책을 읽기도 하지만, 그렇지 않은 경우에는 주로 눈을 감고 생각을 하는 편이다. 도시의 삶이란 하도 분주해서 가만히 앉아 생각에 몰두할 짬이 많지 않은 게 현실이다. 휴가철에 산사에 들어가 명상 체험 프로그램에 참여하는 이들이 갈수록 많아지는 현상은 그처럼 '생각할 시간'에 대한 갈증을 방증하는 것이다. 사정이 그러한 터에 버스와 지하철에 몸을 맡기는 동안은 모처럼 생각에 할애할 수 있는 귀한 '선물'이 아니겠는가. 그렇기 때문에 버스나 지하철 안에서 휴대폰에 머리를 박고 무언가를 보고 있는 이들을 대하면 조금 답답하고 안쓰러운 생각도 든다.

눈을 감고 가만히 생각에 집중하는 시간은 결코 낭비돼 버려지는 시간이 아니다. 오히려 그 무엇보다 창조적이고 생산적인 에너지로 바뀔 수 있는 시간이다. 꼭 도가의 가르침이 아니더라도, 무언가를 하기보다는 하지 않음으로써 얻는 것이 많다는 사실을 동료 승객들에게 말해주고 싶다.

보다시피 이렇다 하게 내세울 만한 공간은 아니다. 그래도 이곳들이 2013년 6월 현재 최 아무개의 삶을 이루는 주요한 공간들이다. 어설프게나마 글로 정리해놓으니 내 삶의 한 시기가 채집되어 있는 듯해 애틋한 마음마저 든다. 이 어수룩한 글을 쓰게 만든 편집자에게 새삼 고맙다는 말을 하고 싶다.

그 작가, 그 공간

초판 1쇄 인쇄 2013년 6월 24일
초판 1쇄 발행 2013년 6월 28일

지은이 최재봉
펴낸이 이기섭
편집인 김수영
책임편집 김윤정
기획편집 임윤희 정회엽 이지은 이조운 김준섭
마케팅 조재성 성기준 정윤성 한성진 정영은
관리 김미란 장혜정
디자인 오진경

펴낸곳 한겨레출판(주) www.hanibook.co.kr
등록 2006년 1월 4일 제313-2006-00003호
주소 121-750 서울시 마포구 공덕동 116-25 한겨레신문 4층
전화 02) 6383-1602, 1603 **팩스** 02) 6383-1610
대표메일 book@hanibook.co.kr

ISBN 978-89-8431-709-3 03810

*책값은 뒤표지에 있습니다.
*파본은 구입하신 서점에서 바꾸어 드립니다.